青山隐

包倬 著

北京出版集团
北京十月文艺出版社

一

火　车

　　火车穿过隧道，天空滚过雷声。这是二〇一三年五月八日夜，道路的前方有无数道闪电在等我。K145次列车，载我从夏城回洼乌。我父亲病了。母亲没在电话里告诉病情，只让我速回。她闪烁的语气让我预感不妙。

　　从落座那一刻，我便知道，睡觉是不可能的了。天黑之前，我和其他旅客排着十米长队，亦步亦趋朝车厢里挤。这场景让我想起小时候在瓦布，农民们往口袋里装土豆。我没有想到现在还有绿皮火车，更没有想到还有这么多人乘坐。车厢像是患了肠梗阻，每一个上了车的旅客在推前面的人的同时也在挡后面的人。每个人都牢骚满腹。我想起《圣经》里的话：为什么看见你弟兄眼中有刺，却不想自己眼中有梁木呢？（我不是任何教徒，但家里的书架上有一排宗教书籍，以备我在精神濒临崩溃时，能够抓到一根救命稻草。）

穿蓝色制服的乘务员双手掐腰站在车厢尾部，冷眼旁观着乱象，连嘴都懒得动一下。空气混浊，脚臭味、泡面味和劣质香水味肆无忌惮飘荡。

我的座位居中。左右两边，一老一少，一男一女，都在低头玩手机。他们和手机，都不时发出诡异的笑声。我试探着向左右挪动身子，但坐两边的人不仅没让，反而朝我挤了过来。如此，我完全相信，如果我站起身，他们会毫不客气地将我的座位瓜分了。我的行李箱在头顶的货架上，挎包在怀里。包里装着水杯、钱包、钥匙、单反相机、笔记本、钢笔以及一本《契诃夫小说集》（第6卷）。座位之间的小桌子，早已被靠窗乘客的背包所霸占，乘务员并未加以干涉。想拿出书来读或者在笔记本上写点什么，是不现实的，所以，我只能死死抱住挎包，像是怕它长翅膀飞了。

哐当——哐当，火车开动起来。车厢里亮着灯。夜色凝固在车窗玻璃后面，玻璃变成了镜子。我在镜中看自己，也看其他乘客。这场景像《雪国》的开篇。只是我的对面没有那个叫叶子的姑娘，我也不是岛村。哐当——哐当，车厢底部的轮子发出规律的节奏音，火车像一只奔跑的大闹钟。

此时，我应当回忆。回忆过去三十三年，和父亲相处的时光。顺便，也想想我的母亲和妹妹。至于我的妻子朱丽，我们的过去已被现在吞噬——我们不约而同地憧憬着，没有对方的未来。我们之所以没有快刀斩乱麻，完全是因为女儿帽帽。

三天前，我梦见父亲。他在爬一副用杀猪刀搭成的架子。他脚踩刀刃，黑色的血滴答落下。我问他在干什么？他不语。那刀山高耸入云，他往上爬，血滴落在我头上。我抹了一把血雨，闻之，腥；尝之，酸。我目不转睛地盯着，他越爬越小，最后看起来像只乌鸦。然后，他开始在刀刃上跳舞。每层架子由四把刀组成，呈十字状，前后左右，东西南北，他跳得行云流水。这让我相信再大的舞台其实都不过是一个十字架而已。我在床边的笔记本上记下了这个梦，但没给父母打电话。第二天，我那辆黑棺材似的桑塔纳在十字路口被人追了尾，我想，这应该就是那个怪梦的现实寓意了。我的车现在还在修理厂，否则我也不会乘坐这趟慢得让人想咆哮的火车。

我熟悉这趟列车，它的车次没有变过。它连接着蜀都和夏城，懒洋洋地行走在中国西南方的群山中，已经几十年。其中的一个小站，就是洼乌县。

十五年前，我从洼乌考入夏城上大学。每个寒暑假，都是坐K145离开夏城。我和同车的学生打扑克、嗑瓜子，喝金江啤酒，十小时转瞬即逝。我们谈起未来，每个人都是雄鹰和雄狮。我们背诵"世界是你们的，也是我们的，但终究还是——我们的"。

如今，我被人挤在中间，闻着车厢里的怪味，无所事事地盯着黑黢黢的窗外。每次闪电划过夜空，都会吓我一跳。车已进山，夏城被甩在身后不知多远。雷声紧随而至，轰隆隆开天辟地。闪电划过之时，我看到雨被风刮着扑向车窗，像一个漫无边际的拥抱。一列火车奔驰在夜晚的群山，飞禽走兽们会怎么看待这头巨大的怪兽？虎狼肯定没有了，但应该还有狐狸、兔子和穿山甲。其实不光是鸟兽，即使是人，在刚通火车时，都对这庞然大物有过各种猜测。故事一：某天，火车在中途小站停下，一位善良的老妇来到车头前，她扔下一捆青草，嘴里喃喃：吃吧，吃吧，你这个可怜的家伙，个子这么大，拉这么多人，肯定饿坏了。这个故事表达的不是愚昧，而是万物有灵。故事二：慢火车气喘如牛，年轻人爬上车，卸下电冰箱、洗衣机和电饭煲。可是，他们生活的地方还没有通电，他们自然也不认识这些电器。洗衣机用来装土豆，电饭煲用来盛猪食，至于电冰箱，用来给母鸡孵蛋倒也不错。讲故事的人每次都笑，并且总不忘在结尾处补充一句：那些年轻人，身手像豹子一样敏捷啊。

这条被称为西南大动脉的铁路，它的修筑时间长达十年，有数百人为修路牺牲。我去过那个烈士陵园，在铁路边一个灰尘弥漫的小镇边上，没人看守，推开锈迹斑斑的铁门，拾级而上，纪念碑挺立在十几棵桉树中间。石碑上刻着他们的籍贯，生卒年月。仅此。一个人的一生，就这么匆匆结束，像一块还来不及拉开的帷幕。由此，我又想起了父亲。

他仅仅是病了吗？如果是，倒也不算最糟。谁的父亲不生病？谁都是父亲，谁都是儿子。谁都要面对这一天。甚至谁都知道，死神会在前方等着我们。我们忙碌的一生，就是忙着死。

我父亲出生在阿尼卡。我没去过那地方。我对它的印象完全来自父亲。无论是在瓦布还是洼乌，父亲喝醉时总会提及阿尼卡。他的讲述近乎喃喃自语，但说来说去，也无非就是那些人和事。

据说，那里生活着一群穷人。他们靠天吃饭。正月开始盼雨水，人和大地都张着嘴。顶着烈日播下的玉米种，有时候尚不待发芽就成了乌鸦的口粮。如果雨水来得早，庄稼像青春期的少年一天一个样，如果雨水来得迟，大人孩子就得扎紧脖子过日子。除了满身的力气，他们一无所有。男人挑三百斤担子，还能唱山歌挑逗路边的女子。奔跑一天，只为追逐一只受伤的麂子。他们是草木的兄弟，石头的亲戚。

活着的人不知道死去的祖先为何蒲公英般坠落到那片土地。我们的家族在此地繁衍生息上百年，山岗上有坟茔七八座，山岗下有活人十二三。爷爷死了，奶奶死了。那片土地上，如今我们仅有伯伯一家亲戚。我不知道伯伯家现在有几口人，也不知道他们现在过得怎样。总之，我没有见过父亲家族中的任何一个人。

父亲说，阿尼卡的汉意是：我要了这地方。那一定是个喝醉酒的祖先，面对莽莽群山发出的豪言壮语。那是父亲的故乡，而我没法把任何一个地方当故乡。

那么，洼乌呢？

它是个县城，是我十一岁以后的家。在园丁小区那套两居室的房子里，三角梅顺墙爬到窗台，伸手可摘。下水道不时堵塞，汩汩冒泡。母亲和妹妹巧慧睡大卧室，我占据着小卧室，父亲长期睡客厅沙发。他喜欢喝酒。酒瓶放在沙发前的茶几上，即使关了灯，也伸手就能摸到。

喝酒。吵架。砸东西。这是他们的生活三部曲。最初，我和巧慧缩在角落里哭，后来，我们平静地看着他们。再后来，我们说，离婚吧，这样生活有啥意义？

意义？父亲红着眼看着我们，生活就是生活的意义。

他是语文老师，喜欢唐诗宋词。无论是醒和醉，他都能够张口吟出一些诗句。我们家有一个书架，上面摆着书籍和杂志。但书香掩盖不了酒气。我大学报考汉语言文学专业，跟他没有关系。那时我只有一个念头：远走高飞。

我母亲是数学老师,她的暴脾气让人闻风丧胆。谁都知道,她无时无刻不在兜着豆子寻锅炒(吵)。甚至他们还知道,她之所以这样,是因为我父亲。她一生都想着离开丈夫,却从未如愿。那时他俩吵架,母亲总是哭着骂我和巧慧,说我们害了她。说早知如此,当初应该掐死我们。

这话让我想起在瓦布卫生院旁边的废弃瓦窑里,每年总有一段时间会出现死婴。那时我还没上学,跟着一群胆大的学生站在瓦窑顶上,看窑底的死孩子。他们有的拳头那么大,有的冬瓜那么大。特别是那些临产的孩子,他们赤条条,五官分明。每次我都很害怕,但每次都忍不住要去看。我不知道他们最后去了哪里。

"他们为啥不把你扔进瓦窑呢?"

那时我和妹妹吵架,这句话最有杀伤力。每次她都吓得发抖。如今,巧慧远嫁东北。我上火车前联系她,电话里传来麻将声,她让我先回去看看情况。

"从东北到西南,横跨整个中国,你知道吗?"

我当然知道。如果身处东北的人是我,我也会这样说。我已有三年没有回家。自从离开洼鸟,这个小城和我的父母,就像石头从我心里沉了下去,连涟漪也很少泛起。这并不奇怪。我从小就羡慕树上的鸟儿,它们孵化出来,长大后,便飞走了。甚至是那些小蜘蛛,它们学会织网后,便能自立更生。

可尽管如此,我始终是别人的儿子,别人的父亲。生命是个圆环,走着走着就重合了。

我迷迷糊糊度过了十个小时。醒着,又像睡着,但脑海里从未停止过回忆。早上七点十分,前方到站,洼乌。天是什么时候亮的,我浑然不觉。这列火车从黑夜驶向了白天。仿佛白天和黑夜同时存在,只不过是由一列火车完成了交替。像所有列车到站时一样,人们骚动起来。像所有流浪者归来,我保持着内心的淡定,最后一个下了车。

医　院

卡尔维诺在《看不见的城市》里,虚构了五十五个城市。而现实中,至少在中国,几乎所有城市都一个样。哪怕是我们与之共同成长的城市,长着长着,就泯然于众。无非就是高楼林立,车水马龙,人山人海,声色犬马。个人记忆,灰飞烟灭。我们以为自己在活着,其实是在腐烂。某天你突然发现,你并不熟悉生活的城市,正如你不认识过去的自己。

父亲住在洼乌县第一人民医院。我乘出租车前往。候诊大厅里响着一种类似蜂巢的嗡嗡声,仿佛世人都在病中。搭电梯比乘火车还要挤,焦虑的人们随时准备化为一道闪电。我选择步行梯。这倒好,很安静。走道里弥漫着消毒水的味道。落满灰尘的灭火器顺墙根摆放。

我在三楼过道的椅子上看见了父母。母亲呆望着来往的人群,茫然、麻木、无助。父亲闭着眼睛,侧着脸贴在母亲的大腿上,像个孩子。我朝他们走去,母亲渐渐认出了我,脸上挤出一丝笑容。

"你回来啦?"

她语气轻缓,介于疑问和肯定之间。我点点头。这时,父亲睁开了眼。他眼神木木的,像是眼珠蒙了一层翳子,以至于母亲不得不提醒他:儿子回来了。他的听力也不算灵敏,仿佛心和耳朵之间隔了千山万水。母亲动动腿,又摇摇父亲的脑袋,扶他坐了起来。他又看了我几秒,总算认出了我。

"你来啦?"

"嗯。"

他不再引用唐诗宋词了。若是以前,他大概会说"垂死病中惊坐起,暗风吹雨入寒窗"之类的。我闻见他嘴里有腐臭味。他想站起来,但手脚乏力,尝试了几次没成功,只好向我伸出手。我握住了他枯瘦的手。他从来都是个瘦小的人。瘦小的孩子,瘦小的年轻人,瘦小的中年人,瘦小的老人。别人的父亲中年时发福,老年时血压升高,他没有。他体内有着粉碎机般的消化系统,任何食物经过他的身体都是只入其味。如今,他变得更加瘦小,像一个裹在成年人衣服里的孩子,又黑又瘦,气若游丝,完全是一具久病之人的标本。

他换了个姿势,将自己的身子斜摊在椅背上,看上去像一件被人随意丢弃的衣服。我把母亲叫到了一旁。

"他这是咋啦?"

"疯了。"母亲说。

她怕我不信,又做了补充:"虽然医生的诊断结果还没有出来,但我敢肯定他的脑袋出了问题。"

此刻,我还不能确定母亲这话的真假,但我确定,自己的脑袋嗡地响了一声。待平复了一会儿,我才问起病因,母亲说肯定是因为父亲看见了那两条蛇。

"蛇?"

这时,候诊大厅的小广播里,有个女声在念我父亲的名字,电子屏上他的名字由绿色变成了红色。我们扶他进了诊室。

"哪里不舒服?"

"我心里害怕。"

"怕啥?"

"怕他们。"

"他们是谁?"

"很多人。"

"哪里有很多人?"

"现在没有,过一会儿就来了。"

医生抬起头,意味深长地看了看我和母亲,然后开了单子,让去抽血和做核磁共振。我想问点什么,可那医生已经按下了呼叫铃。

我们去抽血。我替父亲挽起袖子,向冰冷的玻璃窗口伸出手。这手曾经握着粉笔在黑板上写漂亮的行书,这手也曾在我身上化成拳头和巴掌。当然了,这手还干过很多我们不知道的事。如今,这手像一截腐朽的木柴上长了几只干瘪的虫草。针头戳破指尖的瞬间,他颤抖了一下。血,流进玻璃试管里。他突然从高脚凳上站起身。我条件反射般去按他的肩膀,他顺势跪到了地上。血一直在流。母亲在忙着找纸或棉签。父亲开始在大庭广众之下叩头。人们投来诧异的目光。我去拉他,他像是生了根,随即发出痛彻心扉的哀告:

"菩萨啊,我向你告饶,放过我的儿子和女儿吧。"

来了两个保安。我们合力将父亲抬起。他的脚在空中乱蹬,嘴里的哀告变成了警告:"放我下来!你们这些恶魔!"恶魔们把他安顿在刚才坐过的椅子上,防止他再次站起来。但我们过度紧张了。经过刚才这一番闹腾,他整个人蔫了,闭着眼睛,只有偶尔眨动的眼睑证明他还活着。母亲手里拿着水杯,眼里含泪。

"就是这样的。"她说,"他疯起来就是这样的症状。已经有一段时间了。我怕你们担心,一直没说。而且,他也不让我告诉你们。"

一个月前,父亲在公园里遇见两条扭在一起的蛇。他认为这不是偶然,而是某种预兆。他随手拾起一块砖头扔出去,刚好砸中蛇头。刚好,不偏不倚,就像那蛇头一直在等着他的砖头。

"那天刚好是六月十三,"她说,"不迟不早,刚刚好。"

"六月十三咋了?"我问。

可她没接我的话,继续说着父亲的症状。

简而言之,自从打死了那两条蛇,父亲也像那死蛇,魂魄已飘远,只留肉身在人间。每次母亲叫他,他都如梦初醒。而比走神更可怕的是失眠。某天夜里,母亲起来上厕所,恍惚觉得床前有只兔子在眨眼睛。她惊恐地开灯,发现那是我父亲在抽烟。母亲背脊发凉。她不知道在那些她睡得很沉的夜晚,父亲是否一直睁眼度过。但有一点可以确定,他一天比一天瘦了。

从此，他们的夜晚和白天一样，醒着，看着，安慰，鼓励，服药，全都无济于事。直到前几天，父亲一口气吃下三碗米饭，然后开始嚼筷子，母亲终于崩溃。她觉得，坐在面前的那个人已经不是自己的老伴儿。她说，如果你再不说实话，我就回阿比索去了。父亲也随之崩溃。他匍匐在我母亲胸前，讲述他打死蛇后做的梦。

让他最后一道心理防线崩溃的正是那个梦。此前他瞒着母亲，独自承受恐惧。他不是一个彻底的唯物主义者，仍然相信现实非所见这么简单。他在孤独的恐惧中做了一个梦：家族里一个死去多年的老人告诉他，那两条蛇，代表着他的两个孩子。

他在讲述时浑身颤抖，盘得像条蛇，抓救命稻草似的抓住我母亲的手，泣不成声："我害怕啊，我的心都已经拧成了麻绳。"

现在，父亲有气无力地坐在医院过道的椅子上。他的脑袋下枕着母亲的大腿，虚弱得连赶苍蝇的力气也没有。他一定听见我们在讲他的病情，但已经不做任何反抗。他的针眼已不再流血，但手背上沾满血迹。

"你好些了吗？"我轻声问。他微微睁开眼，整个人看上去单薄如纸。

"我们再去抽血，"我说，"听医生的话，把检查做完。"

他点点头，试着站起来，但双腿打战。

"对不起。给你添麻烦了。"

这气若游丝的道歉让我欲哭无泪。他是我的父亲，这个现实像闪电一样无法更改。所以，道歉？算了吧。我是一个宿命论者，习惯把眼前的不如意归因于某种看不见的东西。三十三年来，我们每天都想着让对方低头，却没想到，他道歉的地方是在医院里。这让我明白，他老了，弱了。而只有强大才能生出宽容。算了吧，我告诉自己，并且用力搂住他，贴得更紧了些。

他真的乖乖做完了所有检查。

在等待检查结果的间隙，我给巧慧打电话。她在外面吃饭，电话里传来猜拳声。有人赢了，大笑。巧慧也跟着笑。

"哥，我这边太吵了。我等下给你打。"

她挂了电话。我只好改用微信给她留言。我告诉她，父亲的病情不乐观，让她安排好手上的事情，回洼乌一趟。她回复：再说吧。

再说。然后，再也不说。

再也不说的还有朱丽。我们已经很久没有正面交流。一个月前的某个早晨，我在镜子前刮胡子。朱丽挤进卫生间来，坐在马桶上方便。我回头看她时，她正打着哈欠。我说，朱丽，我们离婚吧。她说，你是认真的？我说，当然。她说，随便你。从那天开始，我们躺在一张床上，裹着属于自己的被子，再也感受不到彼此的存在。我多次想起卫生间里的对话，既无不甘，也不觉受辱。她连原因都没有问。她说，随便。云淡风轻。她甚至可能还有一丝窃喜。我又何尝不是如此？我离开夏城时礼貌性地告诉过她：我回洼乌，父亲病了。她回复：知道了。

我在医院里想起朱丽，这让自己心惊。我很久不曾想起她，这真见鬼。而更见鬼的是，我在微信上问她：你和帽帽怎样，还好吗？这条信息，像是发向了外太空。

生而为人

日本诗人寺内寿太郎说，生而为人，我很抱歉。我也想向人说抱歉。我才三十三岁，已经疲惫不堪。生活完全不是我以为的那样。一些东西在一夜之间毁灭了，比如理想，比如爱情。我听见它们一个个像易碎品那般从神坛上摔下来，声音晶莹剔透。过去的十年，我头戴虚拟的光环，过得清贫而满足。我相信自己在做着一份有意义的工作。每个人都有成为神的愿望，哪怕只是一瞬间。而同样只是一瞬间，一切就不一样了。尽管早有过预言，我仍然不信：报纸会在一夜之间一落千丈。我曾以为，做记者是我这一生的终极目标。而现在，他妈的，手机囚禁了所有人的灵魂。没有人读的报纸，连擦屁股都嫌粗糙，大概只能用来擦玻璃。可我们这些曾经热血沸腾的理想主义者怎么办？大厦将倾，纷飞四散。总有一天，即使我不走，也会被赶走。我在上火车前打电话给副总编请假，他意味深长地说："好好回去陪老人吧，工作嘛，干不干都没关系的。"

至于婚姻，你只有结婚了才知道。就像你要尝一道汤的咸淡，最可靠的方法是用舌头，而不是用心或眼睛。用心是以为，用眼睛是旁观。就像婚后我躺在朱丽身边，死活无法记起当初为何要拼尽全力去爱。真正的过去，是忘记了当时的心境。

我拿着父亲的检查结果去找医生。那医生看了半天，然后告诉我，他没啥问题。

"各项指标都正常，"他说，"我建议你们送他去三院。"

"你不是说他没问题吗？"

"正因为没问题，所以才要去三院。"

三院是精神病院。我的脑袋里轰鸣又开始了。我记忆里的三院，是几栋隐藏在梧桐树后面的白房子，路边长满了荒草。有时候我们骑车经过，风里会送来阵阵惨叫。

父亲在母亲怀里睡着了。我和母亲目光交织时，我轻轻摇了摇头。这医院和火车站一样，充斥着混沌的噪声和来往的人群。我跟着人群搭电梯，上到七楼，又下到一楼。外面正在下雨。但这丝毫不影响人们前来看病。从大门口到停车场的路堵了，车辆排着长队，雨刮器奋力工作。我寻不到一处可以抽烟的地方。

我又回到三楼。父亲仍在睡觉。一个长期失眠的人，在医院里睡着了。不知是医生还是儿子令他心安。我站在他们身边，手里握着检查结果，明显感觉脑袋里有一架风车在转动。

三十岁以后，我不可避免地想到疾病和死亡。同辈，前辈，每年总有患病或死亡的消息传来。原本以为，这一次次的预习，已能让我坦然面对。但当厄运降临到自己或至亲身上时，还是难免乱了阵脚。原来，我所有的希望都建立在健康平安之上。如果无风无浪，再过十年，我可以换一套大一些的房子，或者换掉那辆已经开了十年的二手桑塔纳。换句话说，我无法为厄运买单。

我父亲醒来时并没有坐起身。他像个乖巧的孩子，睡醒时不哭不闹，只睁眼打量着眼前的世界。某一个瞬间，我看向他时，他的嘴角挤出一丝诡笑。

"我们走吧，"我说，"医生说你的身体指标正常，我们换个地方检查。"

他没问我们要去哪里,起身的时候很自觉地向我和母亲伸出双手。我们架着他下楼,他的脑袋靠在我的肩上。

"你和朱丽还好吧?"他冷不丁地这么问了一句。我嗯了一声。

"你答应我,一定要好好对她。"他说。我又嗯了一声。

出租车在雨中候客,雨刮器和挡风玻璃摩擦出刺耳的嘎吱声。我拉开车门先坐进去,伸手去拉父亲时突然被他甩开了。他厉声问:"你们要带我去哪里?你们是不是也想害我?"司机回过头来看了一眼,没说什么。母亲从后面推他,他反抗得越发激烈。

"玉皇大帝!王母娘娘!快来救我!!"他猛地挣脱,转身跑开。他奔跑在雨里,一点也不虚弱,就像他真的召来了玉帝和王母。我和母亲冒雨追出去,沿着住院楼围追堵截了一圈半,终于抓住了他。刚才那辆出租车已经走了,而排在后面的司机都清楚发生了什么。

"你再这样,我们不管你了!"我用力抓住他的手,朝他吼。这吼声把他吓回了现实世界,他低下了头,呜咽着,又变回了弱不禁风的样子。

跟医院相比,精神病院要冷清得多。出租车从梧桐树中间的路上开过，雨水淋湿了蝉的鸣叫和乌鸦的翅膀。大铁门敞开，做出迎接之势。门卫室里空无一人。篮球场上几只麻雀在追逐。我们扶着父亲朝前走，想寻找一个可以问询的人。突然，头顶上传来一声怪叫，像人，像兽，也像鸟。我打了个寒战，回头看到父亲柔弱的目光。

"上来耍！"

又一个声音传来，这次我们听清楚，也看清楚了。头顶的窗户后面，站满了人。那些呆滞的目光，早已将我们看在眼里。他们穿着宽松的青白条纹衣裤，有人在笑，有人在招手。

这里的诊室和一院不同。父亲被医生带进去后，铁栅栏门隔开了我们。我和母亲抓住铁栅栏，像两个犯人。

姓名？尹青山。年龄？嗯。出生年月？我属羊。今天是几月几日？呜呜。你哪里不舒服？我害怕。怕啥？那些声音。啥声音？钟声、锣鼓声、木鱼声、念经声。这些声音怎么会害怕呢？他们要来害我。谁要来害你？他们用斧头砍我脑袋，用镰刀割我脖子。

外面天晴了。雨水清洗了天空，阳光像刚出鞘的利剑斜插在医生和我父亲头上。医生站起身，送他出来。经历了这一场拷问，他浑身颤抖。然后，医生让我进去。他建议我们先住院观察。我问医生是否能确定我父亲的脑袋出了问题。

"是的。"医生说,"他会狂躁,还有可能会伤人,或者伤自己。所以,他需要住进来。"

"跟那些人住在一起?"我想起窗户后面的目光,不寒而栗,"家属能陪着吗?"

"不能陪,也不需要陪。"医生说。

我必须得接受这个事实。我父亲疯了。我的眼前浮现出父亲穿着病号服,站在窗户后面等待新病友的样子。他那么老了,在一堆身强力壮的精神病人中间,会像一只苍老的鹅。

"我们可以在家里治疗吗?"我又问,"家人天天陪着他,按时服药。"

"这个,你们自己选择。我只是建议。"

没跟任何人商量,我做了决定:带父亲回家。医生开的药是:氨磺必利片、氯氮平片、草酸艾司西酞普兰片。我知道,吃了这些药,我的父亲就会是一个靠药物来镇定的人。没有药物能驱散人内心的恐惧,只能让意识麻木。他会在药物的作用下变得安静,其实就是呆滞。那些药物比他心里的恐惧更加恐怖。

我们坐车回园丁小区,一路沉默。他坐在我身边,头靠在我肩上,艰难眨动的眼皮像两只濒死的飞蛾。车窗外的街道那么陌生,就像我的记忆出了错。

我家搬到县城的时间是一九九一年夏天。人们都在疯狂购买电视机，目的是看武侠电视剧。我们的黑白电视在乡下还能凑合，但到了县城就像我们一样灰头土脸。所以，我家也有了第一台彩电。我的整个中学时代都生活在这里。六年。这个只有四栋房子的院子里，住的全是就职于县城各学校的老师。

三个退休教师在院里打陀螺。鞭子声震天响。三个碗口粗的陀螺在水泥地上稳稳地转动，看起来像是静止。我们架着迷迷糊糊的父亲上楼时，有老人停下手中的鞭子问病情。我母亲勉强挤出一丝笑，说没事没事，过几天就可以跟大家一起玩啦。

钥匙伸进锁孔，八哥叫了起来：阿尼卡，阿尼卡。这叫声伴随着我们开门，关门，换鞋。母亲扶父亲去沙发上坐，可他突然一下子跪到了地上，不住地叩头。之前的经验告诉我们，拉他不起。于是我们只能坐在沙发上看着他。他叩够了头，抬眼看我，满脸杀气。

"跪下。"他朝我咆哮，"你给我跪下，磕头！他们要害你！"

我不怕"他们"害我，但我害怕这咆哮声像炸弹一样让父亲灰飞烟灭。我依了他，陪他跪在冰冷的客厅里。母亲坐在沙发上抹眼泪。八哥一直在叫，阿尼卡，阿尼卡。又过了一会儿，他说他们原谅我们了，让我起来。见他情绪平稳了，母亲倒水让他吃药。吃了药，母亲让他去卧室睡觉，他也没有抗议。

他一直睡到天黑。在这期间，我回到曾经属于我的卧室里，关上门，抽了一包烟。发黄的老墙上，还贴着同样发黄的明星贴画。他们是"四大天王"和小虎队，以及关之琳和温碧霞。我抄在墙上的诗还在——卑鄙是卑鄙者的通行证，高尚是高尚者的墓志铭。那时我念高三，受我的语文老师影响，爱上了诗歌。那时，我做梦都想离开父母，离开洼乌。那时我发誓如果有天结婚了，一定要找个我爱的女人，幸福地生活。那时我的语文老师是众多女教师明里暗里仰慕的对象，他在五年后因情感纠葛自杀。

晚饭时，父亲情况正常。他提议喝点酒，母亲便从柜子里找出了一瓶酒。我端着杯子，随即感觉世界也变成了玻璃的。地板、墙壁、手机、锅碗瓢盆、嘴巴、眼睛……都是玻璃做的，需要小心翼翼对待。我们象征性地碰了杯。母亲为我们夹菜，仿佛那菜也是玻璃做的，需要轻拿轻放细嚼慢咽。我们轻声说话，甚至看向彼此的目光也是轻的。但是，我们又隐约担心，过分的安静是否也会激起他的反应？

我说："爸，我已经请假了。我陪你一段时间。你的问题不严重，慢慢就会好起来。"

"我的病自己明白,你不用安慰我。"他说,"如果你真想尽孝,那就明天陪我回阿尼卡吧。"

挂在窗前的八哥听了这话,拍着翅膀叫起来:"阿尼卡,阿尼卡。"

而我们全都陷入了沉默。旧时钟在发黄的墙上无声划动。电视机被调至静音,一场歌舞变成了哑剧。可总得有人打破这沉默。

"你真的想回阿尼卡吗?"我小声问父亲。

"三十五年,我终于下定了决心。"他说。

我心里一怔。换而言之,在我出生前两年,他就计划着回阿尼卡。人心像一口深井,而他的井里装满一个回乡计划。洼乌县幅员三千平方公里,从东到西的直线距离一百五十公里。而对于我父亲来说,这片土地就是一个大磨盘,在故乡以外的地方兜兜转转,耗尽一生。

"回去看看也好,"我说,"爷爷奶奶过世时你都没有回去。"

"我回去了,只是没有走到阿尼卡。"他说。

我的爷爷和奶奶分别逝于一九九〇年冬天和一九九四春天。这两个消息都是以口信的形式传到我父亲那里的。爷爷过世时,我们还在瓦布。但奶奶过世时我家已经搬到了洼乌县城。两次的情况一样:我父亲听到消息转身就跑。两次的结果也一样：他半夜又回来了。一九九四年春天的那个夜晚，父亲推开门，带着满脚泥泞和满脸伤痕回来。半夜，我听到客厅里传出父亲的呜咽声："我真的没这个勇气啊。"

我不明所以，便在脑海里想象父亲在夜里奔跑。树木、村庄、河流在身后退去，但迎接他的还是树木、村庄和河流。月影朦胧，前路如霜，群山暗淡。他经过村庄时，狗狂吠起来。松涛阵阵。一个背离故乡的人，奔跑起来难免误入丛林深处，或者被杂草和荆棘绊住脚。他的伤，大概就是这么来的吧。

"这些年，你为啥从来不回阿尼卡？"我问他。

他沉默不语，目光紧盯着窗外。那里，一株爬到窗前的三角梅正在凋谢。母亲开始收行李，装满一个箱子就推到客厅里来，总共有三箱。我不知道里面装的是什么，一副要搬家的样子。

"八哥也带走吧。"

她自己做了决定。我和父亲一起望向窗外，夜幕正在降临。

二

瓦 布

我的记忆始于三岁。那种记忆,不是突然之间的拨云见日,而是像冲洗照片,要经过显影、定显和定影的过程。

我被婴儿的啼哭声惊醒。床在靠窗的位置。月光离我们太远,看起来有气无力。但即使这样,它还是将屋子分成了明暗两半。月光里,我的母亲披头散发。她正在擦一个肉乎乎的小东西,然后用一块布片裹起来,小心翼翼地放在身边。

"这是你妹妹,"她说,"小心别踢到她。"

我睡意全无,爬起来,坐在床头哭。那个小东西也哭。而我母亲不管不顾,兀自收起先前垫在她身下带血的旧床单,扔进床前的撮箕里。撮箕里还有一块肉乎乎的东西。

"你把妹妹扔了。"我哭着说。

"那是胎盘啊,傻瓜。"她轻声告诉我。

母亲的哭声也是轻的。抽泣。边哭边轻拍我妹妹的背。妹妹安静了,她才伸手来拉我。我心里有一丝委屈,但还是在她身边睡了下来。那天,父亲不在家,我们不知道他去了哪里。

伴随着妹妹的出生,我的世界一天天明亮起来。我抬头便能看见瓦布那么大的一片天。那片天空要么飘着白云,要么堆着乌云。如果某个时候划过闪电或传来雷声,连我这样的三岁小孩都知道,要下雨了。天空下的瓦布,四面环山,狮子山、跑马山、断头山和关门山。太阳每天从断头山升起,从关门山落下,而风呢,经常从狮子山吹向跑马山,途经瓦布小学。山上最常见的是松树和桤木,至于其他的树,它们的名字潦草随意,无法用文字记录。上世纪八十年代,瓦布的山里还有野兽,麂子、獐子、野猪、豪猪,甚至还有猎人说遇见过豹子和狼。人走山路时,路边的荆棘丛里不时会有野兔蹿出。据瓦布最好的猎人邱百中说,这东西前腿比后腿短,所以总往更高的坡上逃,如果下坡,它们会栽跟头。瓦布每年都要下雪,雪天人们上山撵兔子,群山之间,传来阵阵人声和狗叫。"飞斑鸠,走兔子",瓦布人认为,若论肉香,非二者莫属。

靠山吃山,可山上的鸟兽会飞会跑,不会跑的树木又不能吃。土地里呢,只能出产玉米、洋芋和燕麦。人们居住在低矮的土坯房里，远远看去像一块块散落在山间的黑石头。黑与白，形成了对照。白房子在四面山之间那个隆起的山包上，那是乡政府、卫生院和小学。这些建筑是砖房，里里外外刷了白，有着高人一等的威仪。那山包像个舞台，白房子是布景，观众是生活在周围的老百姓、树木，甚至鸟兽。一条公路从白房子处延伸到山外，但一年中难得看见几次汽车。倒是每天晚饭后，乡干部、教师和医生，相约在那条路上闲逛，顺便聊一些白房子里发生的事。

张铁匠、李木匠、古银匠、王骟匠、肖补锅、邱家人出打山匠（猎人），只有周家人没手艺，但喜欢跟人争执，以逞口舌之快，瓦布人称咬卵匠。那时，我还不知道山的外面还有更广阔的世界，也不知道这些隔行如隔山的匠人的祖先，为何共同选择这与世隔绝的地方居住。但我已经知道，背风箱的是铁匠；腰间别着角尺，耳朵后面夹着铅笔的是木匠；骟匠手上的锣声音不大，但猪牛羊听见便瑟瑟发抖；至于补锅匠，人未至，远远传来的"补噢"声，早已被学校里的学生学会了。

另外，我那时已经学会了用颜色判断事物。比如绿意盎然的时候，瓦布就会热得像个蒸笼；满眼金黄之时，太阳就没那么毒辣。又过一段时间，风回来了，抽在人身上，鞭子似的。再过不久，就要下雪了。白色的雪啊，像我们住的房子一样白。我母亲是白色的。白衬衫、白裤子、白网鞋。而我父亲的颜色比较复杂，黑皮鞋、黄皮鞋、白衬衫、花衬衫、蓝色中山装。某天，我走过母亲的穿衣镜时，被里面那个又脏又丑的陌生小孩吓了一跳。

瓦布小学是一所完小，有一至五年级，每个年级一个班，学生约有一百五十人。教师八人。学生来自瓦布、嘎达、黑木沟和跑马坪四个村。他们是一群永远洗不净脸、永远挂着鼻涕的孩子。他们风尘仆仆而来，风尘仆仆而去，有时我觉得他们本身就是泥土做的，有时又觉得尘土只是他们的坐骑。很多个早晨，我站在学校外面的操场上向四周眺望，看到那些鸡肠子似的山路上，稀稀拉拉走着几个小影子，我就莫名高兴起来。学生一到，整个学校就像春天的花园，这些脏兮兮的学生变成了蜜蜂、蝴蝶、猴子、兔子、皮球，嘤嘤嗡嗡，蹦蹦跳跳。老鹰捉小鸡、炸营、挤油渣，他们的游戏简单、粗暴，主要靠力气取胜。母亲不让我跟他们玩，说这些孩子不知轻重，会伤到我。

我的恐惧与生俱来。母亲说我是鸡胆子。可是，我连鸡都害怕。特别是那种雄壮的大公鸡，趾高气扬，它们的嘴和脚爪，都是利器。当我经过路边的一棵树时，我害怕树会突然伸出枝丫来抽我。而且我怀疑树会在夜里走动，而白天又装模作样地站着。我不敢盯着那些黑乎乎的大石头看，害怕石头会显现出五官来。风也是危险的，如果被卷走，东飘西荡，再也见不到父母。有天我抓到一只蜘蛛，母亲便告诉了我一个关于蜘蛛的故事：小蜘蛛长大后，便会吃了老蜘蛛，然后自己织网卖。我还来不及细想蜘蛛的世界是否也有交易，就已经怕得不行。害怕我的父母，也怕妹妹。我想，他们某天会不会把我吃掉？不然，我的父亲为何总是沉默，我的妹妹为何总是张着红通通的嘴——哭。哭是一种诉求，她要什么？是人肉吗？

　　我的恐惧远不止这些。瓦布的狼、狐狸、虫子、蛇、蛤蟆、墓碑、桥……它们无一不令我害怕。大概是因为我长期想着它们或者与它们对视吧。对视，我指的是虫子、蛤蟆、墓碑和桥，至于狼和狐狸，我只听大人们说起过。我的耳朵和眼睛，如饥似渴地捕捉着关于瓦布的信息，这越发加深了我的恐惧。

　　瓦布的夜晚，风像一群饥饿的狼四处乱窜，吼叫。我们关了门，却关不住风声。父亲在窗前的写字桌上批改作业。母亲怀里抱着妹妹，正在抹眼泪。他们又吵架了。因为隔壁还住着其他老师，所以父母吵架时总是压低声音，像是在努力吞咽一把刀子。我像前几次他们吵架时那样，拉开木门，顺着墙根走。月光满地，风吹着学生扔在操场上的纸团，四处乱窜。而我的脚步比纸还轻。我来到校长方向平的窗外，既看不见亮光也听不见声音。我又往前几步，见一道门开着，里面传来喧闹声。我不敢朝前走了。他们在喝酒。这些家在外地的单身教师，晚上经常聚在一起喝酒、打牌，除此没有别的事干。如果我此时出现在他们面前，无疑会像一只老鼠走向猫群，成为他们玩乐的对象。于是我又蹑手蹑脚地转身，想偷偷溜出学校，却看见一个人从学校大门里走进来，径直向我家走去。

这下好了，父母的争吵该结束了。我知道，不管持续多久的争吵，只要家里一来人，马上就会烟消云散。来人正是邱百中。他来找我父亲喝酒，从不空手而来。这次他带的是一只野兔。他像是回到自己家里一样，先把野兔扔在地上，再从肩上取下那杆黑黝黝的猎枪，斜靠在墙角。

"捡了只兔子。"他说。

这是他惯常的玩笑话。捡了只兔子、捡了只斑鸠、捡了只野鸡……他以此来炫耀自己百发百中的枪法。言下之意是：你以为是白捡来的？

"'野有死麕，白茅包之。有女怀春，吉士诱之。'天赐之物，分而食之。这是一个猎人的美德，我们就恭敬不如从命了。但是，老规矩，喝酒吹牛我奉陪，这人间美味，还得你亲自动手，把它打整干净了。"我父亲从书本上抬起头，一口气说出这通令我们云里雾里的话，然后去碗柜里找酒杯，倒酒给邱百中。邱百中接了酒杯，浅酌一口，闭上眼睛，好半天才舍得将酒吞进胃里。然后，他干起了开肠剖肚的活。他一边干活，一边教导我们，这野兔的肉虽好吃，可要当心它的身体里藏着致命的铁砂子，小心硌掉了牙。至于如何清洗野兔肉，那更是大有讲究：首先，得用淘米水洗一遍，再用清水洗三遍。野兔身上最腥的地方是眼睛，炒的时候要加入高度白酒。

就在他给兔子剥皮时，我摸了摸他的枪。那黑色的枪管像一根冰凉的舌头，散发出铁和血的腥味。我还要去摸扳机，被我母亲制止了。那个晚上，我不时看向那杆猎枪，担心它会在某个时候发出响声，子弹呼啸而过，一个活物就没命了。

兔肉的香味弥漫开来时，那几个单身教师的酒局也散了。我听到他们响亮地咳嗽、吐痰，说着酒话去上厕所，然后各自回屋睡觉。月光明晃晃地照着操场，只有两个篮球架相互陪伴。那时的瓦布还没有通电，即使是我们这些住在白房子里的人，跟农民相比，在照明方面，也只是蜡烛和煤油灯的区别。而在取暖这件事上，则没有区别。学校在入冬时放两天假，老师带着学生上山去砍柴，以备过冬的柴。也有农民在山上烧炭，卖给住在白房子里的人。

猎　人

活着是一种使命，也是一项义务。既然误打误撞来到这人间，又舍不得主动结束生命，那就只能艰难而热烈地活着。"干活"这个词，准确地道出了活着的真相——干，才有活路。这世界有五花八门的生活技能，种地应该算是技术含量较低的一种。不然，万千中国农民也不会见人就自觉矮三分。

比下地干活稍好一点的，是有一技傍身。这一点在瓦布尤为明显。古老的民间技艺，像路边的野草般顽强地活着。一代人来，一代人走，技艺永存。所以，从我记事时起，在初冬，总能遇见几个背着工具外出的瓦布人。

但邱百中是例外。作为世代猎人，他的舞台是瓦布周边的茂密山林。他除了种庄稼，就是上山打猎。他的猎枪，只在春天沉默。他之所以不时送猎物来与我们分享，其实是想找个人说话。他说什么？祖先的故事。这故事并不枯燥，但世间的故事，都经不起反复说。所以，瓦布老人有诫：话说多了是水。可邱百中不管这些。他总是说啊说，说的都是那些事。

"那时候。"他清了清嗓子，以此作为提示。

"那时候还没有瓦布，"我抢过话，并且学得有模有样，"那时候这里还是一片原始森林，树大得两个人都抱不过来。"

被抢了话，他也不在意，嘿嘿笑着，夸我记性好。其实我说得不对。不是那时候还没有瓦布，而是那时候这片土地还没有被命名。

邱百中总告诉别人，第一个走到这里的人是他的祖先。关于他祖先怎样来到此地的有两个版本：一是打猎迷路，受萤火虫的指引而来；另有一说是被一头报恩的鹿驮着而来。他对瓦布其他姓氏的人这样说时，总遭到别人的质疑，因为他们都希望自己那些早已化成白骨的祖先是发现新大陆的哥伦布。只有我父亲，这个被发配到此地的乡村教师，从不和邱百中抬杠，并且还会火上浇油般送上几句夸赞。

"想想吧，"邱百中喝了酒，兴奋起来，站在屋子中央比画，"三间房子那么大的一团萤火虫，至少有上万只吧，它们抱成一团，点亮屁股上的灯，照着我家祖先走路。走了整整七个夜晚，才来到瓦布。"

"为啥只在夜晚走呢？"父亲适时提出疑问。

"害怕遇见猛兽嘛。"邱百中说。

"猎人还怕野兽？"

"那是猎枪，又不是机关枪。"邱百中强调，"一杆猎枪，只能对付一头野兽。而那时候，山里的野兽成群结队。"

"可惜了，"我父亲说，"生不逢时哪，不然，凭你家祖上的枪法，也能混个营长当当。"

邱百中一高兴，喝干了碗里的酒。这个生活在祖先崇拜中的人，一直靠神话活着。我见过他和其他姓氏的人争论谁的祖先最先来到瓦布，争到最后差点打起来。

"尹老师，真不是吹牛，如果没有我的祖先，就没有瓦布。"

"那是当然咯。这山里的飞禽走兽都是你邱家的，家里烧着水，上山去取便是。"

"还是有文化好。村里那些粗人，根本不懂历史。"

"你再给我们讲讲野兽的报复呗。"

"还想听？"他简直是大喜过望了，"那你们可要听好了。"

他的讲述带我们回到了遥远蛮荒的过去。说的是萤火虫引路的很多年以后，这地方已经被命名为瓦布。人和野兽的争斗从未间断。今天，人杀一只野兽；明天，野兽叼走一个孩子。那年秋天，野猪猖獗，瓦布的青壮年在邱家猎户的带领下进行了三次围剿。却没想到十天后，野兽大军成群结队而来，包围了瓦布，它们张着嘴，露出獠牙，杀气腾腾。不光有野猪，还有狼、豹子和豪猪。往常是猎人进山寻野兽，现在野兽主动找上门来了。从三岁小儿至耄耋老人，谁见过这阵仗？狼嗥，豹子叫，野猪呐喊，豪猪身上射出利箭，寒光闪闪。猎人们相约应战，但每个人端枪的手都抖得厉害。他们心里明白，那是猎枪。一旦枪响，要么野兽倒地，要么惹怒野兽，把人变成猎物。结果谁也不敢开枪，倒退而回。野兽把瓦布围了整整七天。第八天，有人率先放出了猪和羊，可那些猪羊只够野兽们塞牙缝。第十天。全村人都交出了猪和羊，甚至是牛和马，野兽们慢条斯理吃了个精光。野兽大军既不撤退，也不进攻。第十一天，有人走进了邱家的门。不是一两个，而是除邱氏以外的所有家族。他们肩挎猎枪或弓弩，甚至带来了酒和肉。他们绕山绕水地讲出了一个意思：平日里邱家猎户枪杀的野兽最多，结怨最大，这野兽的围攻得由邱家来化解。怎么化解？从天亮说到天黑，从天黑说到天亮，说尽了人间的好话歹话丑话狠话。

"我们邱家最好的猎人就这样举着双手一步步走向了野兽，野兽齐声嚎叫，村里人放声大哭。"

"人心真是太坏了。"

"尹老师，你说我祖上算不算英雄？"

"算，当然算，盖世英雄啊。"我父亲竖起大拇指，话锋一转，"对了，小春今天怎么没来？"

小春是邱百中的老婆，我叫她春孃孃。这个女人我见过几次，身上有雪花膏的味道。那味道和我母亲身上的味道一样。春孃孃跟着邱百中来我家，每次都会从衣兜里掏出糖来。她话不多，见谁都笑眯眯的。她坐在我家火塘边，拘谨得一根针落地都能吓一跳。有时候，她会轻声跟我说话，问：叫啥名字？几岁了？平时玩些啥？喜欢妹妹不？她讲话的口音跟我们不一样，需要努力分辨才能听清。

当我父亲提起春孃孃，母亲的目光如一道闪电凌空劈下。父亲突然噤了声。邱百中也像是被闪电劈了脑袋，好半天才回过神来。他说，小春是属兔的，不吃兔子肉。

"幸亏她不是属猪的。"母亲笑着，伸出筷子，夹起一块兔肉放进嘴里大嚼起来。

屋外，风吹过树林掀起声浪，继而如丝如缕，从门缝里钻进来，在屋里卷成团，从火塘边滚过，火苗呼地蹿起来。

"呸呸呸，"母亲吐着唾沫，顺便把嘴里的骨头也吐了出来，"这骚风，半夜三更也不停歇。"

父亲和邱百中继续喝酒，他们谈兴正浓，讲完了邱家先人的故事，又讲起瓦布的其他人。他们提起一些人名，但我并不熟悉。我的世界小得可怜，认识的人屈指可数。也许正是这样，我对我认识的人、他们的言行以及我的心境，都有着摄像机一般的记忆。

我喜欢白天。白天，这个世界是活的。瓦布小学书声琅琅，麻雀在窗外的枝头上一唱一和。我虽然还没到上学年龄，可我喜欢听他们读书。而夜晚呢，空气黏稠、冰冷，呈块状，难以下咽。父亲的书桌上放着一台砖头大小的收音机，但它要在父母心情好时才能出声。那时我以为，收音机里住着无数会说话和唱歌的小人，而电池则是请他们开口的钥匙。可某天我捡到一节废电池，敲开，里面是黑色的炭条、炭粉和白线。大失所望——我还以为电池里面也有小人儿呢。某天趁父母上课之机，我拿过收音机摸索，摸着摸着它突然唱起歌来。我吓了一跳。担心父母回来挨骂，却始终找不到开关。巧慧被音乐吵醒了，边哭边踢腿。慌乱之中，收音机从我手里掉落地上。这下好了，它终于不出声了，一片长条状的塑料盖子飞开，一节电池逃了出来。我跟着巧慧一起大哭，直到母亲下课回家。收音机摔坏了，父亲给了我屁股两巴掌。然后，他从抽屉里找出起子，准备自己动手修。他拆开外壳，露出里面五颜六色的零件。我泪渍未干，凑到父亲身边，发现那些零件并不是我想象中的能歌善舞的小人儿。他用起子这里戳戳，那里拧拧，但收音机始终没响动。大约一个小时以后，他突然一声怒吼，将收音机重重地摔在了地上。如此，他还不满意，又找出斧头，把收音机砸了个稀烂。然后，他对我说，这些零件，你捡去玩吧。

可怕的不是爆发，而是沉默，像我父母在家里时那样。仿佛家里那道门具有某种魔力，能让他们在进出之间判若两人。我过早学会了察言观色，正是因为父母阴晴不定的脸。

在外面，他们是让人尊重的教师。穿着干净整洁，讲话彬彬有礼。即使生活在乡村，他们也走在时代的前沿。父亲每两个月去一趟县城，走山路，搭客车，回来时总会给我们添一两件新衣服。收音机被砸烂了，他去县城买回一台录音机和十盒磁带。此后，课间休息时，他将音量调到最大，窗外挤满了学生的小脑袋。他某次进城，骑回来一辆自行车，学生们围着自行车看了很久。而母亲呢，如果不发怒，她算得上个美人，衣柜里挂满衣服，从人群中走过时香香的，总能引人注目。

我那时的愿望是巧慧能快一点长大，至少不要像根绳子似的绊住我。父母去上课，我的任务就是看守巧慧。可她尚在襁褓中，根本无法交流。我把她当成一团面，搋啊搋，然后我们一起睡着了。所以，在那些日子，一旦父母下课，我便离巧慧远远的。早上，我拿着小马扎坐在学校门口的梨树下，看着一个个学生奔跑而来。晚上，在同样的位置，我目送他们疲惫远去。那棵梨树花开花谢三次，我已经长到六岁。妹妹会走路了，她像尾巴似的整天跟着母亲。我去过每一间教室，每一个角落，包括女厕所。我在女厕所的蹲坑上尿不出来。世界真小，还四处禁区。山上不能去——如果被山魈抓走，会被它训练成野人。水边不能去——有人听见过娃娃鱼的哭声。如此，能去的地方也只有学校、乡政府和卫生院。可我不喜欢去乡政府的院子里玩，那些干部要么绷着脸，要么拿我寻开心。卫生院里那两个穿白大褂的医生也令人害怕，某次那个男医生居然举着针筒问我，打针不？那个女医生有点胖，满脸雀斑，喜欢涂口红。她经常坐在医院门口织一件红色毛衣。有天我问她，你家是不是有很多红毛衣？她说，我织的是同一件毛衣。见我不明白，她又说，织了拆，拆了织，懂了吧？

我点了点头。但并不懂她说的意思。

供销社

我渐渐意识到：我们是封闭的。封闭意味着落后。我从身边人的脸上看出了这一点。那些干部、教师、医生，他们都会下意识地抬头看山外。山是屏障，阻断了目光，但勾起了念想。当下是重要的。每个人都要吃饭。要工作，要干活，才能有衣穿有饭吃。

在我生活的这片土地上，曾经有着严格的等级制度。而现在，虽说在人格上平等了，但实际上，等级依然存在于每个人内心。这是件见鬼的事情。而和以前所不同的是，如今的等级让人产生了想跨越的欲望。

在乡政府和卫生院之间，有个院子。一道赭红色大门里面，不时飘出歌声。那里是供销社。长长的水泥柜台后面，坐着头发烫得像鸡窝的田小桂。她身后的铁架上放着我能想得到的所有东西：香烟、汽水、白酒、水果糖、瓜子、铅笔、胶鞋、雨伞、食盐、马灯、乒乓球、饼干、碗、香皂、笔记本……这些东西产自山外，每过一段时间就由一辆冒着黑烟的拖拉机运来。田小桂接的是她爹的班。她爹当过兵打过仗，是瓦布第一个有工作的人。他的一生，至少喝掉了三间瓦房。可他的死却和酒无关。某年，上面来查账，少了三斤盐的钱，他因此受到警告处分。第二年他吸取了教训，不光自己掏腰包倒贴差的钱，而且多出了五块。他因此受到记过处分。你怎么能剥削老百姓呢？上面的人说。第三年他学得更精了，仍然倒贴钱，但不多不少，刚刚好。他因此被撤职了。怎么可能刚刚好呢？上面的人说，这分明就是弄虚作假。他用一条绳子将自己悬于梁上，气往下坠，一直放屁到天亮。那时田小桂只有三岁。又过了一些年，上面说是冤枉了他，作为补偿，让田小桂接了父亲的班。

田小桂有嗑不完的五香瓜子，皮薄、籽粒饱满，瓜子藏在她的兜里，她用三根手指捏着瓜子，丢进嘴里，嗑出清脆的响声。不嗑瓜子的时候,她就唱歌。我曾经以为她就是从收音机里走出来的人,直到那天我父亲砸碎家里的收音机。

供销社里总是有人,买东西的人,闲聊的人,特别是有几个瓦布的年轻男子,没事就坐在供销社门口的长凳子上,买一碗白酒,轮流着喝。有时候我会不声不响地坐在他们身边,听他们像一株株旱地里的庄稼,努力用语言拔高自己。他们喝着喝着就醉了,甚至为某一句话大打出手。这时候,武装部长老邢就要出面制止了。老邢挺着个大肚子,穿一套军装,手里永远捻着两个鸡蛋大小的钢球。老邢说,狗×的,再这样喝了马尿发疯,老子让民兵连长把你们抓起来,关禁闭。轰走了这些酒鬼,老邢走进供销社里,我跟在他后面,看见田小桂递给老邢一支红梅牌香烟。老邢用火柴点燃香烟,深吸一口,回头看我一眼,问,你要买啥?我摇头。他说,小心我把你小鸡鸡割了。田小桂红着脸,招手让我去到她身边,抓了一把瓜子给我,说,吃完还有。老邢吸了几口烟,见我没有离开的意思,就捻着他的钢球走了。

田小桂的身上也有雪花膏的香味,这让我想贴她更近一点。水果糖在柜台下面的大口袋里,饼干的香味从塑料袋里跑出来了,拳头那般大小的皮球在盒子里挤眉弄眼。我感觉心上有蚂蚁爬过,想突然向那些东西伸出手。

"你爸呢,他在干吗?"田小桂不经意地问我。

"他在改作业,"我说,"我家有录音机了。"

我想起那台被父亲砸掉的收音机,从兜里掏了一个圆环状的磁铁出来,递给田小桂看。可她对磁铁没啥兴趣。

"你爸妈是不是经常吵架?"她又问。

"嗯,"我说,"他们小声吵。"

有人进来买东西,田小桂才停止了打听。

那年冬天,我没事总往供销社跑。我和田小桂坐在火盆边,她织毛衣,我看她织毛衣。我问她,你的毛衣也是织了拆,拆了织吗?她说,我才没这么无聊呢。她偶尔给我吃五香瓜子,但即使没有瓜子,闻着供销社里的香甜气息也挺好。供销社里人来人往,有人买东西,有人光看不买。老邢每天都会去一趟供销社,站在柜台前,先是看货柜上的东西,然后目光像两只苍蝇落在田小桂身上。"这个癞蛤蟆。"有天田小桂这样说,自己先笑了起来。我问哪里有癞蛤蟆,她说玉米地里就有。那几个无所事事的年轻人也经常来。他们来了,总是凑五毛钱,要一碗酒,坐在门外的长凳子上喝酒、吹牛、唱歌。"一群癞蛤蟆。"田小桂悄声说,我们相视一笑。

在我六岁那年,心里已经装着成年人的秘密。我觉得自己不再是个孩子了。白房子是瓦布的中心,供销社又是白房子的中心。农民们不一定要和乡政府打交道,也不一定要把孩子送到学校里来。但是，他们离不开供销社里的日用品。他们叫田小桂"同志"，然后很客气地说："请问盐多少一斤？""请问煤油要什么时候才有？"他们在说"请"的时候，像是嘴里含着一枚酸果子，好在田小桂总是轻言细语地回答他们。对于那些衣服特别破烂的农民，她会给他们的东西称得旺一点。

时间长了，我甚至能从脚步声判断是谁来了。书记的脚步声像扫帚划过地面；秘书的皮鞋下钉着铁掌，并且步子急促；脚下能发出尖锐之声的，只有我母亲和医院的女医生；如果是老邢，人未至，先听到钢球摩擦之声，令人骨头发痒。他们买的多是香烟、白酒和肉罐头，有时候不付钱，先记账，发工资的时候再给。如果外面响起一片脚步声和欢呼声，那无疑是学生课间休息了，他们叽叽喳喳挤在柜台前，望着货架上的东西垂涎三尺。他们看到我，咧嘴笑笑，满眼羡慕。我们之间隔着柜台。柜台的意义就是隔断和区别。又是该死的阶级。

我去田小桂那里，一般是在下午。供销社和学校之间，距离不超过八百米。去时路短，回时路长。如果天天和田小桂待在一起就好了。"我们是好朋友，"有天她说，"我没把你当小孩。"她这么说时，我胸中升起某种力量，也想像老邢一样在她屁股上拍一下。

可我还得回到学校里，回到父母身边，看他俩阴沉着脸，看我妹妹像个小魔鬼般砸东西、哭泣。巧慧小时候真的太爱哭了。她一哭，母亲就将她抱在怀里，尽量满足她的要求。而父亲呢，总是像耶稣被钉在十字架上那般，坐在书桌前。他在那里批改作业、读书或者在一本牛皮封面的备课本上写信。

邮递员老花不定时来。少则隔半个月，多则一两个月。他骑一辆墨绿色的自行车，后架上挂着同样颜色的邮包。老花长着一张长脸，大眼睛，高个子。如果他双手杵地，看起来一定会像一匹马。我问田小桂，怎么会有人姓花呢？她说，就是从花里走出来的呗。可我看老花那样子，怎么也跟花朵不沾边。老花认识白房子里的所有人，亲自给他们送信，并会问他们是否有信件需要他投递。至于农民们的信，他从来都是塞到乡政府外墙上那几个蓝色布袋里。那布袋在我出生之前就有了，识几个字的农民们偶尔会去翻布袋。

老花和我父亲算是朋友。每次来瓦布，都会来我家坐坐。抽几支烟，喝杯茶或酒。每次，我父亲都有信请他帮忙投递，但从未有回信。

供销社也是老花必到之处。田小桂那里有信封和邮票，和邮局的价格一样。农民们写给外面的信，可以在供销社里装了信封，并付给田小桂邮资，等老花来取。老花认识我。

可某次他在供销社遇见田小桂和我围坐在火盆边时，他故意做出很惊讶的样子："呀，怎么才两个月不见，娃娃就这么大了？"我以为田小桂会生气，可她笑着回应："这算啥，这个是小的，大的一个都在邮局工作了。"

此后，老花再来瓦布，再见到田小桂，就只问她："有信交没？"田小桂红着脸，递给他几封信和几张零钱，但一句话也不说。

信件让我明白，山外还有一个更大的世界。但我想，那个世界大概最远也就步行三个月。我把这个想法告诉田小桂，她笑得嘴里的瓜子皮乱飞。"你这个傻瓜呀，"她说，"山外的世界大得很，坐汽车、坐火车、坐飞机、坐轮船，几天几夜、几月几年都跑不到。信，是邮递员一站一站送过去的。"

山西、河北、云南、新疆，我在六岁时就听过这些地名。瓦布有女人嫁到山西。邱百中的媳妇是河北人。古家有个银匠去到云南，据说被当地人下了情蛊，回来天天屙虫子，死了。肖补锅的儿子肖日龙在新疆当兵，经常写信回来。肖补锅不识字，每次都请田小桂念。而且内容每次都差不多：爸爸妈妈，我在部队身体健康，首长对我很好，我现在当班长了。

"鬼才相信呢，"田小桂待肖补锅走后撇撇嘴，"如果肖日龙都能当班长，金沙江倒流了。"

肖日龙我知道。他此前也经常坐在供销社外面的长凳子上喝酒。听说他死活不做补锅匠，拜老邢为干爹，才当上的兵。

那时我是灵敏的信号塔，很多事情，就是这么听来的。听谁说？田小桂、老邢、我父母以及长凳子上的喝酒人。没有人会在意一个孩子。但我想说，千万别低估小孩，特别是那种不声不响，孤独得像影子的小孩。

三

出　发

我听见雨点落在灰暗的茶色玻璃窗上，声音被吸收、被消融，软绵绵，灰扑扑。多么熟悉的雨声啊。在我十一岁至十八岁之间，在清晨，在温暖的被窝里，这雨声无数次令我绝望。今天也不例外。前晚坐了通宵火车，昨天跑了两家医院。昨夜，我疲惫得连梦都没来得及做一个。

"我要回家。"

一大早，客厅里传来父亲的呢喃，像呓语，又像哀求。母亲在翻找着什么，不时传来抽屉被拉开和关上的声音。我们要去阿尼卡，这事我可没忘。我在手机地图上输入地名，得到的信息是离洼乌县城一百零三公里，那里已是洼乌县的边界。

"我要上厕所。"

我从卧室里出来，经过他面前，他向我求助。我扶他去卫生间，他站在马桶前，哆嗦着掏不出生殖器。我只好从卫生间里退了出来，站在门口等。好半天，里面终于传来细如麻线的尿声。然后，又没动静了。

三个行李箱在门口排成队，它们急不可耐想出去走走。中间那只箱子上放着八哥笼子。那八哥见父亲从卫生间里出来，又开始叫：阿尼卡，阿尼卡。八哥每叫一声，父亲就颤抖一下。他在鸟叫声中踉跄着，几乎是跌进了沙发里。

此去阿尼卡，出租车只能到观音镇。至于从镇上如何到村里，目前未知。我本想寻得伯伯的电话，告知我们要回乡的消息，但找不到一个共同的熟人。这让我觉得，父亲嘴里念叨了几十年的哥哥，似乎只停留在回忆和想象里。我问他最后一次见伯伯是啥时候，他说是一九八〇年，我出生的前几个月。我又向母亲了解伯伯一家的情况，她告诉我，她没有见过父亲的任何一个家人。我心生诧异，但没有追问。

母亲做了番茄鸡蛋面当早餐，但谁都没有胃口。服了药的父亲眼神迷离，如果周围没有动静，他很快就会睡去。出租车还没到，已经过了约定时间。我给司机打电话，他支吾着说家里有事，恐怕去不成了。我说昨晚已经约好，怎能失约？他又说天下雨，路太远，他回程得放空，划不来。我只好又给他加了一百元。

又过半个小时，楼下终于响起喇叭声。我们关好门窗，检查水电开关，带走垃圾，提着行李箱，扶着父亲下楼。司机坐在车里抽烟，隔着雨帘和玻璃看我们。迟到和加价，让我对这家伙很不爽，但他看上去无所谓。我在心里提醒自己，别跟出租车司机一般见识，可车里的烟味实在太难闻了。那种感觉不像是坐在车里，而是坐在了一座烟囱上。母亲咳嗽起来，她试图打开车窗，但哪怕只开手指那么宽的一条缝，风雨都要灌进来。父亲倒还好，他的脑袋靠在我肩上，呼吸滞重，像一个正在生气的人，随时都有可能暴跳如雷。

出发，阿尼卡——我父亲朝思暮想三十几年的地方。再见，洼乌——我生活过六年，留下若干青春回忆的地方。文化馆还是当年的二层小楼，我在那里看过生命中第一场魔术：电锯活人。电影院装潢一新，挂上了影城的招牌。国营旅社的原址上，耸立着洼乌大酒店，四星级。汽车站外，人和车辆一样稀少。如今，坐客车的人越来越少。出了城，便是山。山路向上。汽车引擎轰鸣，屁股下有酥麻感。汽车和雨，分不清是谁扑向谁。父亲似乎睡着了。没人打扰他。母亲手捧一只装着热牛奶的杯子，眼神里有不易察觉的慌乱。我们不知道等待我们的是什么。连个前来迎接的人都没有啊，连条消息都没法传回阿尼卡。

"下这么大的雨，你们去观音镇干啥？"

"走亲戚。"

我仍然在生司机的气，不想说话。可就在这时，我发现了出租车前后排之间的铁栅栏。这栅栏让我想到精神病院的诊室和动物园。

"你晓得我为啥迟到不？"

鬼晓得。我懒得配合他。

"我刚从民政局回来，"他说着，脸上露出一丝苦笑，"老婆出轨，非得要离婚，我让她等我跑完这趟车，她都不干。她那个相好的，就在民政局外面等着。不瞒你说，我今天差点送不了你们啦。"

"为啥？"

"我想杀了那狗×的。"

我沉默。前方的路面被重车碾坏了，司机在竭力避免把车开进坑里。浓雾笼罩山间，视线只有几米远。双闪灯不知疲倦地闪烁。拉矿石的大货车像死神的使者，不时从对向的雾中冲出来——很多时候连喇叭都不按一下。我凭山形判断，此时车正行驶在悬崖边。

"不是我觉得自己的命比他的金贵，而是如果我杀了他，我的孩子就毁了，他马上要参加高考了。"那司机不时从后视镜看我，心不在焉地扭着方向盘。

"没必要。"我说，"不值得。"

汽车仍在雾中穿行,但雨小了一点。我们已经爬到了山顶,汽车继续和悬崖峭壁周旋。这一带,山上没有树木,野草稀疏,山肚子里藏着铁矿。在一个岔口,一块蓝色的指示牌立在路边,观音镇直行,苦竹镇向右。那司机下意识地猛踩了一脚油门。

"狗×的。"他说。

"你骂谁?"我问。

"狗×的苦竹镇。你去过没?"

莫名其妙。我没有去过苦竹,但听说过。那里的年轻人以不要命而闻名。他们混迹于夏城的赌场和歌舞厅,靠收保护费活着。曾有一段时间,在夏城,如果某个苦竹籍的年轻人呈上身份证,想谋得一份工作,那么,对方就会小心翼翼地告诉他,好的,你回去等通知。这一等,就是永远。

出租车司机讲起他的经历:去年冬天的一个中午,他在医院门口拉了一个老人去苦竹镇,走到半途,老人说要下车撒尿。结果路边跳出四个大汉,把他绑成一只大闸蟹,搜光了身上最后一个硬币。

"光天化日之下啊,明抢!"他仍然心有余悸,"从此,即使谁叫我爹,我也不会拉他去苦竹了。命比钱重要。"

"苦竹!"我父亲突然发出一声咆哮,猛地站起身,头撞到车顶,又重重地跌坐下来。我和母亲一左一右按住他,他仍在挣扎着扑向司机，同时嘴里喊叫：

"你这个苦竹的恶魔！我要杀了你！"

幸亏有防护栏。司机猛踩刹车，惯性让我们的身子前后顿挫。放在副驾前的八哥也跟着受了惊，嘴里叫着：苦竹，苦竹。

"咋回事？"司机回过头来看着我，"又想抢人是吧？"

他突然从腰间拔出一把匕首，恶狠狠地瞪着我们。他要我们立刻滚下他的车。我只好向他解释，父亲脑袋出了点问题。怕他不信，母亲还翻出了昨天的病历。而我呢，突然想到了兜里的证件。

"记者？"

他看了看我，勉强相信了，但警告说，如果再乱来，他就要报警了。我再次向他保证，会招呼好父亲，不让他再添乱。我们真的抓紧了父亲。他可能也被匕首吓坏了，此后一直处于安静中，在我身边瑟瑟发抖。

车朝山下开，浓雾渐渐散去。司机摇下车窗，外面是一片坝子，一条河流淌在公路的右边。田地里种的稻谷、烟草和玉米，长势很好。不时能看到乡村别墅和停在别墅前的汽车。当卷帘门和招牌出现的时候，我们已经到了观音镇。这是一个处于三岔口的街道，像一只扔在山坳里的大弹弓。这样的乡镇，一般都有赶街天，但那天显然不是。饭店、旅馆、超市、手机店、摩托专卖店……开着门，但不见顾客。司机如释重负地靠边停了车。我在付钱时多给了他五十块，他没收，只让我给他留一个手机号码，说是以备不时之需。

我让父母在一家超市门前的长凳子上坐下，进超市去买东西。几十年不见，礼物是少不了的。烟、酒、糖、营养品，买的都是能够在电视上看见广告的东西。付钱时顺便和老板聊天，问他如何才能去到阿尼卡。

"那里不通公路。"他看了看天，又看了看我，说只有摩托车走的便道，但路很烂，大概没人愿意去。

这是个热心人。他把我买的东西全部用塑料袋装好后，从柜台后面走出来，站在门口，朝不远处的路口招了招手。一个二十来岁的年轻人骑一辆嘉陵摩托过来，问有啥子事。我问他去不去阿尼卡，他问我阿尼卡在哪里。那老板说，阿尼卡就是观音镇最远的地方，靠近黑水河。我以为他会再次摇头。没想到他居然对我做出了一个OK的手势。

"三百块。少一分都不去。"

他在空挡上轰着油门，左脚尖点在挡杆上，等我回答。我有点犹豫，递给他一支香烟，并帮他点燃。他抽着烟，松开了油门。

"有个老人，身体有点不舒服，骑车的时候要特别注意。"我说。

此时，父亲正斜靠在母亲的身上，闭着眼睛，有气无力。那年轻人看了一眼我父亲，又开始在空挡上扭油门。又驶过来一辆摩托车。骑手是个五十岁左右的中年人，留着一把乱糟糟的胡子。两人当着我的面小声商议，谈阿尼卡，谈价钱，谈我父亲。我们的困境对他们来说像个诱饵，想吞下，又怕惹上麻烦。最后，他们想到了一个办法。

"找根绳子来，把他和你绑在一起，然后，你骑我的车。"

他们的意思是，租一辆摩托车给我，由我自己载父亲。我说自己车技不好，他们说多骑一会儿就好了。我说怕把摩托车弄坏，他们说车弄坏了可以修，人弄坏了，那就麻烦大了。

"反正，我们是不敢载他的。"

两人交换一下眼神，准备离开。这些狡猾的家伙，既要高价，又不想承担风险，并且还会玩心理战术。不远处的路口，还有几个骑手坐在摩托车上看着我们。但我知道，其他人也不会是省油的灯。

别无他法。我跨上摩托车，点火，挂挡，起步，歪歪扭扭地骑了几百米，紧张得直冒汗。可摩托车的主人并不紧张，笑嘻嘻地看着我。

然后，如他们所说那般，我和父亲真成了一根绳上的蚂蚱。我让他千万别乱动，他点了点头，紧贴着我，合二为一。而另外那辆摩托车上，我母亲被两个男人夹在中间，一手扶年轻骑手的肩，一手提着八哥笼子。

也果真如他们所言，多骑一会儿就有感觉了。我尽量靠边骑，尽量使用低速挡，用心去感受油门，用脚去试探刹车的灵敏度。雨水并未洗净天空，阳光被残云挡在了后面。起初那段是水泥路，在两山之间，路与河平行而下。绿意盎然，风中弥漫着泥土和植物的气息。

但山路就是另外一回事了。那路其实就是杂草稀疏的荒野。陡峭，狭窄，七拐八弯。由于手脚的配合不太连贯，我骑着摩托车在山路上耸动，像某种动物在交配。父亲在我背上喃喃自语：回来了，回来了……我的手心冒汗，既要防止车轮驶向路边，又要警惕前方出现的坑或石头。而行驶在前方的摩托车，却像只羚羊，已将我们抛下，消失不见。再往前走，风吹散了乌云，太阳赤裸裸地照着山野。身后的父亲，已好半天没出声。

"你还认识这路吗？"我问他。

"认识，"他从某种情景中拽回自己，"梦到过无数次，当年我从这里走路到镇上读高小。"

他说的当年，至少是五十年前。我看过他那时的一张黑白照。看起来十二三岁吧，瘦小的他穿一条明显过短的裤子，脚上是草鞋。这照片也吻合他不止一次向我提起的童年。家穷，父母多病，劳动人口少，只有伯伯一人能够挣到十工分。父亲的单薄与生俱来，念书成了他唯一的出路。

我由此想起时间，以及被时间洞穿的万物。在时间面前，人是多么微不足道。就说车轮下的这条山路吧，无数路过这里的人，死了，老了，而路仍然沉默地在山间延伸。这是一条通向人间烟火的独路，即使前面的人远去，我也不担心迷失方向。在这样的山路上骑摩托，和高空走钢丝无异。我一遍遍在心里提醒自己，慢一点，慢一点，安全第一。风声呼啸，我听不清父亲的喃喃自语，但我能肯定他一直在念叨。

阿尼卡

爬了一段坡，前方的路平坦起来。我们来到两山之间的垭口处。那辆载着我母亲的摩托车停在路边等我们。那两个骑手在抽烟，母亲在吃她从县城带来的苹果。

"休息一下，"那个年轻骑手说，"已经到阿尼卡的地盘了。"

"不准在这里停！"我父亲挣扎起来，但腰被我们很有先见之明地缚住了，他的吼声中带着威胁和哀求，"快走！这里是大风洞呀。"

大风洞？当我听到这个名字时，风似乎真的大了起来。果然，在不远处的山崖下，有一个山洞，像一只忧伤的眼睛。他想去解腰间的绳子。我抓住绳结，警告他别动。他拼命捶我的背。八哥在笼子里叫：大风洞，大风洞。

"快走啊，别在这里停。我害怕。"

那两个骑手一头雾水地看着我，我一脸无奈。他们想来帮忙，但又有些迟疑。母亲前来制止，父亲虽然停止对我的攻击，对身子仍在扭动。

"听他的，我们走吧。"母亲说。

前方，桤木和银杉直冲云霄，树下生长着茂盛的蕨类植物。再往前，路边开始出现土地。土豆开着白色和紫色的花。群山的怀里，散落着几十户人家，像连成片的白蘑菇。

"停车，"父亲高声说，"让他们停车，到了。"

尚不待我停稳，父亲已经解开了绑在我们腰间的绳索。就连那两个骑手，他也急于想摆脱，"二位请回吧。剩下的路，我们自己走。"

两位骑手嘴上客气，却没忍住满脸的笑。这一趟有惊无险的生意，像一部片尾有彩蛋的电影。行李箱也松了绑，排成队，立在路边，和我们一起眺望山凹里的村庄。八哥笼子在我母亲手上。

"变化太大。都快认不出来了。"

父亲有些哽咽，仿佛他不是在说话，而是在从嘴里吐出石块。万物向前，唯他固守原地。一个把自己封在回忆里的人，梦中一日，世上千年。

中午时分，群山之上太阳高挂。山下，是寂静人间。那山形像一个巨大的瓮，村庄在瓮底，喊一声就会回声隆隆。大概，我父亲就是凭这山形认出故乡的吧。我们站立在高岗的豁口处，能明显感觉到风在涌动。此去村里，目测还有两公里。而现在，是走是停，我们在等父亲拿主意。而他并不说话，只出神地看着阿尼卡。他会不会像之前那样临阵脱逃？我甚至已经做好准备，如果他此时要原路返回，我也不会阻止。但这一次，他说的是：

"走吧！下山。回家。"

他在前面带路，手上提着八哥笼子。行李箱和见面礼由我和母亲提着。他的步伐有些迟疑，倒不是心里还在犹豫，而是眼前的路已不是从前那条。变的不只是路，还有山林、田地、房屋和人。像是为了向我们证明他并没有走错地方，他不断介绍着眼前所见。

"我们现在走着的这地方，叫锅圈岩。你们看看这四周的山和下面的村庄，像不像一口锅？"

"对面，那一片白色的，是石头。所以那里就叫白石崖，我们家的祖坟在那里。"

"你们要注意脚下的路,可千万别滑倒,在这地方,人滚岩是经常发生的事。"

下坡,并不比上坡省力。我们小心翼翼穿过山林,道路终于比之前宽了一点。路边的草丛里,躺着矿泉水瓶、半截拖鞋、空烟盒;蓬勃生长的玉米和烟草,以及少量的红薯和土豆,向我们展示着人间烟火。房屋的造型大致可分为两类,青瓦白墙的院落和二层小楼。

"不一样喽,变化太大了。"我父亲每走几步就感叹一声。笼里的八哥配合着他叫唤:阿尼卡,阿尼卡。一只鸟在喊一个村庄,像是在为那些逝去的事物叫魂。可即使聪明如八哥,它也未必知道自己某天会老去或死去。无一幸免啊。一个人,一棵树,一头驴,一只蚂蚁,甚至路边的一块石头,都在无声承受着时间。我们唯一能做的,就是以身为盾,迎上去。向上生长,接近天空,接近死。死去,就是回到泥土,回到那出发之地。

我父亲的出发之地在谷底,在瓮底,青山四壁,暖风阵阵。有人散居,斜坡上,平地上,山包上,单门独院,倒也清静。有人聚居,鸡犬之声相闻,房屋造型大同小异,远远看去也不失为一道风景。浑身是稀泥的黑猪在路上徜徉,黄狗守着主人家的门,装睡。我们不由得放轻了脚步和说话声,从别人家的屋檐底下、核桃树下、地埂上走过。有人从烟地里抬起头来，看看我们，没认出我父亲，又低头继续干活。阿尼卡的土地大面积种植烟草，眼下正是除芽、除草的季节，空气中有股呛人的农药味。父亲的目光轻如两片羽毛，掠过土地和庄稼，定格在几百米外的一院青瓦白墙上。看了半晌，但又摇了摇头。

"不像。"他说，"但位置应该是那里。"

他神情慌乱，既紧张又沮丧。他不能确定那里是否还住着自己的哥哥。我们当时站在一道地埂上，周边的地里种着玉米、烟草和土豆。但我和母亲都认为，既然位置没错就不会错，房屋的外貌可以变，农村已经今非昔比。他看看四周，没人可供打听。他硬着头皮带我们朝前走，像在靠近一条响尾蛇或一个深渊。

向前走了三四百米，我们便清楚地看见蓝色大门紧闭。想必屋里的人已经吃过午饭，下地干活去了。那时，我们仍然站在地埂上，地里种的是烤烟。不远处有一片竹林，被风吹得沙沙响。竹林三五米开外，一棵棕树静默无声。我正在为这满目的青翠欲滴而惊讶，我父亲突然开始拔地里的烤烟。

"哎！你干啥子？"母亲失声喊叫着，去拉他，却被他甩到了一旁，险些跌倒。

刚下过雨，土地潮湿，他并不需要费太大劲就能把烤烟连根拔起。一棵、两棵、三棵……他拔得干脆利落，像在拔出心头的刺。可这是庄稼啊！但凡曾经亲近过土地的人都知道，庄稼是神圣的。毁坏庄稼，是罪过。可他疯了啊！一个疯了的人，像一个易碎品，稍加用力就会碎掉。所以，我们只能以声音威慑，却不敢对他动粗。

他疯狂地拔着烤烟，嘴里发出怪音：

嗯——

他紧闭嘴唇，声音来自腹腔。像沉重的钝器砸向土地。

啊——

他嘴唇张开，声音奔逃。像惊魂未定的闪电撕裂天空。

我和母亲目瞪口呆。我们无法理解刚才还迟疑不决的父亲为何瞬间变成了一台奔跑着轰鸣着的机器。他双手握拳，手肘夹击胸腔，像是要捶碎自己。抑或，他是火山的中心，滚烫的岩浆在喷发。我们站在原地，没人敢接近他。一只皮鞋在奔跑中向后飞去。我拾起他的鞋子，叫他，他听不见，也看不见。他奔跑着，旋转着，然后，渐渐慢下来，像一个断了皮带的轮子，跪了下去。

母亲灵机一动，朝着不远处那院青瓦白墙跑去。她使劲拍那道蓝色大门，声音传得老远。拍着拍着，门里竟然走出了一个人。

即使没见过面，我也能够认出，这个穿着背心、短裤和拖鞋的老人是我伯伯——他和我父亲的五官轮廓如出一辙，只是更老一些。父亲仍然匍匐在地，嘴里发出呜咽声。伯伯走到他身边，看到满地的烤烟，竟然没有表示太多的惊奇，而是伸手去拉我父亲。父亲大概感觉到了那只粗糙的手，便从地上爬了起来。两双苍老的手紧握在一起，两副牙关咬紧，两副下颌在颤抖。他们不说话，没人敢吱声。

"三十五年了啊，哥。我没有一天忘记过。"

"回来了就好。"

伯伯朝我和母亲点了点头，招呼我们回家去。我趁机给父亲穿上鞋，帮他拍身上的土。伯伯揉着眼睛，拉着父亲朝家走。这样的情景，多年前一定发生过。只是那时，他们还是两个孩子。阿尼卡也不是现在这样。

烈日当空，村庄安静如常，我父亲回到了故乡。院门口，一只黑狗扑过来，伯伯呵斥：瞎眼了，自己人都不知道！蓝色大门里，迎接我们的是两只白鹅，嘎嘎叫着，昂着头，奔跑过来，到了近前又低头跑开。我伯伯又说，连鹅都知道认亲呢。我们穿过院子，来到客厅，呈上见面礼，在棕色的硬皮沙发上坐下。要说的话太多了，一时之间不知从何说起。伯伯问起行程，几点出发的，路上可都顺利，怎样回的阿尼卡。我们一一作答。又问起我的工作及家庭情况，我也一一作答。此后，大家似乎就找不到话了。太阳明晃晃地照在院子里。苍蝇不时起落。沙发对面的墙角有一台电风扇无济于事地摇头。电视机前,有两个穿着介于城乡之间的小男孩在看《熊出没》,不时发出笑声。伯伯打发这两个孩子去地里,叫干活的人回来。这两个小家伙嘴上答应着,但屁股似有千斤重。直到动画片结束,两人才相约着出门,极不情愿的样子。小孩走后,伯伯关了电视机。

"一心,你也去外面走走吧。"父亲说,"我单独跟你伯伯说说话。"

我愣了一下,明知他在支开我但还是依了他。我起身出门,沿着伯伯家门前的乡村道路一直朝前走,完全进入了夏天的阿尼卡。在满目的翠绿中浸染久了,我看万物皆绿色。我给朱丽打电话。她没有接。我们很久没有通话了。人类是不是有某种失语症?如果能不说话,就尽量让嘴闲着。这一隐秘的症状在手机面前暴露无遗。能发短信,就尽量不打电话。能发微信,就尽量不打电话。能发语音,就尽量不打电话。朱丽不接电话,我只好给朱丽发微信:朱丽,你和孩子还好吗?爸的情况不好。我们现在已经回到阿尼卡。你还记得阿尼卡吗?就是我爸出生的地方。我会在这里耽误一段时间,但不会太久。

"知道了。"她的回复只用了几秒钟。

碉　楼

　　我已很久没在乡村行走。脚下的这条路，将向哪里？我儿时听人说"条条大道通北京"，真的萌发过走路去首都的想法。时至今日，我依然不怀疑这句话的正确性。因为世间没有一条路是终点。比如眼下，这条路至少通向了我的童年。

　　午后的阿尼卡笼罩在阳光中。我看向远方，目光被山和天空挡住了。这寂静让人不安，只有蝉声永不休止。如果把时间折叠，五十年前，走在这条路上的人应该是我父亲。如果他一生没有离开过阿尼卡，世界里就只会有花草树木、飞禽走兽，以及阿尼卡人。如果一切假想都是真的，那又怎样？他会不会像《海上钢琴师》里的1900？唯一的区别是阿尼卡没有南来北往的旅客。

　　青山矗立，人像一只趴在碗底的苍蝇。我百无聊赖地想要穿过阿尼卡，从不同的角度来打量这地方。我刚才出门时忘了带相机。自从回到洼乌，我早已经忘记了包里的相机、契诃夫的小说集、钢笔和笔记本。这是两种不同的生活。在夏城，我是尚未完全彻底解决物质需求的精神追求者，在洼乌或阿尼卡，我是被现实追得无处藏身的精神病患者的长子。对于这种身份的急剧转变，我只能苦笑。

路边的地里种着烟草，一对夫妇在喷洒农药。我站在路上看他们，那男的对我笑了笑。我递给他一支香烟。他问我从哪里来，是干什么的。我告诉了他，他有些惊讶的样子。我又问他这里有啥好看的地方。他建议去碉楼看看。

碉楼在村庄外的山坡上，孤零零耸立着，远看上去像座塔。近了才知，通向碉楼的路已经被荒草湮没。我找了一根木棍握在手里，用来劈开荒草和荆棘丛，让一条路重见天日。

门早已经不知去向，门框后面长满了齐腰深的青草。这是一座石碉楼，目测有四五十米高。一楼的三间房早已变成了"草堂"，我害怕遇见蛇，便顺着石梯上了二楼。二楼的结构和一楼一样，三间房，互通，所不同的是没长草，空空荡荡。阳光从小窗里射进来，蛛网连成片。那小窗既作通风透光之用，也可用于瞭望和射击。再往上爬，情况大同小异，无非小窗由方形变成了圆形，遇见老鼠、蜘蛛和不知名的虫子。大概是阳光能够从小窗里照进来的缘故吧，这碉楼里并不阴森，而是给我坚实和凉爽的感觉。从碉楼的小窗往外看，阿尼卡尽收眼底。这安静让人神思飘忽，手机响起的时候，吓我一跳。母亲在电话里告诉我，大家都在等我回去吃饭。

我的头上粘着蛛网，裤腿上还有未摘干净的苍耳。他们得知我去了碉楼，都有些惊讶，让我下次别去了，说那地方不干净。我知道这是一种隐讳的说法，意思是那里很邪。

屋里多了三个人。他们是我的伯母、堂哥和嫂子。伯母是个高个子女人，虽然看起来苍老，但讲话声音很高。堂哥叫富乐，高个子，大肚子，看上去浑身是劲。嫂子呢，是个娇小的女人，一直在忙活。因为我们的到来，他们放下了地里的农活。但当我们共处一室时，气氛却有些沉闷。生活环境或者别的什么原因，让我们这些亲人在说话时要么鸡同鸭讲，要么支支吾吾。总之，难有一个共同的话题。于是，我和富乐就相对而坐，喝啤酒，抽烟，不时看一眼对方，笑笑，试图找到一种同频共振的东西。母亲和伯母去厨房里忙活，嫂子负责把菜从厨房端到客厅里来。

土鸡，腊肉，腌菜红豆汤，清炒苦瓜，瓶装白酒，可乐。桌上的菜已经超出家常，有了郑重其事的待客之意。伯伯率先举杯，说欢迎我们一家回阿尼卡。我们纷纷举杯，说着感谢的话。吃几口菜，伯伯又向我父亲举杯，说你们回来我太高兴了，我还以为兄弟俩有生之年都见不到了。此话一出，气氛变得凝重，富乐趁机举杯，祝我父亲身体健康。而我父亲喝了酒，目光涣散，像个木偶被线牵引着。其实不光是目光，他整个人看上去都是飘浮的，仿佛某句不经意的话就能让他魂飞魄散化为齑粉。他的药效并不理想,我打算让他在阿尼卡待几天,等我假期一结束就带他去夏城的医院做检查。即使是在吃饭喝酒,他也给人一种坠落感,眼皮、目光、脑袋,甚至整个身体,仿佛不经意就会合上,耷拉下来,或倒在地上。同时,他又在和这种坠落做斗争。某个瞬间,他突然一个激灵,神思回到了饭桌上。

"我也说两句吧。"父亲端起酒杯,手在轻微颤抖。我们轻轻咀嚼着饭菜。

"三十几年像一场梦,醒来已经六十多岁。这一生,也差不多了。现在,我身体出问题了,时而清醒,时而糊涂。如果我在糊涂时说了什么做了什么,你们不要当真。这些年,我从来没有一天忘记过阿尼卡。从来没有。"

他干了杯中酒,陷入了沉默。母亲朝他碗里夹了一块腊肉,轻声提醒他:"多吃点菜,少喝点酒。"

"嗯。"他有些惊慌地回过神来,"我明天想上山去看看老人。"

"先吃饭吧。"伯伯说,"明天的事,明天再说。"

那顿饭从下午吃到天黑,酒没喝多少,话也没说多少,多半时间都用来沉默和发呆。天黑以后,客厅上空出现了一种黄褐色的飞虫,不时扑向电灯,撞晕自己,掉在地上。另有白蛾子围着灯泡飞舞,无声无息。两个小孩吵着要看电视，被伯伯制止了。他说今天光头强没来，熊大熊二去他姥姥家了。两个孩子不信，挤在他们母亲的怀里发出牙疼般的哼唧声。

"今天难得大家都在，我要跟你们讲点事情。"伯伯说这话时，眼睛看着我和富乐。

他讲的是：大约清朝嘉庆年间的某个春末，我们的先祖来到阿尼卡。没有盘缠，没有家眷，也没有过去。那时的金沙江边，有一棵巨大的榕树。有多大呢？枝丫能从江这边伸到江那边。我们的先祖就沿着树枝爬了过来。他从江岸开始爬坡，翻过七座山，来到阿尼卡。那时，这里已经居住着张王李赵四个姓氏的人家。他们每家施舍给他一碗玉米，告诉他，再翻三座山，那里有一片平坝，有清澈的河流经过，有吃不完的大米和野兽。我的祖先谢过众人，接过粮食走了。但是，第二天清晨，那四姓人发现，在阿尼卡的山间，已经多了一片土地。那是他连夜垦的荒。他说，谢谢你们的种子，我已经撒向地里了，我得等着收获。

伯伯讲到这里，起身去了另一间屋里。回到客厅时，手上多了一本散发着霉味的绵纸册。那是我们的家谱，竖排繁体字，记录着更遥远的故乡：宁州百花箐。宁州在哪里？百花箐又在何方？没人知道。除此，只剩一个个陌生的名字，以及他们的嫁娶。这是一条并不复杂的脉络，并没有枝繁叶茂,而是数代单传到了爷爷辈,总算有了父亲和伯伯。

"我们这一对兄弟,像一双筷子。"他说这话时,又盯着我和富乐,"古话说,打虎亲兄弟,上阵父子兵。你们能明白吗?"

明白,明白,我和富乐点着头,相视一笑。"这事他都说过一百遍了。"富乐小声对我说。我在那一瞬间,想到了瓦布的邱百中。

风在外面怒吼,院门不时被吹开。伯母跟风做着斗争,每当门被吹开,她就跑去关上。如此反复多次后,我们终于知道,她之所以不把门闩上,是在等那只黑狗回家。每次风吹开门,父亲就受一次惊吓。

"我害怕。"他说,"是有人进来了吗?"

"别瞎想。"我们齐声说。

母亲从药箱里翻出了药,让他服下。此后,他双手抱住膝盖,缩成一团。而风一直在吹门,直到黑狗回家,伯母才起身去闩了院门。

伯伯家有九间房。但是,这些房子的利用率极低,牛圈、猪圈、厕所、杂物间、洗澡室、客厅……轮到人住的卧室,不过只有三间。富乐一家四口住一间,伯母和我母亲住一间,我、父亲、伯伯住一间。

当卧室里只剩下我们三个人时,父亲看起来清醒了一些。屋里通风不好，只有一个半开着的玻璃小窗。我们坐在床沿抽烟，烟蒂随便扔在地上。三张床一字排开，床上用品臃肿不堪。盖上被子，有一种被水泥板压住的窒息感。关了灯，他们继续聊天，话语中有着黑夜般的私密和诡异。

"唉，你咋个会得了这种怪病哟？"

"我打死了两条蛇。跟那年见到的那两条一模一样。"

"你莫乱想，都已经过去那么多年了。"

"唉，人咋能管得住自己的脑壳？这些年，我没得一天不去想。"

"大家都是黄土埋到脖子的人了，还有啥子是过不去的？"

"有时候我想，如果我不去念书，像你一样在家当一辈子农民就好了。"

"哪个想当一辈子农民？不过是没办法的事。在你走后，好多人都离开了这里。"

"那现在呢？"

"和你一样，都回来了。"

此后，两人一起陷入了沉默。我等待他们重新开口，等来的却是黑沉沉的睡眠。

四

长 冬

瓦布的冬天,寒风铸成了钢刀。我看见风从僵硬的土地里升起,从枯枝败叶间蹿出,直扑村庄。这万恶的风啊,吹得孩子们缩成一团,吹得庄稼地里空无一物。如果非得要在瓦布的土地上找到一抹绿色,那就只有胡萝卜了。绿缨子紧贴地面,孱弱地喘息。

风起的时候,整个村庄都在响。红旗招展。窗户纸呜咽。来不及收拾的空桶顺着山坡滚下,乒乓作响。老人发出惊呼。孩子们张开双手,扇动着,想要飞翔。

我抓住一只麻雀,认真观察它的翅膀。飞翔是因为羽毛吗?可是,蜻蜓的翅膀上没有毛呀。上下扇动,前后旋转,甚至一动不动,它们都可以飞翔,而我为什么不会飞呢?冬天的时候,一片纸也能在风中飞翔。

有几个五年级的学生从高处往下跳。我问他们在干啥?

他们说是在练习飞翔。

"总不能一辈子待在这里吧,"其中一个说,"我们连只麻雀都不如。"

我也想飞。我加入他们的阵营,站在高处往下跳,双手前后左右扑扇着,但一次也没有成功。巧慧跟着我们跳,结果崴伤了脚。她的脚肿起来,像供销社里的某种糕点。我背她去医院,那个男医生不在,那个女医生仍在织毛衣。她帮巧慧检查伤势,说并没有脱臼,只是挫伤了肌肉。但即使如此,也需要几天时间来恢复。母亲随后赶来,把我和巧慧带回家。挨揍在所难免,上次抽我的竹条都还在。母亲边抽边哭:"你们这两个混世魔王啊,我这一生被你们害了了。"

每次她心里委屈,总把账算到我和巧慧身上。这正是我练习飞翔的原因。我想,再这样下去,即使我不飞走,也会逃走。至于我妹妹,她太小了,我不能带她走,会成为累赘。我记得田小桂说的,山外有火车和飞机。火车我在父母的教材上见过,黑色的。而飞机从瓦布的上空飞过时,嗡嗡响,如果运气好,便能目送一架巴掌大小的白色飞机在天空消失。另外,课本上说,有个叫丁丁的小孩想开飞机,可当他在梦里开飞机时,却不知道怎么开。我也想做梦开飞机,但一次也没有。

正是在那些等待飞机入梦的夜里,我听到了父母的谈话。原来，他们也想离开这里。他们和我一样，受够了瓦布这鬼地方。没有电灯。交通不便。如果想吃点新鲜蔬菜，只能自己种。他们说起镇上或县城的种种好，恨不得立马起身收东西走人。

可是，我母亲话锋一转，又没那么开心了。

"县城里，不光生活条件好，女人也漂亮哈。"

"人到情多情转薄，而今真个悔多情。"父亲开始吟起诗文，以此终结话题，可母亲还有话要说。

"留着你这些酸词，哄别人去吧。我呢，不再是十八岁了。"

"你瞎说些啥。"这时的父亲，像是一只被人揪住了尾巴的狐狸，只能提高声调了，"我们在一起，付出了什么代价，难道你不知道？"

母亲的回答四两拨千斤："你知道就好。"

此后，我在父母的沉默中等睡意。等来的却是一阵窸窣声和床的吱嘎声。巧慧睡着了，她大概会以为那摇晃的床是摇篮吧。

"相信我！相信我！"木床和父亲一样，声音急促。

母亲以惨叫声回应，像是她的身上有伤口，而这伤口正是拜父亲身上的刀所赐。别以为我不知道他们在干啥。我知道，自己正是某次木床摇晃的结果。我甚至知道，大人们的心情比天气还难以捉摸——即使他们在夜深人静时亲热，天亮后也有可能因为一句话或一个眼神吵起来。反之，他们夜里吵架，天亮后，又是一副啥事都没发生的样子。我和巧慧，被他们的情绪裹挟着，像两片掉进了溪流里的树叶。

冬天的某个下午，父亲又要去跑马坪家访。母亲问我想不想吃糖。我说想，她塞给我几颗糖，让我跟在父亲身后，看他朝哪个方向走。跑马坪在上，而父亲朝山下走了。我将这个发现告诉母亲，她说，狗改不了吃屎。听到这话，我嘴里的糖便没那么甜了。那时的乡村学生，上学三心二意，农忙时不来，天冷了不来，河水暴涨时不来。甚至家里来个客人，要宰羊杀鸡，也有可能成为他们不来上学的理由。其他老师对此事习以为常，只有我父亲，一旦有学生缺席，他总要去家里了解情况。特别是在冬天，瓦布的匠人们离开之后。

"家访？访他妈个鬼，也不知是去访学生还是访家长？"

每当这种时候，母亲便不再是那个站在台上给学生讲"五讲四美三热爱"的人，而是和我所见过的任何一个悍妇无异。她从嘴里吐出脏词时，通常有种恶狠狠的快感。这就是我和巧慧在为人之初受到的教育。我们听父母吵架、咒骂、承诺；看母亲坐立不安、心烦意乱、以泪洗面。

我和巧慧都知道：但凡父亲离开，必将带走母亲的魂。她像只行走的炸药桶，让我们噤若寒蝉。她在喃喃自语中做完晚饭，端上桌，叮嘱我和巧慧吃完饭后早些睡觉，不准再外出。而她却一阵风似的走了。我像跟踪父亲一样跟在母亲身后，看着她出了校门，往山下的黑木沟方向去了。夕阳下，那团娇小的影子疾步行走，看起来像是在滚动。我目送她的身影消失在道路转弯处，我不知道她要去哪里，也不知道父亲在哪里。

如果父母不在身边，巧慧立马变得无比听话。她才三岁。如果她也像我一样记事早，她应该记得那个夜晚，我们兄妹坐在火塘边，守着火塘里的木柴一点点燃尽，火炭熄灭，只剩下一堆冷灰。我们开始瑟瑟发抖。我问她是不是冷？她说不是，她怕鬼。她这么一说，我赶紧起身闩了门，爬上里屋的床。卧室的窗外是农民的土地，地边有一片荒坟。风在外面吹，掀起糊窗的报纸，发出呜呜声，像是有人站在窗外朝我们吐舌头。我们兄妹抱作一团，却不敢哭。因为我们知道，一旦哭出声，鬼更容易发现我们。那风时大时小，大时翻江倒海，仿佛能轻易卷走地上的一切，小时嘤嘤哭啼，像一个受了委屈的孩子。有时候，风突然停了，一只野猫从窗外掠过，丢下一声惨叫，也不知道它受到了什么攻击。当风停止，我们听到了自己的心跳声，像两只小拳头在捶打。但风只是暂时歇息。那呜呜声又响起，甚至比刚才还急促，仿佛有种东西要挣脱束缚，从窗里射进来。会是什么?一道白光,落地后变成白胡子老头?还是一条红裙子里,慢慢长出人的脑袋、脖子和身子?

砰砰砰!

窗外响起三声巨响。我和妹妹听得千真万确。不是风声,是在拍窗。紧接着,窗外有人在叫我的名字。是我母亲。我和巧慧终于放声大哭。

我的父母一起回来了。他们的脸像是被霜冻过,阴沉着,枯萎着,即使在阳光下曝晒三天也难以舒展。两人的头发都有些凌乱,甚至父亲的外衣,少了颗纽扣,手背上有两道血痕。我和妹妹的哭声并没有换来怜爱,因为他们的脸拧得就要出水了。

"号丧啊,还不赶紧睡觉?"

母亲一声怒吼,我和巧慧马上闭了嘴。不管怎样,他们总算回来了。巧慧回到对面床上,而我翻身面对墙,闭上了眼睛。外屋里,我父母还在热水洗脚。这是他们有别于农民的生活习惯。接着,我听见水沸腾起来,热水和冷水混在一起,热水浇过脚背,温水扑向门外的水泥地面。

对面的床上先后发出吱嘎声,屋里的空气突然之间热了起来。灯灭了,黑暗降临,我用耳朵捕捉父母的动静。

"拿开你的脏手。"

"你小点声。"

"你怕啥？难道还怕孩子知道你是个啥样的爹？"

"我求你了，小点声。"

母亲没再说话了，倒是父亲好半天又说了一句："我答应过你的，今后不再去家访了，说话算话。"

时钟在外屋的墙上，发出嚓嚓声，像一只被钉住的虫子徒劳挣扎。那个夜晚，上半夜我梦见分针和秒针挣脱了钟面，向着山外飞去。但是时间依然存在，因为那分针和秒针并未落下，一直在飞。下半夜我梦见了春天。春风暖暖地吹，我伸手就能抓住一缕。我把风送给花草树木，它们齐刷刷发芽开花。梦里我站在瓦布小学门口，世界变成了一个大花篮。我对风说，你带我走吧。风旋转着，带动了地上的尘埃。我坐在旋涡的中心，慢慢升到了瓦布的上空。那条细若麻线的东西应该是金沙江；那指甲盖大小的，是洛纳山；那片灰蒙蒙的地方，应该是阿比索吧。我在梦中数了一下，瓦布和阿比索之间，隔着四座高山。

可醒来仍然是冬天。

苦　熬

那时，我们过着什么样的日子？长大后我在威廉·福克纳的《喧哗与骚动》中找到了答案："他们在苦熬"。只是换了个人称而已。糖为什么珍贵？因为世界太苦了。有些苦看得见，比如辛劳和穷困；有些苦看不见，比如内心的煎熬。特别是后一种人，将一把明火揣进心里，不是为了照见，而是用来点燃自己的五脏六腑，甚至是骨头和血。而更多的人，庸庸碌碌，浑浑噩噩，活得和草木鸟兽无异。

我庆幸自己还能胡思乱想。某天我突然生出一个疑问：那些被风刮走的东西哪里去了？我在那个冬天丢失的跳跳青蛙，是被风刮走，还是自己逃了。我无法确定，它是否还躲在瓦布的某个角落里。

那个冬天，瓦布村有个男人上山砍柴，被风吹下了悬崖。我们一家四口去参加葬礼。人们在葬礼上谈风色变。

"这风啊，是冤魂的化身。"

所有的死亡，都不是偶然。人们身穿白色披毡，蜷缩在墙角谈论死者身前事。天空挂着虚情假意的太阳。死者是瓦布的磨刀匠。他磨的刀，像为他送葬的寒风一样锋利。镰刀、斧头、菜刀、杀猪刀、匕首，只要经过他手，立马变得寒光闪闪。路边的草、山上的树、圈里的猪，甚至是某个人，都曾死于他磨的刀下。

磨刀匠的墓穴挖在瓦布的后山上。人们抬着棺木爬坡，风从山间的密林里扑下来。像是有人按下了延迟键，抬棺的队伍迈不开双腿。

"太重了啊，"有人高喊，"快来人换一下，不然我要撂了。"

"不是肩上太重，是风在前面挡道。"

人们把棺材停放在一个相对平缓的地方，等风过去。可是从中午等到下午，那风并未停歇。无奈之下，祭司命令：面向东方，杀掉站在棺材上的那只红公鸡。手起刀落，鸡头被风带走。锣鼓声响起，我们所有人发出最大的吼声——起！

风被我们吓退了。

棺木朝山上走，枯草在脚下断。在一个能够俯瞰瓦布的高岗上，磨刀匠变成了一堆黄土。他安息了，瓦布的草木如释重负地喘了口气。

那是我第一次送死人上山。母亲一手牵我，一手抱巧慧。她不愿意跟着上山，怕我们兄妹染了晦气。但我父亲兴致勃勃，"乡里乡亲的，送人最后一程吧。"他说完这话便举着花圈汇入送葬的队伍，母亲只好无奈地带我们跟着。可到了山上，只一眨眼工夫，父亲便从我们眼前消失了。半个小时后，他抱着一块碗口大小的石头从树林里走出来，别人嘲笑他捡的石头只能用来塞老鼠洞。母亲剜了他一眼，拉着我和妹妹下山回家。

家里的空气比外面还冷。但我已经习惯。没有永远的晴天，也不会有永远的黑夜。我在六岁那年便知道，生活像枚转动着的硬币，至于落地时哪一面朝上，并不由我说了算。如果变化是常态，那好与不好都一样。

父亲果真没去家访了。他不去家访，天也没有塌下来。他们班的学生，该上课的上课，该辍学的辍学。他还是在给远方写信，写了撕，撕了写，三天也没有写完一封信。邮递员老花来了，递给他两本杂志，一本是《演讲与口才》，一本是《大众电影》。他们喝茶喝酒到太阳偏西，老花走时已有醉意。父亲交给老花一封信，老花醉眼蒙眬地看了看信封，问，这次是寄河北？父亲嗯了一声，脸上掠过一丝惊慌——母亲正在走来。

其实谁都看得出来，我父亲那几天神情恍惚。他的吸烟量在增加，酒也喝得比之前更多。他喝多了，越发沉默，仿佛人和世界都泡进了酒坛里。

"我想去买支猎枪。"某天他对母亲说，语气不像是在商量，而是宣告。母亲没有回应，她那时正在忙着淘米下锅。冬天下霜，自来水冰冷刺骨，洗菜，淘米，让她的手长了冻疮。她的方法是拿一截胡萝卜在火上烤，烤热后再去敷冻疮。父亲说下次去县城要给她买双皮手套，她不置可否。

那时候的农村，猎枪像生产工具一般，并不受限。可我父亲作为小学教师，拥有一支猎枪确实有些奇怪。他买枪回来的当天晚上，校长方向平就找上门来。方向平绰号方向盘，取的是名字谐音。但更多的时候，大家私下叫他秤砣，这取的是他的身材。方向平虽然身材矮小，可他是校长，权力总让人挺直腰板。所以，他习惯像那些高个子一样，在进门的时候佝偻着腰，以防门框撞了额头。

"你买枪干啥？"他进门就问，"难道还想做猎人？"

父亲笑了笑，看着挂在墙上的猎枪，说，这穷乡僻壤的，想吃点新鲜肉也没有，只能靠这玩意儿了。校长说，这里是学校，到处是学生，万一擦枪走火，怎么办？你是知识分子，别搞得跟个农民似的。父亲说，我本来就是农民呢，肚子里的洋芋屎都还没有拉完，装什么知识分子？方向平听出了这句话里的讥讽，悻然离去。

此后，连续几天下午，父亲都扛着那杆猎枪进山。可他别说打到野兽了，连鸟毛都没有带回来一根。空手而归，他也不沮丧，半夜带着满身疲惫回到家里，倒头便睡。冬天日子难熬，人们除了缩在火塘边哪里也不想去。为了熬过冬天，人们做足准备。柴房里塞满干柴。青菜在寒霜来临之前已经晒干。还有干萝卜丝，用水煮后，能够恢复几分新鲜的气息。至于空气，当然也是又干又冷。

"也许，我们得在这里待一辈子了。"

母亲又说起这事，语气里充满了无奈和焦虑。

"实在不行，我们去一趟阿比索。"

"别想了,"母亲说,"他们才不会帮你呢,他们正等着看我的笑话呢。"

父母所说的他们,指的是我外公外婆。那时我们虽没见过面,但经过母亲的反复提及,我们也能算是熟悉的亲人了。外公外婆长什么样,住什么样的房子,家里有怎样的陈设,我都了然于胸。我还知道外公家的墙上挂着一张照片:外公的腰里别着手榴弹,肩上背着长枪,威风极了。母亲说外公曾是一名交通员。无数次冒着生命危险,翻越莽莽大山送机密文件。当时代不再需要交通员以后,组织问他想干啥,他说他还是想送信。于是,就进了邮电局。"其实是因为他识字不多,"母亲惋惜道,"不然,你外公肯定是能够做大官的。要是那样,我也不会天天被你爸欺负。"

说到被欺负,她的眼泪又要下来了。每当受了委屈,母亲便开始收拾东西,要回阿比索。再后来,她干脆在一个蓝色牛仔包里塞了换洗衣物。那牛仔包就挂在我们外屋的门后面,像一把不易察觉的尚方宝剑。

晴天的黄昏,瓦布的天空布满红彤彤的云。我们搬凳子坐在家门前,不时被风吹得愁眉不展。纸团或枯叶在篮球场上复活了,窸窸窣窣滑过。学生早已放学,校园空空荡荡,老师们以各自的方式打发无聊时光。有人睡觉、有人喝酒、有人打牌、有人拨动琴弦,唱出哀伤的歌。

生活周而复始。时间像一条老奸巨猾的鳝鱼，溜走不留痕迹。我父母还是那样，吵架、和好、怀疑、解释……所不同的是，他们已经不顾体面，将家里的事摆到了外人面前。如果你看到我的父亲或母亲，在和别人悄声交谈，不用说，他们谈的一定是自己的另一半。他们都想找一个理解自己的人，形成某种力量，好跟对方战斗到底。他们似乎找到了，又似乎没有。

母亲总嫌自己少生了几双眼睛。父亲总想多长出几条腿。疑心病犯的时候，父亲去上课，母亲就搬把椅子坐在家门前看着。母亲可能又寻到了蛛丝马迹。比如父亲使用香皂的频率增加，从人们身边走过，余香缭绕。抑或，他在梦里叫田小桂的名字。他们曾经对梦有过激烈的争吵。父亲认为那是无意识，而母亲相信日有所思，夜有所梦。

"难道我连做梦的权利也没有？"父亲歇斯底里。

"你为啥不梦见我呢？"母亲一脸冷静，"你可从没在梦里叫我的名字。"

第二天晚上我又被他们吵醒。他们吵的仍然是父亲的梦。真如母亲所期盼的，父亲在梦里叫了她。但是，他被她一脚踢醒了。她说，你能不能别当我是傻瓜？

我找了个机会，跑到供销社里去。田小桂在柜台后面照镜子。那镜子有一本书那么大，长方形，背后夹着一张烫着大波浪头的女人照片。田小桂看看自己，又看看那张照片，问我，漂亮不？啥？我，我漂亮不？漂亮，我说，我妈妈也漂亮。

我来这里，是要告诉田小桂，我父亲在梦里叫她。可她迟迟不给我瓜子。她照啊照，翻来覆去地看自己的脸，一颗雀斑都不放过。直到外面响起脚步声，她才赶紧收起了镜子。来人是老邢。他看见我在，满脸不高兴。

"这小狗，天天来这里干啥？"他说，"是不是你爹妈忙着吵架，顾不得管你？"

"你别乱说话，"田小桂说，"谁家夫妻不吵架。你家不吵吗？"

"我家不吵。"老邢说，"男人嘛，总得学会让着女人。"

"你不是不吵，是没人和你吵。"

"嘿嘿，也对，"老邢笑着，"即使有人了，我也不和她吵。"

老邢那副样子，让我想到村里的土狗。那种狗经常瘪着肚子四处流窜，瘦得像片船桨。它们气喘吁吁，吐着猩红的舌头。调皮的学生见到这样的狗，不会生出同情心，只会一顿棍棒加石块撵得它们屁滚尿流。

那天我从田小桂那里知道，老邢的老婆已经死了。她不是特意跟我说起这事，而是像喃喃自语：一个刚死了老婆的人，整天在这里晃来晃去，真没良心，对吧？我莫名其妙地点头。然后她又说，你个小鬼，你知道个屁，你知道其实我也想离开这个鬼地方吗？我又点了点头。

她终于伸手抓了一把瓜子递给我。可那天的瓜子并没有那么香脆。我坐在供销社里，听见风刮过屋顶，像一个调皮的孩童在吹哨子。为什么大家都想离开？我想起邱百中，好久没见他了。似乎只有他，活在先民们进入瓦布的神话里，而不是想着离开。

猎　物

雪一夜之间铺满村庄。雪在天空埋伏已久。而前几天刮过村庄的寒风，是雪的使者。下雪了，学生和老师都会窝在家里，不再想上学的事。我撒腿跑到学校外面，对着明晃晃的村庄大喊大叫。一团雪从树上落下来。寒鸦传来一两声孤鸣，却看不见影子。烟囱顶上的雪最先融化，红色或青色的瓦片露出来，像是屋顶的眼睛。

父亲肩扛猎枪去打猎。他裹了绑腿，头戴雷锋帽，像个战士。我又在母亲的授意下跟着他，走了几百米他突然转过身来。

"走快点,"他说,"去晚了就只能闻野兽的屁了。"

我下意识站住,红着脸面对父亲。风从洁白的旷野里吹来,我感觉自己赤身裸体。我张开嘴,却说不出话。父亲笑着,朝我招手。

"来,走起来!"他高声喊,"像个男人一样勇敢。一二一,一二一。"

我们甩开膀子,在雪地上走正步。雪从松枝上簌簌落下。瓦布的男人们带着狗,不约而同地上山。飞禽走兽等着命运降临。这样的雪天,它们要么遇见食物,要么变成食物。世界是个巨大的陷阱。

当地猎人聚在山下的一个平坦开阔处。他们燃起火,青烟升至半空,被风吹散。朝他们走去时,我有一丝胆怯。这是他们的山野,他们的故乡。而我们父子是外乡人。果然,他们开起了玩笑。

"尹老师也想来凑热闹?"

"野兽嘛,又不是谁家的,"父亲说,"你们能打,我为什么不能?"

"你这个视力,能瞄得准吗?"

"我戴着眼镜的嘛。"

这确实只是个玩笑。他们中好些人的孩子,是父亲的学生。别说是跟他们一起上山打猎,就是索要一块野兽的肉,也是可能的。他们开始商量如何围猎。根据枪法的优劣,有人从东南西北撵山,有人在既定的中心地带坐等仓皇的野兽。我父亲当然只能被分到撵山的队伍里。但分工完毕,大家依然围着火,抽烟,喝酒。

"你们咋还不行动?"父亲问。

"等邱百中。"有人回答。

一丝风掠过我父亲的脸。他伸手进兜里,掏出一盒香烟,撕开,依次散去,刚好够每人一支。

"这是抽烟人的口福。"他说。

"放心吧,尹老师,不会让你们空手而归的。"有人说。

山路上出现了两个移动的黑影。一人一狗。待走近一看,邱百中的怀里抱有一只白公鸡和三炷香。有人挪了挪身子,留出一个可供烤火的位置。有人从他手里接过鸡和香。转眼,他的手里就多了香烟和酒瓶。

"都在等你啊。"众人纷纷表示。

邱百中嘿嘿笑着,意味深长的目光停在我父亲脸上。父亲咧嘴笑了笑。

"你跟我走。"邱百中说。

"他们让我去撵山呢,"父亲说,"我这枪法,也只能满山跑的。"

"你带着娃娃,咋个撵?"邱百中的语气毫无商量余地，回头对人说，"拿鸡来。"

邱百中左手抓住公鸡的双翅，右手从腰间拔出一把雪亮的匕首。有人点燃了香，插在雪地上。邱百中拿鸡在火上绕着，嘴里念：

> 三炷真香，虔诚奉请
> 东南西北，猎神郎君
> 公鸡一只，略表我心
> 叩请猎神——
> 蒙住野兽的眼，塞住野兽的嘴
> 迷住野兽的心，拖住野兽的腿
> 叩请猎神——
> 送来獐子、麂子和岩羊
> 送来野猪、豪猪和兔子
> 要送来——大的和公的
> 不要——小的和母的
> ……

然后，邱百中凌空割开了鸡脖子。那白公鸡双脚划拉着，奋力一蹬，魂归西天。鸡血洒向雪地，耀眼的红色让人生畏。紧接着，人和狗像豆子般撒向山林。

我们父子和另外十个猎人，踩着没过脚踝的积雪，进了密林。我们从松树、冷杉、栎树、野核桃树下走过，风吹来，雪成团落下。猎狗奔跑在前，争相嗅着。一只野兔出现在我们视野里，却没有猎人去取肩上的猎枪——有这么多猎狗在，根本用不着猎人动手。果然，连野兔也知道自己在劫难逃了。它在被猎狗围住时，放弃了逃窜的念头，趴在雪地上瑟瑟发抖。一只猎狗箭一般射出去，张嘴叼了兔子，回到主人身边。

越往上走，积雪越厚。父亲背着我前行。群狗猎猎，鸟雀噪声。脚下的积雪相互挤压，发出咕咕声。我们沿着邱百中的足迹走。林中本无路，路在他心中。这山林，他早已烂熟于胸。

跑马坪。几道山梁围过来，在半山腰形成了一片足球场那么大的没有树木的平地。猎人们搓着手，哈着气，从肩上取下猎枪来擦拭。邱百中在抽烟。他的两只耳朵后面都夹着香烟，手上还拿着两支。他边抽烟边思索，边观察着四周的地势。如果他的胸前再挂个望远镜，看起来就更像是在指挥一场战役了。

"东南西北，每个方向三个人。你们父子跟我走。"

有人发出一声轻笑。而邱百中并不理会。他兀自提了猎枪朝前走去，我和父亲赶紧跟上。在跑马坪东面的丛林里，两棵水桶那么粗的松树下,邱百中和我父亲背靠树干,手边放着猎枪。风吹来,雪从树上抖落,一团团砸在我们身上。太阳和云朵厮磨,明暗交替出现在雪地上。我打了个寒战,发现邱家的狗坐在离我不远的地方。它也像我一样,有一丝无聊。我找了棵树靠着,学大人的样子听周边动静。

喔——嚯——

汪汪汪——

远处的山林里人声犬吠。我不由得激动起来,眼前出现了狼奔豕突的幻觉。邱家的狗发出呜呜声,一副按捺不住的样子。但它毕竟是一只训练有素的猎狗,没有主人的命令,它只能在我们的视野里蠢蠢欲动。

"尹老师,"邱百中漫不经心地叫了一声,"你觉得我这狗怎么样?"

"挺好的。"我父亲说。

"是挺好的,"邱百中瞄了我父亲一眼,"咋说呢,有时候,狗比人好。"

父亲听了这话,目光惊慌地转向我,没说话。

"狗比人忠诚,"邱百中端着枪朝前方瞄,做出要射击的样子,"狗不会伤害它的朋友,但是人会。我们骂人狗×的,其实是侮辱了狗。"

一阵风拂过我们的脸。我父亲下意识挠头,挠到的却是雷锋帽。

"你晓得我为啥子喜欢打猎?"邱百中又看了我父亲一眼。

我父亲摇头。

"因为只有经常开枪,才能百发百中。不向飞禽走兽开枪,那就向别的东西开枪。"邱百中的目光盯着我父亲问,"你明白我的意思吗?"

这一次,他们的目光没有交会。但这时父亲笑着对我说:"你带着狗去附近看看吧,别走太远。"

"去吧。"邱百中也对狗说。

我和狗没走远,就在离他们一百米左右的林间玩耍。我们先是在雪地上撒欢、赛跑,然后又去荆棘丛里碰运气,看能不能吓出几只鸟雀或小动物。但是并没有。似乎鸟兽都逃到了别处,此刻正在其他猎人的追赶之下,朝我们奔来。

我不经意间抬头看不远处的父亲和邱百中。邱百中正用枪指着我父亲。而父亲的枪还放在身边,没有端起来。

"哎!"我大喊一声,"爸爸!他要杀你。"

我朝他们奔跑过去。邱百中哈哈大笑。父亲也跟着笑。

"你们刚刚在干啥子?"我问。

"我在教你爸瞄准呢,"邱百中说,"刚才差点打中一个大东西。"

"野兽来了吗？"我向四周看了看。

"来了一匹狼，但跑脱了，"邱百中说，"算他狗×的命大。"

难道雪晃花了我的眼？我刚才分明看见他的枪正瞄准我父亲的脑袋。而他说的狼，我并没有看到。倒是不远处有枪声响起，人声、狗叫声、脚步声越来越近。我们都听到了。

喔——嚯——

汪汪汪——

麂子来了啊——

还有岩羊——

树林晃动。雪扑簌簌落下。邱百中的枪响了。我父亲吓了一跳——他还来不及开枪。与此同时，另外三个方向也响起了枪声。猎狗飞奔而出，围着一片灌木丛叫嚣。那里，一只麂子已经毙命，血气腾腾。

打到了——

打到了——

西边和南边传来欢呼声。

打到个啥？邱百中高声问。

打到人了——

这声音来自北边，那里已经乱作一团。真的打到人了。一个猎人命丧另一个猎人枪下。所以，那天我们上山打猎收获的是：两头麂子，一只兔子，一头岩羊，还有一个猎人。三个猎人负责扛野兽，剩余的人抬死人。开枪者邱十三面如死灰，颤抖着，嘴里反复说着同一句话："我明明看见一只麂子朝我蹿来，开枪之后，怎么就变成了张牛儿？"

没有人接他的话。

我们下山的时候，太阳擦破了云彩。灿烂金光，晃得我们睁不开眼。我悄悄走到父亲身边，拉了拉他的衣角。

"爸，我真的看见邱百中拿枪瞄准你啊。"

"你再乱说老子打死你狗×的。"他身子颤抖了一下。

我吞咽着唾液，不敢再说话了。一同吞下的还有一个疑问：那一天，父亲真的想上山打猎吗？

但不管怎样，我们父子跟其他猎人一道，直接回到了村里。死人的消息已经传遍瓦布，人们正在往张牛儿家赶。他的老婆和孩子，哭声回荡。在野外死的人，不得进家门，所以他被裹了白布放在院子外面的门板上。邱十三主动从家里牵了猪来，老婆和儿女背着粮食紧跟其后。两边的女人和孩子都在哭，一边哭命苦，一边哭见鬼。至于现金，邱家和张家都说没有，只好由村支书王喇叭去供销社担保，先赊了葬礼需要的烟、酒、油、茶等物，事后由邱十三偿还。

猎人打死猎人，这在瓦布的历史上并非第一次。可到底是人在死前变成了野兽，还是野兽在死后变成了人？人们把解释不了的问题，归咎于命运。既然是命运的力量，那人就是无辜的。谁能在射击之前向野兽核实：你到底是人还是兽呢？那天晚上，王喇叭召集邱张两姓人，以及瓦布其他姓氏的族长作为见证者，轻易就解决了这起意外事件。

开枪者邱十三负责安葬死者，并保证在今后的春种秋收时节先干完张牛儿家的活才能下自己家的地。到他六十岁那年，由张牛儿的妻儿为他操办一个寿宴，并解除苦役。这是瓦布从古到今，解决此类事件的规则，双方签字画押，不得反悔。

我参加了那年冬天的第二场葬礼。白茫茫的雪地上，人们抬着棺材朝前走，一群乌鸦跟着飞。我们远远看着人们挖下墓穴，放入棺椁，垒起坟堆，一个人的一生就这样结束了。

那一年，邱十三才二十八岁。他原本是猎人，但在那天晚上当着众人的面埋了猎枪。等张牛儿满了头七，邱十三离开了瓦布。猎人这种手艺外出毫无用处，他只能去给人下苦力。他走的那天，他的妻儿和张牛儿的妻儿一同送他到村口，女人们和孩子们都眼泪汪汪，翻来覆去就一句话：出门在外，挣不挣得到钱不要紧，重要的是人要平安回来。你是两个家庭的大梁。

这些事情，我也是听大人说的。

五

旱　柳

　　我梦见和朱丽吵架。我很少和她吵架，也很少梦见她。人的肉身和心灵之间，有一种反作用力。肉身近了，心却远了。这个人睡在你身边，便再也不会走进你梦里。这或许就是我在阿尼卡梦见她的原因。忘了具体是什么事儿，总之，我们就那么吵了起来，恶语相向，不可开交，恨不得嘴里吐出飞刀，把对方钉死在耻辱柱上。她骂我是王八蛋，我说她是臭婊子。她向我发出洪水猛兽般的咆哮，那声音让世界破碎，弹片、石块、枯枝败叶向我飞来。我们的女儿帽帽吓得瑟瑟发抖，但有一个瞬间，我又恍然觉得那个发抖的人是巧慧。

　　真辛苦啊，我醒时不由得感叹。白天为了父亲疲于奔命，从洼乌县城折腾到阿尼卡；晚上还要和她吵架，被气得肝疼。

母亲站在我床前。她让我快去管一下父亲。

"你爸在外面，喊不回来，你快去把他背回来。"她说。

隔壁床上，被子像两泡慌乱中拉下的狗屎。屋里很安静。

屋外，太阳已经升起。空气中弥漫着呛人的烟草气息。昨晚又下了雨，地面潮湿。几百米开外的小山包上聚了一堆人，但我看不清他们具体是在做什么。母亲跑起来气喘吁吁，像是在滚。她早已发福，并且患有风湿性心脏病。我提醒她跑慢点，别摔倒了。她没理我。青草尖上的露水，打湿了她的裤脚。几朵蘑菇躲在草丛里，几棵松树歪歪斜斜地长着，好像是病了，披着满身的黄松毛。

父亲坐在潮湿的草地上，一手搂住一棵旱柳。我从眼神就能看出，他又犯病了。伯伯站在他身边，不时伸出手，准备拉他。他视若无睹。喉咙里发出含混之音，伴随着身体的战栗，这让父亲看上去像一台破旧的风琴。我叫他，他连看都不看我一眼。他双眼红肿，眼袋里能装下糖果。他和我们之间，像是隔着一道坚固的毛玻璃屏障。我们能够看见他，但他未必知道我们的存在。甚至，他根本不需要我们存在——他的世界里，有那两棵树就够了。那两棵小桶那般粗的旱柳，耸入云天，一动不动。

"起来，地上潮，小心感冒了。"母亲向他伸出手，像是在哄一个任性的孩子——我儿时经常这样，吃软不吃硬。但这招在我父亲身上失灵了。他置若罔闻。

"爸。"我抓住他枯瘦的手，不太敢使劲，只能小心翼翼地拉扯。好半天，他终于有了反应。他恶狠狠地瞪着我，咬牙切齿。

"滚！你这个苦竹的魔鬼。"

又是苦竹。又是魔鬼。我想起那天在出租车上发生的惊险一幕，不觉脊背发凉。

他一旦发病，世界就与他无关了。他抚摸着左手边那棵旱柳，喃喃自语——一种甲壳虫的声音。我不忍，也不愿，但又必须承认：我父亲这病是难以痊愈了。由此看来，遵照他的心愿，带他回一趟故乡，是个错误的选择。

"一心，你劝劝他吧！"伯伯说，"无论如何，他不能来这里！"

为什么不能？我能怎么办？把他关进笼子里，还是用铁链拴住？我看众人，众人也看我。父亲仍在和他的树说话。噢，不对，那已经不是树了，而是他漂浮于人世的两根救命稻草。如果没有它们，他将沉入水底，进入永恒的黑暗。

"你们先回去吧，我陪着他。"

无论如何，他是我的父亲。他疯了。这个时候，我不站出来，还指望谁？我在父亲身边蹲了下来，扶着他的肩。我伯伯一家相互努嘴，使眼色，离开。我母亲也跟他们走了。

小山包上只有我们父子时，他心里那匹受惊的马终于安定了下来。

"现在好了。"他朝我笑笑，但很快又忽略了我。

我担心地面潮湿，便脱下外衣，折叠成一个垫子，塞到他屁股下面。这是他教会我的伦理——父母可以坐子女的衣物，反之却不能。如果坐了，就是罪过。那时我们生活在瓦布，身边埋伏着各种罪。不能坐父母的衣服。不能叫父母的名字。不能以藐视的目光看父母。不能身处比父母更高的地方——即使上下床也不行。否则，这子女便有了罪。

"罪过啊，罪过。"

父亲喃喃自语，吓我一跳。难道他知晓我刚才心里所想？他退休后成了一名教徒，先是每周日去车站旁边的圣母堂，后又去县城郊外的华宁寺。再后来，似乎就没那么热衷了。我不知道他现在信佛还是信基督。

他说出罪过，眼里泛着泪光，仿佛下一秒就会哭出声来。

我由此迁怒于那些药片，它们连心理慰藉的功效也越来越小了。好在我们过几天就会离开，去夏城做进一步检查。生活的胶卷，底色藏在暗影里，在时间的冲洗下，正一点点成像。我接受了这现实。父亲老了，疯了，当然，我还要接受他某天会死去。

"爸，我们在这里玩两天，然后去夏城。"我说。

"我哪里也不去，"他冷冷地看着我，"我回来，就是要死在这里。"

"你别开玩笑，"我说，"你在这里啥都没有。"

"那是因为你看不到。"

我确实看不到。而他正在看向那片他下跪过的土地，仿佛那是一块荧幕，里面有他才能看到的内容。过了一会儿，他嘴里发出磕牙声。

"你冷吗？"我问。

他撤回目光，但转瞬又将注意力集中到了身边的树上。

他抚摸着那棵大一点的树，目光里充满了我从未见过的慈爱。他的轻抚，像是在哄树睡觉，或者它已经睡着了，只是出于一个父亲的无限怜爱。他的嘴里发出含混的喃喃声，旁若无人。难道他是故意不想让我明白？我多么希望，自己就是那棵树啊。

对于那棵小一点的树，他亲吻它，发出咯咯的笑声。这样的亲吻，我和巧慧从未有过。我站起身，走到几步开外，看着他。太阳升起，金光落在他的白发上。他真的疯了。我不忍心用这个词，但它比"神经错乱"和"精神分裂"更直接。小时候我在洼乌街头见过疯子，追着小孩子打，或者在大街上唱歌。那时我根本不认为疯是一种病，而是一种状态，就像在梦中。但当这个人是我父亲时，我却不敢走进他的内心世界，因为我不是心理医生。如果要硬闯一个疯子的内心世界，大概相当于打开一个马蜂窝。

好半天，他终于放开那两棵树，但依然坐在它们中间，不时看看树，又看看我。洋溢在他脸上的慈爱是一个父亲该有的样子。我兜里的手机发出微信提示音。是朱丽。她问：什么时候去办离婚？我没有回答她。

"走吧，"我说，"我们该回去了。"

这次，父亲乖乖站了起来，伸给我一只手。他吊在我肩上向前走几步，突然站住，回过头来，看着那两棵树，挥了挥手。

"我还会再来看你们的。"他说。

下山，风迎面吹拂。我分明感觉到，那哗哗作响的，不是树枝、花草或吓唬鸟雀的布偶，而是新的生活页面。生命是一台转动的机器，我们——父母、子女、兄妹，不过是一个个齿轮而已。以亲情为纽带，相互牵扯。

世界满目苍翠，我的目光定格在那块横七竖八躺着烤烟的地上。那些被连根拔的烤烟，已经蔫了，烟叶七零八落掉了一地。对这些烤烟，伯伯一家并没有表现出过多惋惜。这大概就是亲人间的宽容吧。

"我要在那里盖一院房子。"他说。

"啥？"

"我要在那里盖九间房。"

"好的。"我说。

可怕的轮回。小时候，父母随口许诺骗我们。如今，轮到我们哄父母了。鉴于他目前的病情，别说在阿尼卡生活，即便是把他安顿在洼乌，我也无法安心。

那天中午，我们带上香烛、水果和酒肉去爷爷奶奶的坟地。一条小路通向阿尼卡后山的森林深处。热浪滚滚，蝉鸣声令人昏昏欲睡。两座坟紧挨在一起，没有墓碑，长满了草。

伯伯点燃香烛，父亲跪了下去。母亲犹豫一下，也跟着跪下。我当然也得跪下。其他人则围观着。

"爸，妈，青山回来了。"在香和纸的烟雾中，伯伯的语气听起来像是在和活人说话。父亲头叩地上，久久未起。没有人说话。这一跪迟到了太久。

有种无形的东西把我们捆绑在了一起。伯伯和父亲，富乐和我，以及我们的后辈。我们是同一棵树上的枝丫，我们是紧紧握住的拳头，我们是皮和肉。总之，我们的体内流着那个顺着树枝爬过金沙江的先人的血液。那个先人的坟在最左边，向右依次是他的儿子、儿媳、孙子、孙媳、重孙……如果这么排列下去，我的坟墓也会在这山岗。我们这些终将埋葬于同一座山岗的人，血脉让我们变得轻言细语。那种感觉仿佛我们的话语是刀片，而对方只是一张纸。

疯罂粟

世界，分为看见和看不见。能够看见的世界就在眼前，看不见的是人心。生而为人，我们的皮囊一直承受着内外夹击。我并不是为肉身叫屈或苦，而是想说那种此消彼长的作用力。

从山上回来后，父亲变得有点不一样了。怎么说呢？他内心的重负卸下后，身体重新找回了平衡。他的步伐比上山时更矫健，声音也比刚才更洪亮。回到伯伯家，他以一种陌生的昂扬的姿态，向富乐打听阿尼卡的山羊价格。富乐说，在阿尼卡，最好的羯羊十五块一斤。

"你去给我买一只一百斤左右的羯羊。"他掏出钱包，数了两千块钱递给富乐。

不约而同，没人问他原因。我们都为他的状态欣喜若狂。别说是买羊，他要上房揭瓦，大家也没法。

"你帮我打电话吧，"父亲对伯伯说，"他们都在等我发出邀请呢。"

伯伯没问"他们"是谁。眼前这对老兄弟,虽然分别多年,但仍然心有灵犀。富乐买羊去了,伯伯开始打电话。他打了十几个电话,但内容全都一样。

"青山回来了。他想请你来家里坐坐。有时间不?"

电话挂了没多久,我父亲那些年少时的朋友便陆续赶来了。这些如今七老八十的人,早已被乡村抛下,飞奔的摩托车不属于他们,智能手机玩不明白。他们都是走路而来,摇摇晃晃,像纸人,像冬天的树木,像水分尽失的果实。有的戴着军绿色帽子,有的头上裹着黑色绉纱帕子,有的头上啥也不戴,露出满头银发。

院子清扫过了。大白鹅被赶到了屋外。黑漆方桌上放着银色茶壶,里面装的是热茶,旁边放着一摞纸杯。每有客人推门进来,父亲就站起身,前去握手,努力回忆来者是谁。但他几乎没有认出他们。

一番猜测、提醒、回忆、恍然大悟、感叹,老人们被请到了廊檐下的长条凳上。他们抽烟、喝茶,开着缺牙半齿的玩笑。所有的话题,都在表明一个真理:人生苦短。

据我推算,父亲离开阿尼卡应该是在一九八〇年左右。那时,眼前这些老人在三十到四十岁之间。那是一个眼花缭乱的新时代,改革开放、家庭联产承包责任制、以经济建设

103

为中心……在我的童年,太阳每天都是新的。瓦布如此,阿尼卡想必也是如此。

伯伯翻看着手机通话记录,说该来的都来了。一共来了十二个老人。父亲的手上拿着香烟,不时递出去。伯伯一直在提醒他们喝茶水。

"我们这一拨人,还活着的,也只有这些啦。"有一个老人咕噜咕噜吸着水烟筒,话语也像烟雾般缥缈。这种烟筒流行于云南一带,在阿尼卡应该不常见。他抽完烟筒,用手擦了擦,递向旁边的老人,问要不要来一口,但问了一圈,也没人接他的烟筒,都说抽不惯。他的脸上由此产生了一丝得意。

"烟经过水的过滤,对身体的伤害小多了。"他说。

"你咋个学会抽这玩意儿了,张老幺?"父亲问。

"在云南学的,"张老幺说,"我在那边生活了几十年。"

"你啥时候去的云南?"父亲又问。

"一九八六年,"张老幺说,"在靠近缅甸的边境上开金矿。"

"你的手是?"

"炸药包炸的。"

经他提醒,我这才发现张老幺的右手只有一个肉杵,没有手掌。刚才他下意识地缩着右肩,不太容易看得出来。他接过父亲递过去的烟,塞进水烟筒,默默抽了起来。

我掏出相机来给他拍照。他有点不自然,但又不好拒绝。他的窘相让其他人发笑,我只好收起相机。有人问起我的工作。父亲说是在《夏城时报》做记者。

"你是记者?"张老幺从水烟筒上抬起头,眼神里有一丝惊喜。我笑笑,表示赞同。我没法告诉他,自己快失业了。

"看来我今天真是来对了。"他说,"我正想有个有文化的人呢。"

我的尴尬甚于他面对镜头。保持微笑,沉默。我想,他一定是对记者这个职业有某种误解。

"你真得帮帮我。"他说,"我找机会单独和你聊。"

我没法当众拒绝他,只能说一定尽力。

张老幺连抽了三支烟,终于放下水烟筒,接过别人递来的酒杯。他们喝啤酒,喝得很慢,就像只为了润喉咙。他们聊着子女,庄稼,牛羊,以及即将要修的公路。父亲努力加入谈话,可那种感觉就像是要将衣领和裤脚缝合在一起。而关于往事,他们的对话就像是用直钩钓鱼。

"好多年不见了啊。"

"是的是的,三十几年了。"

……

太阳热辣，喝下的啤酒让人头晕。在某一次短暂的沉默里，我向他们问起了碉楼。

"那是曾大炮的碉楼，"他们中的一个人说，"有一百年历史了。"

碉楼让他们来了兴致。我在他们纷纷移动凳子朝我围过来时，举起了相机，他们比刚才放松了一些。

"说起曾大炮啊，这话可就长了。他生于光绪十四年，死于一九四五年，人称曾营长。那时候的阿尼卡，一棵庄稼也没有，地上种的全是罂粟。听老人说，在开花的季节，站在山上往下看，红通通一片，好看得很。

"曾大炮这个人，还在娘胎里就作怪，他妈怀着他，还没有生，就在他妈肚子里哭。那哭声传得很远，左邻右舍都听见了，就他爹妈听不见。他长到四岁，他爹被烟贩子枪杀了，他妈也抽大烟，扃烟瘾死了。所以，他在娘胎里哭，哭的是自己的命运。他从四岁开始讨饭，端只小木碗，站在别人家门前，从不跨过门槛，也从不说话。那时候的阿尼卡，家家养狗，但那些恶狗见到他就呜呜哭，人家说他其实是黑虎精。

"庚子年，天大旱，阿尼卡连续半年滴雨未落。地里光秃秃一片，山上枯草连天，井水见了底，牛羊渴死。后山上的一棵老树，被太阳晒着晒着就烧起来，整片森林烧了七七四十九天。白天夜晚，火光冲天，来不及逃跑的飞禽走兽，烧得连渣都不剩。原本，人们在穷时还可以上山打猎，维持生计，大火过后，穷人就四处逃散。但十二岁的曾大炮哪里也不去，他说要留在阿尼卡，守他父母的坟。其实大家都知道，他不是在守坟，而是在等一个人。他从八岁开始，腰间别着杀猪刀，没事就磨。那刀亮得像一汪清水。穷人逃走了，富人照样生活。冬月初八，靠鸦片起家的康六老爷迎娶第四房太太。这太太年方十六，是从城里来的。

"曾大炮十二岁以后就不乞讨了。因为他某天上康六老爷家乞讨时，被四太太看了一眼。那是辛丑年，曾大炮突然想起，父母留下的土地荒芜已久。他第一次跨过了邻居家门槛，被人轰了出来。邻居说，还没到饭点，你咋就开始要饭了？曾大炮说，我是来借牛的，借你的牛耕地，回头我用鸦片作酬谢。那邻居一听，变了语气，说你的年龄还没我这头牛大，哪会耕地？如果你真的想耕地，我帮你就是了。消息传来，阿尼卡人悲其身世，纷纷赶来帮忙。辛丑年，荒了数年的曾家土地里重新被种上了罂粟。老人们说，那一年，曾家的罂粟疯了。一棵和另一棵，一片和另一片，赛着长，长得比人还要高，花有碗那么大，果有碗那么大。那些活了几十年的老人，走到地边看一眼，吓得直喊天。

"到了熬烟膏的季节,曾家的破屋里发出异香。那香味穿过阿尼卡,闻到的人便哈哈大笑,香味漫向森林,前一年被火烧过的树木便发了芽。康六老爷笑了三天,也恨了三天,派人背着白银来了。可曾大炮说,他的鸦片只有黄金配得上。康六老爷说,给他白银不要,那就给他枪吧。当天夜里,六条枪围住了曾家的破房子。外面的人喊,娃娃,命要紧,交出鸦片,一辈子跟着六老爷吃香喝辣。屋里没有声息。六条枪一起发射,鸦片的异香弥漫开来,枪手们哈哈大笑,顿时失去了拿枪的手劲。屋里终于传出声音,'你们回去告诉六老爷,我的鸦片不换金不换银,只换杀父仇人命一条。'

"三天后,那个独耳朵烟贩子被捆成粽子样送到了曾家破屋前。屋外的人说,凶手我们给你带来了,鸦片呢?屋里的人说,你们把他松开,放他进来,鸦片已经在六老爷家里了。众人松开凶犯,差一人回去康家,果然见鸦片已经摆在康家堂屋里的供桌上。至于烟片是什么人什么时候放进去的,没人知道。独耳朵进了曾家破屋后,发生了啥事,也没人知道。第二天,独耳朵的尸体悬挂在阿尼卡村东的大梨树上。胆大的人,走近了看,说独耳朵的身上没有一丝伤口,死相也不可怕,就像睡着了一样。

"又过了三天,康六老爷再次派人背来银子,并带话:

这些银子,是给你的找补,如果还有啥需求,请尽管开口。曾大炮没收银子,只让人回话:康六老爷家财万贯,我不稀罕,我只想要他身边的一件宝贝。你们也不用问我要啥,六老爷明白的。"

"他到底要啥?"我问。

"不要金不要银,你猜他要啥?"

"难道是要人?"

我猜对了,曾大炮要的是康四太太。可这大活人怎么是想要就能要的呢?我没有说出我的疑问。

太阳西斜,伯伯家院子里的阴影面积越来越大。羊肉端上桌时,啤酒换成了白酒。老年人喝酒,雄风不再,皱着眉,小口抿,仿佛喝的不是酒,而是农药。张老幺提议让大家安静,请我父亲讲几句。院子里顿时安静下来,嘴巴停止咀嚼,酒杯放下,香烟在指间无声燃烧。父亲在讲台上站了一生,但他此时却表现出了一丝惊慌。

"感谢大家的到来。"他扶着桌子站起来,轻咳一声,看看众人,若有所思。

"这一天,我盼了三十几年。我以为自己再也没有机会见到各位了。重新回到这里,见到各位,我心愿已了。不瞒大家说,我剩下的日子不多了。我回到这里,就是想死在这里。"

"好好的聚会，你说啥死不死的？"伯伯抢过父亲的话，端起杯子示意众人，"来来来，我们欢迎青山回家。"

"我还回得来吗？"

"当然。这不已经回来了吗？"

被打断的话，再也接不上了，他干脆坐了下来。伯伯起身，再次以主人的身份，说了一通以欢迎我们一家和父亲的老朋友们。我和他们一一碰杯时，说的是祝福的话。白酒和啤酒混合，每喝一口都像头上被人捶了一拳。两杯白酒下肚，眼前的老人们便摇晃起来。人一摇晃，憋在心里的话就抖落了一地。

终于，他们像真正的老朋友聚会那样，放开了。他们说起阿尼卡的过去和现在，从过去的深井里打捞起往事，放在这个下午的阳光下翻晒。人生一世，草木一秋。眼前这十几个老人，像一片衰草，一把火就能点燃，化为灰烬。

我走到院子外面，给朱丽打电话。她终于接听了，我的声音有些颤抖。她正在接帽帽回家的路上。她问有什么事，我想了想，让她把电话给帽帽。帽帽很高兴听见我的声音，问我在哪里。我说爸爸在一个很远的地方。最后，我告诉帽帽：爸爸很爱你……们。最后一个字，在嘴里忸怩着，不知道她是否听见。

夜幕降临，大家都醉了。老人们像一株株风中的麦子，摇头晃脑，东倒西歪。他们相互搀扶着出门，把尿撒向庄稼地里，又踉跄着回到院里，嚷着说还要继续喝。其实也就是嘴上说说而已。父亲已被送回床上，躺下了。我靠意志支撑着替父亲送客。我和老人们一遍遍握手，一遍遍道别。他们相互问：喝醉了吗？对方回答：我没醉，你才醉了呢。

"长得真像啊。"

"是啊，一模一样。"

这是两个老人在离我不远的路上的对话，他们大概以为我听不见。他们是这样说的吗？我不敢确定。天黑没多久，热浪退去，风吹来时，像一面绸缎。我刚想转身回屋，暗处却闪出一个影子。他轻咳一声，吓我一跳。是张老幺。

"我没走，"他说，"我想单独找你聊聊。"

我们一同回了屋。客厅里传来抗日剧的枪声，只有伯伯一人在看。

"我又回来啦。"张老幺说。

"你本来就该留下的，"伯伯说，"你和青山关系最好，而且，你现在一个人生活，在哪里过夜都一样。"

"那，我们开始吧？"张老幺一脸郑重其事地看着我。

我已经很困了，但还是拿出采访本和录音笔。他从衣兜里掏出一只瘪烟盒，还有三支香烟。刚好，他说，一人一支。

他的讲述从一九八六年的中缅边境开始。这是他一生中最重要的段落。我偶尔问一句，并在笔记本上记几笔。录音一直开着。三十年的时光，他讲了三个小时。此后，我们一起陷入了沉默。夜空划过闪电，雷声紧随而至。张老幺看看天，站起身，说闪电在给他照明，雷公在催他回家。

哑　炮

我去铁树寨是为了一门亲事。

而在阿尼卡，男人们都有个共识：如果老天睁眼，这一生，会有一次被某个姑娘看上的机会。一次。如果错过，就是你自己的事了。这样的机会一般出现在二十岁左右。我也有过。我为此丢掉了一只手掌，在她爷爷的葬礼上。我以为那是个哑炮，没想到只是引线回潮。真他妈见鬼了。

出事的头天晚上，我梦见自己长出了八只手。前面四只，后面四只，侧翻在地，便可以像螃蟹一样爬。我在梦里试着爬了一下，双腿变成了一根尾巴。

但这些发生在阿尼卡的事情已经不重要了。总之，我丢了手掌，她丢了我。绝望的人，也是一枚哑炮——要么熄灭，要么爆炸。我在一个夜晚进入她家，随身带着匕首和炸药包。我已在她家大门外的空地上放了件崭新的白衬衣，衣兜里的烟盒纸上写有一句话：谁替我收尸，这衬衣就归谁。一九八六年的乡村，一件白衬衣能否让一个人变得善良和勇敢，我不知道。但为了买这件衬衣，我扛了一根四米长的圆木，走了三十里山路去到江边卖。

匕首从门缝里插进去，轻轻往右一拨，门开了。黑夜真好。我像熟悉自己的身子一样熟悉她家。连狗都认识我，摇着尾巴，跑到我面前，我摸了它一把，它就地打了个滚。狗比人好。

她睡在东厢房楼上。木板楼梯会发出响动，我需要脱鞋。小木门是我一个月前换上的，连做带安装花了两天时间。这种带碰锁的门，其实并不防盗。用某种软硬适中的东西就能打开，比如第一代居民身份证。我用的是我们的合照。

她睡得很香，要侧耳才能听见呼吸声。我们一同去县城时，在路边的树林里，我感受过这种气息。只是那时，她的呼吸要比现在急促。我给她买的梅花牌手表在床头柜上发出嚓嚓声。匕首在我腰间。炸药包在右边裤兜里。香烟和火柴在上衣兜里。我在床沿坐下，她居然没有醒来，即使醒来也无所谓——作为阿尼卡最好的炮手，我轻易就能把握好引线和时间的关系。从点燃到爆炸，不会超过一分钟。这一分钟，我完全可以控制住她，大家一起死。

我开始抽烟。划亮火柴时,照见她仰面躺着,嘴角流露出一丝笑意。她在笑什么?嘲讽我秃了的手,还是为终于抛下了我而高兴?火柴熄灭后,我席地而坐,继续抽烟。手表的声音被放大了,嚓、嚓、嚓。接下来,引线也会发出这样的声音,蓝色的小精灵欢呼雀跃着,扑向它们的乐园。嘭!震天巨响。我们像一朵花,从房顶盛开而出。然后,纷纷扬扬,化为肉泥血雨,我中有她,她中有我。

想起这些,我在黑暗中发出了笑声——死神的笑。我不想让她多活了,就像她不想让我活了一样。一个被悔婚的秃手,活着和死了有什么区别?

我掏出炸药包,点燃导火线,哧哧声中,火药味弥漫开来,那着了火的引线像一条蛇的芯子。我闭上眼睛。脑袋里一片黑暗。难道这就是死亡?可我分明还能听到外面的风声,以及床上轻微的呼吸。我试着动了动手,香烟还在指间燃烧。炸药包还在手里。

这他妈才是一枚真正的哑炮。

当我意识到这一点,汗如雨下。在眼睛一睁一闭之间,我从鬼门关走了一遭。我捡回了一条命。化为碎片的不是我,而是身外的这个世界,它们一起射向我、湮没我。我颓然瘫在地上。我在意识到自己还活着的同时,也意识到另一个我死了。

我穿上之前留在屋外的白衬衫，当天晚上就离开了阿尼卡。就当是我给自己收了尸吧。一个无路可走的人，只要不停下，朝着任何一个方向走都一样。下半夜，月亮擦破云彩，我已经走到了另一个寨子。我想唱山歌，于是就扯开嗓子唱，吓得几只狗在不远处狂叫。山风将我的声音撕碎，可我的山歌车载斗量。我奔跑起来，双腿如双桨，划呀划，划出了天边的曙光。

从此，世间多了一个流浪汉。是真的流浪。我的心催着我的腿，只要有一口气在，就要朝前走。我依靠我的独手，为自己而活着。流浪生活并没有别人想象中的那么难。谁不欢迎一个拼命干活却只求温饱的人呢？并且会有好心人偶尔赏我几块血汗钱。那些钱我都攒着。

冬天的时候，我走到了黑白镇。那里的人，白天一切正常，到了晚上，便戴上面具出游。这是他们的古老习俗。一个走遍了大江南北的杂剧团小矮人向我提起了铁树寨。他们杂剧团曾在铁树寨演出过二十天。听他的意思，他甚至在那里有一个身高一米七的相好。

"像你这种情况，应该去铁树寨。"他说，"我保证你能在那里找到一个女人，她们需要你这样的人。"

那时我已经在黑白镇连续看了三天的演出。那个小矮人，在一些劝善的情景剧中，有时演父亲，有时演儿子。另外,他唱歌也不错。我接近他,是想跟他们走,我可以帮他们搬箱子或搭舞台。但他似乎一眼就看出了我的心思。

于是,我成了一个有目标的人。铁树寨,是不是寨子里开满了铁树?阿尼卡人说,铁树三千年开花一次。如果真这样,铁树的花期怎么也得有上百年吧?

人一旦有了目标,就会变得复杂。我不再是那个管三顿饭就像牛马骡子一样干活的人了,我要钱,我的工价是每天一到三元。另外我还想说,丢了一只手掌,这事在日后看来并不坏。出于某种心理或生理的本能,起初,我走路时偏向一边,像一架失重的飞机,继而感觉力量都集中到了那只健全的手上。别人一双手能够举起的东西,我一只手就可以。特别是在负重方面,我的力气真和一头骡子差不多。

总之,我花了一年的时间攒钱,并且改变了行走方式。一个星期以后,我乘车抵达南散。真如那个小矮人所言,街上四处是黑皮肤大眼睛的姑娘。他们说着我听不懂的话,笑起来便露出洁白的牙齿。我在南散置办了身行头,以备不时之需。我的经验告诉我,我得衣着朴素地去铁树寨。一个穿得华而不实的人,不光没人会请他干活,还会被当成贼。

总之,那个小矮人诚不我欺。铁树寨真的需要男人。当我看到矿山,看到奔跑的汽车,听到地下闷雷般的炮声,我便知道,我来对了,这里才是我的归宿地。至于山下,那些密密麻麻的房子里,应该会有一个女人属于我。

这里最缺的不是矿工,而是炮手。而我的秃手就是最好的证明。新的生活就这么拉开了序幕。但这些并不是我要说的重点。

令我痛不欲生的,是我的儿子。是的,我在铁树寨找了个女人。她的男人死于矿难,我去参加葬礼。但凡有矿工死去,矿上就停工。这不是矿主的意思,而是矿工们约定俗成。只有那些生前足够热闹的人,死后才希望安静。而我们这些人,只能寄希望于葬礼上的热闹挽回一丝可怜的尊严。一个矿工死去,不管是灰飞烟灭,还是保留了全尸,我们都叫"吃杠子肉"。杠子,就是抬棺用的比扁担还要粗笨的木头,我们阿尼卡没有这叫法。

不具体说了。总之,我在她丈夫死去一个月后,将她按翻在了床上。其实是我自己紧张,用力过猛了,她并没有过多挣扎。甚至,她嘴里还发出了一声轻笑。她拿我的手放在她的肚皮上。那肚皮,平坦、紧致。

"这是哪样?"她问我。

"肚皮。"我说。

"肚皮里有哪样?"

"五脏六腑。"

"错了,"她拿开我的手,"肚皮里有孩子。"

所以，我刚才跟你说的儿子，其实是她和那个死鬼的孩子，那时他才两个月大。她问我嫌弃不，我说这也是我的儿子。于是，这事儿就成了。我们一起等他降生。那时我们甚至商量过如何对外人讲起这个遗腹子。因为从时间上来看，我们完全可以说他是个早产儿。但我拒绝了这种谎言。

"他的就是他的，"我说，"我不会和一个死去的人争。"

两个男人，一个活着，一个死了。因为睡了同一个女人，似乎就有了某种牵连。并且，死人和活人之争，活人是理当谦让的。

那个孩子出生了，矿工们来喝满月酒。我在酒席上主动承认了，这不是自己的孩子。见惯生死的矿工们纷纷向我举杯，发自内心地羡慕和赞叹。她是个美人，有着令人垂涎的胸和屁股，身子柔软得像条蛇，而叫声足以穿破夜空。我想，不出一年，我们就会有自己的孩子。但我想错了。

按你们读书人的话说：命运跟我开了个玩笑。这个女人，她看起来像一片肥沃的土地，我也像是一头勤恳的耕牛。但是，她的肚子，再也没有鼓起来过。我偷偷去医院看过，是我的染色体异常。这才是最大的哑炮。他妈的。

有一段时间，我希望在放炮时把自己炸死。可我独手点燃的引线，从来没有失手过。每一次都炸得地动山摇，轰隆作响。从人工点火到电雷管，再到专业爆破，我在铁树寨整整生活了二十年。

这二十年，那个死去多年的人，一直阴魂不散。他留在世上的儿子，长得越来越像他。每次他看向我时，目光里的质疑、同情、嘲笑，都和神龛前那张照片一模一样。他叫了我二十年爸爸，可是，我越发觉得他在笑话我。

"你的爸爸在墙上呢，"我说，"你叫我张老幺吧。"

那时他读大学二年级了。由于近视，习惯性地眯着眼看人。这种目光，看人时更像是在藐视。我抬手给了他一耳光。他捧着脸，嘴角挤出一丝笑容。

"我叫你爸，是因为觉得你可怜，"他说，"你从小对我很好。这一耳光，是我还你的情。"

那一耳光，也打哑了我们的生活。我老婆再也不和我说话了。即使我当着她的面开始收拾东西，并将一半的积蓄放在家里的供桌上，她仍然没有开口。我抬腿朝外走去，她没有让我站住，也没有问我要去哪里。

我能去哪里？我在南散汽车站的售票大厅里，面对密密麻麻的地名，哭了起来。我哭，因为我想起了阿尼卡。我回到这里时，四十刚出头。可我觉得，我把一生都过完了。

六

露天电影

又一个冬天来临了。我八岁。我已经在秋天的时候正式入了学。之所以说"正式",是因为此前几年,在那些无聊的日子里,我经常端个小凳子,坐在教室里做旁听生。我在课堂上像模像样地积极举手回答问题,并且在课后认真完成作业。

可放学以后,我便失去了这种消遣。我像一头被长期关在圈里的小牛犊,磨角擦痒,浑身难受。当我面对空荡荡的操场发出一声长啸;当我对着旷野喊另一个自己;当我对着墙壁一顿猛拳;当我在月光下,顺着大路飞奔,只为听自己的脚步声……我知道,大人们心里想的是,这孩子脑袋坏掉了。我毫不生气,并为此窃喜。

这个冬天和前一个冬天大同小异,凛冽萧瑟。太阳还是那个太阳,像件薄衣衫,披在身上等同于无。放寒假了。学生和老师们都回了家。我们守着空空的校园，像四个僧侣在守一座寺庙。热闹消失了，但我感觉耳畔总有一种类似蝉鸣的东西，反复在响。父母的目光像晴天的蜻蜓，不时落在彼此脸上。而当我和巧慧看向他们时，迎接我们的总是两抹淡淡的笑容。

父亲在太阳下读《中华人民共和国宪法》，面前得放个火盆。他读几页，就闭上眼睛想一会儿。确实，在这个凡事只用拳头说话的地方，懂点法是很有必要的。母亲坐在不远处的小凳子上擦萝卜丝。在这个季节，他们和当地农民一样，要准备过年的食物。腌肉、香肠、血豆腐、酸菜，做这些东西都是母亲一个人的事。她不光要做这些，还要暗中观察父亲。而对我们兄妹呢，她已经顾不上了。

"放假了，你们自己去玩吧。"她说。

可我们能玩什么呢？走失的跳跳青蛙应该是找不到了，虽然我还经常想起它。一个人滚铁环或打陀螺也没劲。巧慧只是个跟屁虫，说话做事都无比幼稚。打猎暂停了。因为没人知道谁会在下一刻变成野兽。我跟父亲去了两次村里。一次是去黑木沟帮人写退婚协议。一对男女感情破裂，两个家族携枪带棒来了上百人，杀猪宰羊，像是在办一场婚礼。堂屋里挤满了人，两个头发胡子花白的长者代表他们的家族，从盘古开天辟地讲到新社会婚姻自由。这期间，数次发生言语上的冲突，又数次被人劝住。他们在深夜终于达成一致，便请父亲拿出纸、笔和印泥，写下了协议书。

另一次是去嘎达村看露天电影。这不是县里派来的放映队，而是溯金沙江边而上的私人放映队。我之前在瓦布看过两部电影，《南征北战》和《地道战》。

放电影的消息随着寒风在瓦布游荡，听者无不激动，除了我母亲。但我们已经习惯了她对热闹的抗拒。

"有啥好看的？"她冷冷地说，"又不能当饭吃当衣穿。"

"人也不能老想吃饭穿衣的事吧？还是需要点精神生活的。"父亲说。

"精神？还神经呢。"她像一只斗鸡，再挑逗一下就飞扑而至了，可我父亲毫不退让。

"你去不去，是你的自由。但你不能限制别人的自由。"他说，"这是法律赋予每个公民的权利。"

最近一段时间，我父亲的兴趣从古诗词移向了法律。难道，法律比诗词有用？若是以前，我母亲可能一哭二闹，甚至堵在门口不让我们出去。但是当我父亲祭出人身自由权，她语塞了。当然我们也都知道，真正让我母亲放弃同行的，是我妹妹。她才五岁，若要在冬天的夜里带着她翻山越岭去看电影，太遭罪了。

"如果你们不去，那我就带着一心去了。"父亲的语气从义正词严转成了厚颜无耻的窃喜。

母亲妥协了。

我们下午出发，要在天黑前赶到。一路邀约，应者如云，很快就成了浩浩荡荡的队伍。

"放的是啥电影？"

"具体名字不知，但听说是部港片。"

大人们从电影谈到了放电影的人。说放电影的是个女人，涂着红嘴唇，还会抽烟。我父亲没有加入他们的谈话中。他在出门前用香皂把自己洗了一遍，那香味一直飘散不去。他的头发一丝不苟，蓝色中山装笔挺，黑皮鞋上泛着与众不同的光。

我们在日落前赶到了嘎达村。远远就听见了音乐，看见山坳里的一个篮球场上挤满了人。白色幕布贴在一面土墙上。越靠近音乐的地方，越拥挤。我见缝插针地朝前挤，终于来到放映机前。那个女人正在鼓捣一个有孔的圆盘子。她身边的桌子上，放着一台双卡录音机，彩灯闪烁，像两只蝴蝶扑扇着翅膀。她顶着一头红色波浪鬈发，穿一件米色风衣，嘴上果然如人们说的那样，叼着香烟。桌子的另一边，站着一个头发花白的老人，穿一件棕色的皮夹克，腰上系一个黑色小包。

"今晚放的啥电影？"父亲问。

"《胭脂扣》。"那女人说。

"是张国荣演的？"父亲又问。

那女人抬起了头。她看了一眼父亲，笑了笑。

"这部电影好看，"父亲说，"我在《大众电影》上看过介绍。"

那女人噢了一声，眼里有种如见知音的惊喜。父亲掏出香烟，犹豫着递给她一支。她大大方方地接了。第二支香烟递向了那个老人，对方却不领情，冷漠地摆摆手，说没学会。

天黑了。暗处响起突突突的马达声，一颗灯泡亮了起来。"来电了！"昏黄的灯泡下有人后知后觉地喊了一声，没有引起更多的共鸣。女放映员从风衣兜里掏出一支手电筒，开始收钱。这时，父亲又挤到那女人身边。

"我帮你收钱吧，"父亲说，"这样快一点，大家等不及了。"

"谢谢。大人一块，小孩半价。"

他们一左一右在人群里穿梭，手上拿着电筒，重复着"请买一下电影票，大人一块，小孩子半价"。观众纷纷掏出皱巴巴的票子，递过去后，目光紧盯着幕布。最后，父亲从白衬衫兜里掏出一小沓票子，从最里层抽出一块五，说那是我和他的票钱。那女人摇头，说这场电影，她请我们父子看了。

但那场电影看得我很沮丧，因为我根本不知道讲的是啥。那时我喜欢看战争片，好人坏人一目了然。好人基本不死，坏人总有恶报，大快人心。可这哭哭啼啼的《胭脂扣》有啥好看？我借着屏幕的光，看到好几个人在抹泪。而那个放电影的老人，此时正以一副见多识广的样子悠闲地点着香烟。我想看父亲是不是也在哭，但站我身边的已经换成了一个穿披毡的老人。我在人群里寻找父亲，黑压压的观众，或坐或站在屏幕对面，像一团巨大的云。我确定自己把在场的每个人都看了一遍，但没有找到我父亲。倒是在挤的过程中不知哪个狗×的在我屁股上踢了一脚。

我只好回到放映机旁等他。那个放电影的老人此刻也用目光在人群里搜寻——他的女儿不见了。好半天，父亲终于顶着寒气回到我身边。我问他去哪里了，他说去撒尿。又过了一会儿，那个女人也回到了放映机前。在字幕升起时，她的目光越过灯光和人群，看着父亲，挥了挥手。

通常，回程的脚步要比来时急。但我父亲正好相反，他犹豫着，嘀嘀咕咕，说其实我们可以就在嘎达村休息一晚再走，而不用半夜三更赶路。他可以做到这一点，那里有很多他的学生。我们的手电筒电池快干了，像只病猫的眼睛。

那散淡无力的光影，昏暗朦胧，我已经好几次踢到了路中间的石头。四周的山路上闪着手电筒光，人们高声谈论着剧情。这让我感觉，是他们分走了幕布上的光，才导致电影散了场。

胡不归

家里的火塘边，等待我们的除了母亲和巧慧，还有邱百中。他们在推门声中抬起头，目光对视，面无表情。我叫了一声邱叔叔，他只在喉咙里嗯了一声。母亲催促我赶紧去洗脚睡觉。可我没有睡意。上床，闭眼，脑海里回顾着令人沮丧的电影片段，竟然觉得女演员和母亲有几分相像。屋外，大人们在谈话。

"神枪手先生，你啥时候来的？"我父亲说，"我还以为你会去看电影呢。"

很多时候，父亲一直这样叫邱百中。神枪手——先生，仿佛只有父亲才配这样叫。但是那天晚上，和我预感的一样，邱百中的情绪不太对劲。

"老子可不像你，还有心情看电影。"他说。

这是我第一次听他在我父亲面前称老子。也许是他一时口误了吧，我躺在卧室的床上想。瓦布的农民嘴上不干净，但真要当面称老子，也是大忌。

果然，外屋里沉默了下来。火柴划燃。咳嗽。

"最近没上山打猎？"父亲又问。

"我们打开天窗说亮话吧，我是来向你要人的，"邱百中说，"小春不见了，我想，你应该知道她在哪里。"

"你开啥子国际玩笑哦？"父亲陡然提高了嗓门，"她又不是我媳妇，又不跟我睡一起，你来问我要人？"

"你小点声，"母亲说，"你还怕别人不知道吗？"

即使隔着门和墙，我也能感觉到母亲咬牙切齿的隐忍以及这隐忍背后的暴风骤雨。她只是不便在这夜深人静之时爆发而已。毕竟她是一名教师，旁边还住着其他老师。

总之，小春不见了。邱百中担心的事情终于发生。最近一段时间，小春总说她晚上梦见死去的奶奶挎着竹篮牵着她的手走，竹篮里的黄纸折子上写的是她的生辰。三天前，她让邱百中去黑木沟请端公，说自己有可能撞上了不干净的东西。可当邱百中请来端公，屋里却已经没了人。那天，有人看见公路上非常罕见地来了一辆拖拉机，车斗里坐着两个男人，他们接上小春就迅速开走了。邱百中骑马去山外找，人没找到，但找到了那辆拖拉机。拖拉机手说，是两个操外地口音的人租了他的拖拉机，去瓦布接完人后，坐班车走了。

"小春是怎样跟外面联系上的呢？除了你尹老师，我想不到别人了。"邱百中停顿了一会儿，又说，"你们的事，别以为我不知道。"

"邱百中！"我父亲再次吼叫起来，"你说话可得有证据。你再胡说八道，小心我告你。"

这吼声让偷听的我吓了一跳。我不由得想起过去，邱百中带着猎物来喝酒，两人称兄道弟地说醉话。那样的时光和喷香的野味，大概是不会再有了。

外屋安静下来。想必邱百中是被我父亲的话震慑到了。过了一会儿，传来抽泣声。不是母亲，而是邱百中。他在抽泣声中响亮地擤鼻涕，断断续续地诉说。他说自己花了三千块把小春买回来，把她当菩萨一样地供着，以求某天能够焐热她石头一样冰冷的心。哪想到头来，竹篮打水一场空。

"你们这是贩卖人口，知道不？"我父亲突然打断了邱百中的诉说，"依我看，她走了倒好。她不走，哪天被公安找上门来，你要坐牢的。"

似乎被这一连串的"控告""坐牢"之类的话吓到了，邱百中的态度愈发底气不足，最后只能黯然离去。我支棱着耳朵，听见外屋的门打开又关上，继而陷入了沉默之中。我听见深夜的墙壁里有一粒珠子在滚动。有一阵风吹得猛烈，像只狗似的在门外发出呲呲声。难道我父母也睡着了？我试着喊了一声，妈——。她没好气地问，叫你妈的魂啊？

"说吧，到底是咋回事？当着别人的面，看在孩子的分上，我不揭穿你，现在可以说了吧？"

这话从门缝挤进来，银针似的刺着我的眼睛和太阳穴。我裹紧被子，身子下意识地向外倾。

"说啥？"父亲问，"难道我说得还不够清楚？难道你宁愿相信那个疯子，傻子，而不相信自己的男人？"

"呵呵，得了吧。"母亲冷笑，"老娘我今天最后送你一句话：久走夜路要闯鬼。"

他们进屋来了。我闭上眼睛，打开耳朵。窸窸窣窣脱衣，吹灯，但再也没有其他动静。那夜我做了一个梦，梦见瓦布小学外面出现了一道深沟，没有桥，也没有水。我在梦里担忧的是：开学以后，那些孩子怎么来上学？醒时不由得感叹，幸亏是梦啊。否则，我们一家四口真的成了孤岛上的鱼。

天阴着。但我们已经不对天气抱任何希望。即使出太阳，那层浅薄的温暖也只是一种慰藉。即使来一场雪，我们也不悲不喜。那是我记忆中最难熬的寒假。我拿这寒风满地打滚的学校和死气沉沉的村庄毫无办法。

"听说放映队还没走。"父亲悄然说。

"他们放的电影不好看。"我说。

"他们每天都放不同的电影,总会有你喜欢看的。"

我们在中午时分谈起这事,正在为如何打发时间而发愁。放假以来,我们已经想尽了办法。讲故事,做游戏,唱歌,拉二胡,读书。每天做件有点意思的事,是那段时间最大的事。

"你又想出去骚了是吧?"我们的谈话被母亲听到了。那时她正在一个塑料盆里搓衣服,手已经红肿了,她伸手抹了一下耷拉下来的头发,看着父亲,停了手上的动作。

"我的意思是,我们一家子去看场电影,听说今晚放的是《戴手铐的旅客》。"

"铐你妈个头!"母亲直接开骂,"老娘警告你,人的忍耐是有限度的。"

可别以为我父亲会害怕她这样的歇斯底里。他早就见惯不惊了。父亲比任何人都清楚,母亲会在接下来的时间哭丧着脸,浑身不爽,不管是刷碗还是关门,都要弄出巨大的响声。

我父亲换了一种策略。他视若无睹地在我们面前忙碌起来,剃胡子、擦皮鞋、洗头、换衣服,为出门做着准备。父亲手上的动作越急切,母亲的脸就越阴沉。

"走吧,一起去看电影。"父亲的嬉皮笑脸像恶作剧,母亲的回答像是冰碴子。

"滚开。要去你自己去！"

"那我真去了？"

"滚吧。"

他真的滚了。滚得飞快。仿佛整个瓦布村就是一面陡峭的悬崖。他不是滚，而是直接掉下去了。待我母亲回过神来，山路上已经空空如也。他那么迫不及待，连饭都没吃。母亲一定后悔让他"滚"了。

仿佛父亲是一个塞子，而母亲是气鼓鼓的物件。父亲一走，母亲立刻就蔫了。她先前那些弄得锅碗瓢盆乒乓作响的力气没了，她坐在家门口，背靠着墙，目光注视着空荡荡的天空。

太阳加速了下坠的速度，我的母亲如坐针毡。她一次次走到学校外面去眺望村庄。我忍不住告诉她："妈，别看啦，电影都还没有开始呢。"我想象露天电影场上的情景，和昨天一样，人山人海，吵吵嚷嚷，人们在看电影之前，会先把那个抽烟的女人看个够。当天黑下来，当幕布被照亮，那个挤满了人的篮球场就成了宇宙中的一颗星星。而当电影结束，就是一颗星球归于黯淡。

天黑以后，母亲带着我和巧慧坐在火塘边。她向我问起头天晚上的情景。我说那电影难看死了，里面的人不打架，一直哭。这话把母亲逗笑了。她说那也许是个爱情片，她在上师范学校的时候看过。

外面，寒风抱成团，像一个穿了披毡的人在撞门。母亲已经从里面把门闩上。她朝火塘里加了几根干柴，火苗蹿得老高。父亲不在身边，打发时光就成了母亲的责任。由于这样的时候太多，她早已掏空了心里的故事。她是读过几本书的人，但似乎只有《西游记》和《封神榜》里的故事可以对我们讲起。另外，她还讲一些民间故事，《蟒蛇记》或《柳荫记》啥的。这些民间故事里有唱段，故事悲惨，唱着唱着她就流眼泪。

"哎呀，不唱了不唱了，"她一抹眼泪，露出一丝笑，"一切都是命，半点不由人。"

那天晚上，父亲没有回家。这个事实是随着时间一点点往后推移而确定的。母亲的胸前挂着一只电子表，圆柱状的，像一截银色的指头。她不时看表，脸色越发不安。最后她不得不宣布：睡觉吧，不等了。

风刮了一夜，门响了一夜。可天亮时起床，仍然没有见到我父亲。

"爸爸呢？"巧慧问。"死了！"她说。

燃烧和断指

我当然知道父亲没有死。我甚至能猜到他去了哪里。这就是他妈的生活。我在那时就知道,即使生活是个王八蛋,有时候也得硬着头皮过下去——不然就会成为另一个王八蛋。

所以,那天上午,母亲无数次心有不甘地走到校外去眺望,我和巧慧带着同情之心寸步不离跟着她。我们没有看见山路上走来父亲,但看见村里起火了。浓烟滚滚,直蹿云霄,很快就挡住阳光,投下巨大的阴影。起火的是邱百中家。在火光和浓烟中,我们听见村庄里传来喊叫声和敲锣声,看见一个个黑影在奔跑。母亲带我们回家,叮嘱我和巧慧不准乱跑,而她却拿着盆和桶去救火了。她走后,我又带着巧慧去了校外的山包上,远观人们扑火。邱百中家离河远,救火的人从他家门口一直排到了河边,接力传递着装了水的桶和盆。显然,这样是救不了火的。到了中午时分,可燃物皆已化为灰烬,火势才渐弱,浓烟被风吹散。散去的还有人群,最后只剩下黑黢黢的废墟。母亲从山路上向我们走来,她的盆和桶不见了,鞋上沾满了泥泞。

"可怜哦,疯了。"她在给我们做饭时,喃喃自语。

我问她谁疯了？她说邱百中疯了，把自家的房子点燃后，走了。去哪里了？找他媳妇小春去了。此后，母亲一直沉浸在火灾的阴影下，默默地吃饭，织毛衣，发呆。桌上的录音机里传来一个女人的歌声，我由此想起了那个放电影的女人。

"妈妈，你见过会放电影的女人吗？"我问母亲。

"肯定有啊，"她说，"女人不光会放电影，还会开枪开飞机呢。"

"昨晚放电影的就是个女人。"我说，"还会抽烟呢。"

"啥？"母亲突然跳了起来，"你为啥子不早说？"

我不知道我为啥子要早说。我只是实在闲得无聊，才跟她说起这事。看她愤怒的样子，恨不得甩我一巴掌才解恨。她大概是记糊涂了吧？那时我们刚吃过中午饭不久，她又开始做饭了，而且淘的米和炒的菜足够我们吃两天。她从外面抱回了干柴放在火塘边，叮嘱我，冷了要记得给自己和妹妹加衣服；热饭时要添少量的水；晚上睡觉记得把门闩上。最后，她还给我一块钱，让我在巧慧哭的时候带她去田小桂那里买糖。

她说这些时，我一一点头。然后，她在卧室的穿衣柜前给自己加了衣服和围巾，又随手拿起几张放在床头柜上的旧报纸。我正奇怪她为什么要带走报纸时，她带走了放在灶台上的菜刀。她已经交代完毕，走时并没有回头。

　　世界就这么被抽空了。尽管瓦布依然是那个安静得一声牛哞都能传得老远的村庄。那些山路上，偶尔有一两个移动的黑点，但都不是我们的父母。几头牛在远方的山坡上甩着尾巴，慢慢移动，可这干枯的冬天，它们看起来更像是在进行光合作用。我的脖子上挂着家门钥匙，带着巧慧去学校外面的空地上。我们在那里玩老鹰捉小鸡。我扮老鹰，她扮小鸡。没有母鸡保护的小鸡，轻易就被捉到，巧慧哇哇大哭。下次换她来扮老鹰，可她这只羽翼未丰的鹰，却根本撼动不了我这只鸡。巧慧的记忆始于此时。后来我们进了洼乌县城，长大了，还会不时提起这个场景。可巧慧并不知道，我之所以要把自己扮演得如此强大，是把她当成了我们要面对的东西。

　　我们会面对啥呢？我不确定。这正是恐惧的根源。肆虐的风里，可能会有无数个看不见的小鬼在我们周围降落。学校的某个角落里，可能正藏着一个无家可归的臭烘烘的乞丐。那个从我们身边经过的陌生人，可能是个人贩子。千万不能吃他给的水果糖，他的糖里有一根比头发丝还细的线，吃了，心就被勾住，跟着走。就连太阳也是危险的。它从云彩的缝隙里射下光的箭镞，谁能保证不带毒？但愿我们不会因为晒了太阳而生病。至于那些藏在山林里的野兽，在这水冷草枯的冬天，也是极易进村觅食的。就像瓦布人所说，兔子急了也会咬人，更何况那些饿了瘦得像一片船桨的狼。

我想，我们的父亲可能跟着那个女放映员走了。难道他要抛下我们，成为一个放电影的人？如果真这样，那他就解脱了，不用再跟这些笨得像牛的孩子打交道，不用再和母亲冷战。只是这样一来，我们就没有父亲了。这是比他们离婚还要糟糕的事。可我不敢把自己的想法告诉巧慧。我们走来走去，睁大眼睛，一片枯叶，一只甲壳虫的尸体，一只废弃的酒瓶，都让我们产生无限兴趣。我们围着路上一泡水牛屎观察了很久，她说像个苦荞粑粑，我说它像浩瀚的星空，那一圈一圈荡漾开去的，就是行星的轨迹。

"哥哥，妈妈啥时候回来？"

"快了。"我说，"天黑前就会回来。"

"可是，天就要黑了呀。"

"也许他们要看完一部电影才回来。"我说。

天黑尽时，我遵照母亲的嘱咐，热了饭菜吃，并且笨拙地洗了碗。虽然在洗碗时打碎了一只，但我相信他们不会骂我。天黑以后我们就不能再出门了。我闩上了门。风在外面呜呜叫。我往火塘里加了六根干透了的木柴，火熊熊燃烧，像一只明亮的豹子。这火让我们变得勇敢了些。巧慧要我讲故事，我给她讲了一个老变婆的故事，这是中国版的狼外婆。我们这两只小红帽吓得抱成一团,眼睛紧盯着门闩,风在外面推门,那声音也像一个老妇在叫唤。可不管怎样,我们都不会开门的。

我继续往火塘里加柴,又看着它们化为灰烬。我还热了水,给巧慧洗脚。她被我讲的故事吓着了,不敢大声说话。她伸出洗干净的双脚在火边烘烤着,招手示意我凑过去。我把耳朵贴过去,她悄声问,哥哥,他们不会是不要我们了吧?我拍着胸脯向她保证,这是绝对不可能发生的事。

我把火塘边的柴当成计时器,但它们越来越少了。如果柴烧完了,父母还不回来,那我们只能去被窝里躲着。而这个打算不幸成了现实。即使我们放慢了添柴的速度,但还是没有等来父母。寒气像冰做的大衣包裹着我们,炭火正在一点点燃尽。我学着母亲的样子,把最后几块还燃着的火炭埋在灰下面,以作明天的火种。

"睡吧,"我说,"好好睡一觉,天一亮,他们就回来了。"

即使巧慧心里有无限怀疑,她也只能乖乖听话。她爬上床,钻进被窝时,打了个冷噤。

"别吹灯,好吗?"巧慧说,"我害怕。"

那煤油灯的光顽强地在夜风中摇曳,像某种精灵在舞蹈。这光也会累的吧。如果它累了,就会像我们一样闭上眼睛睡去。我留着那微弱的灯光，用它来作伴。我那时才发觉，在父母的注视下入眠，是件多么幸福的事。

醒和睡像午后的大地，半亮半暗。而我那时正好踩在明暗交界处。我醒着，也睡着。我听见了风在吹，却没有听见父母在叫门。我总觉得有一些说不清的东西，在这个夜晚，悄悄向我们的住处包围过来。我希望门闩能够更牢靠一点。但是，一声巨响过后，门闩在黑暗中长了翅膀。我翻身坐起，风猛地灌进来，像一条大河在流淌。一道亮光划过，落在我被吓蒙的脑袋上。光的另一端，暗影里，站着我的父亲和母亲。

"继续睡吧，我们回来了。"母亲说。

父亲一言不发，将一只手揣在衣兜里，坐在床上看着我。我终于得以安心睡觉。第二天早上醒来，父亲依然将手揣在兜里。他不经意抽出手，我看到那只手上缠着纱布。

父亲从此丢了一截中指，我不知道原因。此后，他萎靡了一段时间。他整天把自己关在家里，并且告诉我，如果有人来找，就说他不在。幸亏是在寒假啊，我想，不然，他怎么藏得住？但一段时间过后，他接受了这个事实。纱布拆除以后，他的食指和中指一样长。原来，他丢的只是中指长出来的那截指尖。他甚至重新拉起了二胡，似乎也没多大影响。他写的毛笔字，仍是和从前一样漂亮。

某天我突然想起，自己很久没去田小桂那里了。我兜里还揣着母亲前次给的一块钱。我去她那里买糖，她依然对我笑。她身边有个穿军装的小伙子，我认出了那人是肖日龙，他从部队回来探亲。我不知道为什么，突然有点难过。走出供销社大门的时候，田小桂叫住了我。她问我，你爸的手指怎么回事？我说，不知道。

没过几天，肖日龙和田小桂订婚了。肖家为此杀了一头猪，附近几个村庄的人吃得满嘴流油。我父母没有去。听母亲说，肖日龙在部队真的当上了班长，将来还有可能当排长。她说这话时，父亲正在低头抽烟，他满脸的络腮胡很久没刮了，看起来像个野人。母亲说："肖日龙真有出息，你说是吧？"父亲沉默。

某次我听老邢跟人聊天。他说，新的十年要来了啊，我们的日子会越来越好。对方问为什么，他又说不出个所以然来，只让对方走着瞧。有多好呢？楼上楼下，电灯电话。听的人扑哧一声笑出来。这个顺口溜听起来确实不错，但那时瓦布的人，能够吃饱就谢天谢地。老邢喝了酒，脸红得像两坨猪肝，他去供销社里，遇见肖日龙抱着田小桂说悄悄话，脸更红了。肖日龙起身让座，老邢不肯，田小桂问他要买点啥，他又说不出来。我跟着他进去，跟着他出来，听他在走出供销社时骂了一声，小狗×的。

要过年了。人们陷入各自的忙碌中。偶尔见面，聊得最多的还是邱百中。有人从山外带回消息，说在县城遇见过他，蓬头垢面，赤着双脚，大概是疯掉了。还有人说，他其实没疯，而是一直朝河北的方向走了。河北在哪里？那边！哪边？随便指一个方向便可。反正地球是圆的。

七

夯 土

我醒来,窗外阳光透亮。没有人在这个早晨叫醒我。厨房里传来锅碗瓢盆声,伯母和母亲在做饭。他们告诉我,父亲又上山去了。其余的人,在地里给烟草喷洒农药。烟草是阿尼卡最重要的经济作物,早已将玉米和水稻挤出了田地。

我出门去找父亲,远远看见他在那个小山包上坐着。朝他走去时我心生犹豫:要不要去打扰他?那是属于他自己的世界,我其实是个多余的人。这不是我此时才有的想法,而是从小到大,我都觉得,我和巧慧是父母不得已的选择。我们甚至根本就不该来到这个世界——可我们都只能面对既定的事实。活着就是接受。接受不完美,接受平庸,乃至接受死亡。正如当下,我需要接受发了疯的父亲,以及由此带来的诸多问题。

他坐在羊毛织成的披毡上,见我走近,莫名其妙地笑了笑。经过昨天的踩踏和久坐，地上的青草尚未直起身——它们可能再也没有重新站起来的机会了。

"坐吧。"他朝披毡一侧挪了挪屁股。

我没有和他坐披毡，而是认真观察着那两棵旱柳。两棵树而已。真的，我确定，这只是两棵挨得不远的，差不多大小的树。如果非要让我对它们产生兴趣，我会问：它们是在同一时间栽下的吗？而对于父亲，我的疑问是："一大早，你怎么又跑出来了？"

"我来看看它们。"他说。

"两棵树而已，有啥好看的？"

他没有回答，伸手拍了拍左手边那棵树，微笑着，挤了挤眼睛。它们像是在合谋，嘲笑我的无知。可我并不太在意。我的目光顺树梢而上，又将它们仔细看了一遍，仍未看出任何奇特之处。

"它们的年龄比你还大呢。"他说。

可我也丝毫看不出树龄，它们有小桶那么粗，长得笔直，枝条垂下来，披头散发。

"这里很暖和，你有没有发现？这里是个山包，但它很暖和。"

"今天天晴了，哪里都一样暖和。你今天感觉咋样？还害怕吗？"

他摇头，眼神里掠过一丝惊惧。我想跟他聊聊，在没外人的时候，在他清醒的时候。

"再待几天，我们就回去吧，"我说，"你跟我回夏城，我们去大医院看看。"

"我哪里也不去了。我回来，就没想过要离开的。"

"不住夏城也可以，看完病我就送你回洼乌。你住在县城，也方便我回来看你。"

"我怕自己离开就再也没有勇气回来，你明白吗？"

我不明白。即使全世界的人都明白，我也不明白。因为我是他们的儿子。

"难道你想寄人篱下？"我说，"你在这里，上无一片瓦，下无一寸土。"

"这是我自己的事，不用你操心。"他有些不耐烦了。

又过了一会儿，他起身，来到我身边，同我一道观察起了那两棵树。

"你看，它们长得多么笔直、清秀。"他缓和了一下语气。

"这山上的树，不都这样吗？"我也有些不耐烦了，"走吧，回去了。"

走下小山包，他又去到那块被拔掉了烤烟的地里。风吹竹林沙沙响，几只松鼠在追逐。他在地里蹲下，起身，眺望,沉思。我站在路上远远地看着他,他像是在寻找丢失的魂魄。村庄里,某个看不见的地方,有个女人拉长声音在叫一个人的名字。而被叫者迟迟不应。那声音顽强地漫过来,像洪水一次次冲击堤坝。听的时间久了,让人大白天里浑身起鸡皮疙瘩——那个被叫之人,是否还在世?可我父亲丝毫不在意。他既不在意一直站在不远处的我,也不在意那久久无人应答的喊叫声。我再次明白了:一个精神出问题的人,是易碎品,需要轻拿轻放。别说是人了,天空高悬的太阳也拿他没办法。他想走就走,想停就停,想沉默,想说话,全由他自己说了算。

中午饭后,他像只老鼠,顺着木楼梯爬上了伯伯家的厢房。那里堆放着杂物,犁、耙、锯子、背篓、风箱、镰刀、鸡窝、旧柜子……它们相互紧挨着,摞着,相互遮蔽,落满灰尘。一只刚下完蛋的母鸡惊飞而出,哎哟叫着,抗议这无理的打扰。两三分钟过后,他从厢房楼上下来,肩上扛着四块长短不一的木板。在我们诧异的目光中,他旁若无人地扛着木板经过我们身边,往外而去。

"你要做啥子?"伯伯问。

父亲不回答,也不止步,走到大门口,顺手拿走了一把锄头。我们跟着他。凭着儿时在瓦布生活的经验,我认出了那四块木板是农村用来夯土墙的工具,人们称为墙版。过去，瓦布人都住在土房子里，古老的夯墙技艺不知源自何时。但土墙被砖房取代，是在乡村烟草种植兴盛之后。

父亲去到那块被他拔了烟草的地里，脱了外衣往旁边一扔，甩开膀子挖起土来。他很久没干活了。锄头高高抡起，落地时却在打滚。他抹了一把汗，又试了几下，那锄头才有了锄头该有的样子。他将那四块木板架起来，形成了一个长方形模子。然后，他往墙版里倒土，用墙槌舂了起来。时空交错，似曾相识，我们小时候在瓦布也玩过类似游戏。那时，孩子们用几块石板充当模子，试图垒起一座像样的房子。但我缺乏耐心，每次都是舂着舂着就一脚踹飞了那个小土堆。

可我父亲不同。他已经舂好了第一个土墙，然后是第二个，第三个……按照愚公移山或精卫填海的精神，如此下去，他真的有可能盖起一间房子，只是时间的问题。

"走，回家，"伯伯说，"不用管他，他累了自然会停下。"

也只能这样了，我想，他没有过激行为，就已经谢天谢地。我和伯伯回家喝茶，闲聊，不时走出门去，远远地看父亲一眼。他挖土，舂墙，一刻未停。这期间，伯伯聊起阿尼卡的一个傻子，夏老蝼。说这人从小呆傻，不事劳动，只执著于一件事，捡拾阿尼卡地盘上的碎瓦片，然后在自己家旁边的空地上垒"房子"。在他三十岁的时候,他垒了五间高一米左右的"房子",自己住进去,死活叫不出来,最后被他父母和兄弟把那些劳动成果全推倒。一年后,夏老蝼被人发现死在了他的碎瓦片堆里。

关于疯狂和死亡的话题,将我们带向沉默的深渊。我们都知道彼此心里在想啥。中午的阿尼卡热浪滚滚,庄稼的叶子耷拉着。远远地,隐约能听到父亲舂墙的声音,咚——咚——咚,那沉闷的、喑哑的声音,敲打着我们每个人的心。

"就当他是个孩子吧,让他过几天家家。"伯伯说。

"真是给你们添麻烦了,"母亲说,"他这疯疯癫癫的样子,不知哪天才会好。"

"他疯了是我家的人,死了是我家的鬼!"伯伯说这话时,看了看伯母和堂哥。

也是在这天下午,我和他们谈起了父亲的想法:长期住在这里。母亲听了自是强烈反对,说过几天就离开,不能任由他胡来。"他疯了,但我们没疯。"她说。

我看着伯伯,期望他能成为我们的主心骨。可是,他只顾抽着旱烟,吧嗒吧嗒吐着烟雾。舂墙的声音持续传来,咚咚咚——像是在以沉重的捶打向大地讨要一个答案。

"要不,我请苏尼来帮他看看吧。"伯伯说。

苏尼，即巫师，专事驱鬼祛邪之人。我从小听闻，却未曾见过。为了让我们信服，伯伯少不了把他们的神迹讲得天花乱坠。见我和母亲没有反对，他掏出手机打电话，约了苏尼当晚来作法。他让富乐带我去买白公鸡和白色阉绵羊。"一定要是白色的，"他强调并解释，"因为白色最纯洁。"

父亲还在那块空地上干活。我们经过他身边时，他抬头看了我们一眼，汗流满面。他争分夺秒地干活，连跟我们打招呼的时间都没有。

黑　金

回到阿尼卡，就像掉进了一个瓮里。群山四壁，所闻之声泛着孤寂的清脆。城市众声喧哗，甚嚣尘上，而在这里呢，每个人都要小心翼翼，说话声，哪怕是心跳声，都会被放大，从而引起反响。

但沉默不是长久之计。在阿尼卡，跟他们聊什么，成了我需要面对的难题。聊我经历过的那些稀奇古怪的案件？或者聊我读过的书？看过的电影？城市的房价？孩子入学难？都不合适。那就聊庄稼的收成？野兽和飞鸟？那些记忆都已经走远。入乡随俗，我只能努力做一个合格的听众。

在去买鸡和羊的路上,富乐和我聊起苏尼。他非常相信这种古老的职业,大讲他们的本领。什么他们能够把鬼用神签钉牢,能够请鬼吃饭,将其引离病身,什么踩死的小鸡也会变成鬼之类的。听得我大白天汗毛直竖,赶紧让他换话题。

"那我跟你讲讲曾大炮吧,"他说,"其实对他最了解的,是我们的爷爷,小时候,他带着我放羊,给我讲过很多。"

当时,我们正行走在一条宽不过尺的地埂上,两边地里种的都是烟叶,空气中有农药的味道。我下意识抬头,看见了被绿色包围着的铅灰色碉楼,孤独地耸立在蓝天下。如果他不说起曾大炮,我都忘记这人了。可白公鸡和白色阉绵羊难买,我们只能一家家去问。所以,我们这一路上,总要有人说点什么。

"昨天他们讲到康四太太,那我就从她讲起吧。这个女人,十六岁被康六老爷买来,在阿尼卡生活了四十年。从哪里买来的?有好几种说法,有的说是烟馆里,有的说是从人贩子手里,还有一种说法是康六老爷直接从她父母身边带来的。总之,这是个了不起的女人。

"人家都说,康四太太的眼睛有魔力。她看了一眼曾大炮,这个吃百家饭长大的人马上就有了廉耻心。那些作恶之人，不敢直视她，因为直视会让他们悔恨。如果罪大恶极，甚至会一死了之。那时阿尼卡有争端，不是去县衙告状，而是去跪在康府门前，请康四太太出来看。康六老爷是杀人不眨眼的，自从有了四太太，性情大变，不再外露凶相，而是慈眉善目，开始吃斋念佛。

"这真不是吹牛。咱爷爷是这么告诉我的。其实说白了，就是康四太太长得美嘛。美让人现出原形。

"我们这地方，你也看到了，山形长得像口锅。四面悬崖，过去这里是个独立王国。衙门不来收税，也不管你牛打死马还是马打死牛。这里以前种鸦片，爷爷也是这么说的。我们的太爷爷就是抽鸦片死的，死时手脚细如麻秆。康六老爷就是靠鸦片发的家。简单说吧，阿尼卡人种的鸦片，都卖给他。就像现在我们种了烟草，烘烤出来后卖给烟站。但你别以为收购鸦片是容易的事。单是把鸦片从这里运到山外去，就不是一般人可以做到的。那时候到处是土匪啊，都是脑袋别在裤腰上的人。黄金，白银，红血，黑鸦片，想要黄金白银，就得流血贩鸦片。光是阿尼卡的鸦片，还不能满足康六老爷的胃口，他曾用五年的时间带着兄弟伙杀到山外，将势力范围扩大到五十里外。康六老爷有多富？在他死前几年，用马驮银子去山里埋，十匹马驮了三天三夜。你别不相信，前些年，如果碰上黄道吉日的黄昏，阿尼卡的四面山上就会出现一群群绵羊。但那不是绵羊，而是埋在地下的白银。等人一走近，那绵羊就不见了。不是所有人都有福消受那些银子的。

"对，我跑题了。你的兴趣在碉楼，那我就好好跟你讲讲它的主人。曾大炮虽然吃百家饭长大，但长得牛高马大，应该不低于一米八。十二岁的曾大炮带话给康六老爷，暗示要他的四太太，康六老爷听了哈哈一笑，说童言无忌，你们去告诉他，如果他肯来跟我干，我保证给他娶房媳妇。

"那一年，康六老爷快四十岁了，康家大院人欢马嘶，长工、短工、武士、师爷、厨娘、伙夫……难以计数。我们的爷爷是见过康家大院的，几十间房子，四合院，戏台，练武场，都是有的。可惜在一九六几年的时候拆了，烧了，拆下的木头燃了几天几夜，照得整个阿尼卡难分昼夜。还有那些石条子，修房子的时候是几十个工匠一锤锤敲出来的，后来也被人瓜分了。到现在，阿尼卡好些人家的房屋基脚都有当年康家的石条子。

"阿尼卡人把曾大炮吹成了神，那是因为他们没见过大世面，遇到不理解的事情就只能靠想象。比如他家地里种的鸦片好，大家就说那地有神力，其实是地荒芜久了的原因。第一年，曾家的鸦片换了独耳朵的脑袋；那第二年呢，罂粟正在挂果的季节，一夜之间就全没了。是真的没了，一夜之间，连根拔除，消失不见。别人地里一片绿，曾大炮的地里光秃秃。有人把这个消息告诉了曾大炮，他只笑了笑，说晓得了，想到了。此后，曾大炮也消失了。

"那年康六老爷的队伍运送鸦片出山，东西南北四条道，每条道上被劫一次。怎么劫的？冷枪。据说押运鸦片的队伍进了山，每走三步就死一人。那枪似乎无处不在，又百发百中。正所谓明枪易躲，暗箭难防，没有人知道下一颗子弹会飞进谁的脑袋。康六老爷的押运官都是百里挑一的好手，都是刀尖上舔血的人，要是明火执仗地干，他们不怕，但是每走三步就死一人，他们想不崩溃都难。不光是人怕，连马也怕，枪一响，马四散而逃，或钻进山林，或跳下悬崖。总之，鸦片不知所终。

"整个冬天，阿尼卡的土地上都没有见曾大炮的影子。他去了哪里？没人敢问。康六老爷丢了四趟鸦片，这是此前从未有过的事。但康六老爷也不怒，照样喝酒、看戏、陪弟兄们抽鸦片。康六老爷深受弟兄们爱戴，就体现在对鸦片的慷慨上。那时的夜晚，如果站在远处看康家大院，你会看到房屋四周像是围了一片星星，那是康家的管家、师爷和武士们聚在一起抽大烟。

"春天的时候，一个消息传来，说曾大炮要在阿尼卡修房子了。众人吃了一惊，也明白了什么。紧随消息而至的，是工程队。石匠、木匠、铁匠、泥瓦匠、苦力、厨师及工程师都来了，不光如此，还有二十头牛和二十匹大骡子。但唯独没有曾大炮。曾家老屋基上那几间破房子被推倒，工匠们搭起了木棚开始盖房。整整三年时间，阿尼卡的土地上，锤子、錾子、锯子、斧子声就没有停歇过。人们眼看着一个大四合院盖起来，眼看着碉楼拔地而起。

"那三年，康六老爷依然在丢鸦片，依然是东西南北四路各丢一次。康家的押运队人心惶惶，无论怎样伪装，也无法逃脱暗处的眼睛。山外是啥样的世界，只有去过的人才知道。没去过的人，就只能听别人的传言。听说山外有军队年年打仗，没有军饷了就勒索各地富绅；听说离我们更远一些的地方，土司各据一方，杀人像杀鸡一样简单；另有以家族为单位的地方势力，为半斤盐或一个屁都能打上十年八年，死伤无数。可是阿尼卡呢，那时除了康六老爷外，曾大炮也开始带兄弟了。

"一九〇六年春天，阿尼卡发生了一场战斗。这场战斗没损一兵一卒，以康六老爷兵败收场。怎么赢的？因为曾大炮蒙着眼睛一枪就打折了康家的大旗。康六老爷是正月十五生人，这一年正好四十岁。他想在生日当天给自己送个礼物，这个礼物就是曾大炮的人头。战书是提前就下了的，但曾家的弟兄伙并未见有任何迎战的准备。农历正月十四，康家的队伍包围了曾家大院。曾家的戏台上传来女声，是从县城接来的戏班。康家队伍不敢轻举妄动，从早上围到下午，院里的戏也唱到下午。太阳偏西之时，曾家院子终于响起一个声音：请带话给六老爷，我们两家是亲戚，这仗还是别打的好。如果非要打，也别伤了弟兄们性命，还请退到一里地外，我一人做事一人当。

"康家果真退到一里地外。等了半天，曾家的大门终于打开了，门里只走出曾大炮一人，手提一把水连珠步枪，眼睛用红布蒙了，举枪朝康六老爷瞄准。康家弟兄自是惊慌，率先开枪却未打中。那水连珠步枪，枪声如水声滴落，一滴水声，康家大旗应声而倒。康六老爷面如死灰。

"这一仗就这么结束了？当然。大旗是一支队伍的魂。大旗倒了，人心就散了。曾大炮在转身回家之际说的一句话是：康六老爷，我要的东西，别忘记了。他要什么？昨天他们已经讲过了。要康四太太啊。"

……

我和富乐在附近村寨走了一圈，终于买回白公鸡和白羊。这样的日子令人恍惚。偶尔想起夏城，竟觉得与那生活有几分疏离感。不光如此，就连单位的工作群里也极少有人出声。这让我怀疑，自己被踢出了群聊，但也懒得去验证。

黑夜降临，外面传来马嘶。狗跟着叫了起来。我们迎出去，果然见到了苏尼和他的马。富乐抢先一步上去牵住马，伯伯随即向苏尼递上香烟。苏尼是个高个子，黑脸，五官分明，头上绾着髻，汉语并不太流利。我父亲见到苏尼，目光柔弱如丝，而那苏尼的目光却截然相反，一直紧盯着我父亲。仿佛那样就能看出病因所在。白鸡和白羊拴在院子里，此时似乎已知自己死期，白鸡拍动翅膀做无谓的挣扎，白羊发出嘶哑的哀嚎。白天我们去村里，别人已经知道伯伯家当晚要做驱鬼仪式。此时他们相约前来，既帮忙杀羊，也为看苏尼跳鼓。

"时间到了，开始吧。"

清亮的刀子戳进白羊的胸腔，抽出时，血溅一地。相比之下，白鸡的挣扎则可以忽略，只在空中无望地蹬着爪子。苏尼敲响羊皮鼓，吟唱起来，那唱辞混沌神秘，在场无人能懂。他唱着、跳着，我父亲瑟瑟发抖。风从门外卷成团，扑向屋里，吹灭蜡烛，屋里陷入了黑暗。苏尼放慢了吟唱，改为念诵，突然，一声大喝，吓得我们灵魂出窍。

"我太疼了！"屋里响起一个年轻男人的声音。

"他把我绑在床头，用斧头劈我脑袋。他朝左劈，我伸左手去挡，五个手指没了。他朝右劈，我用右手去挡，五个手指没了。我疼啊，疼啊，疼。"

"救我吧，救我。"黑暗里又响起了一个少女的声音。

"他抓住我的头发,用镰刀割我脖子,脖子只剩一层皮了。"

黑暗中,有人在磕牙,有人在吞咽唾液。

"啊——"

父亲的声音像个炸弹,差点没把屋顶掀开。众人一惊,再次点亮了桌上的蜡烛。父亲已经瘫在地上,像一堆剔了骨头的肉。而那苏尼此时像一尊塑像,闭了眼,似乎连呼吸都没有。我们哆嗦着,不敢出声,直到苏尼一点点回魂,睁开了眼睛。

"两男一女,一老两少。"他说,"我只能看见他们,但是驱赶不了,他们的怨气太重。"

"那咋办?"伯伯颤声问。

"熬吧,"那苏尼大汗淋漓,疲惫不堪,"像熬药一样,熬心。"

苏尼走了。他没收钱,只带走了一只羊腿。我们送他上马,他坐在马背上喝了半碗酒。他提醒我们,如果我父亲出神,千万别叫他,否则会吓裂他的魂。如果魂裂了,就缝合不上了,一个只有半个魂的人,就只有半条命。

我们诺诺点头,完全来不及细想人是不是真的有魂。苏尼说有就有吧。而且我们似乎也只能这么做——不强行将他从神游中拽回来。

厨房里，羊肉飘出了香味。那些闻讯而来的乡邻帮了大忙，否则，光凭伯伯、堂哥和我，难以将一只羊变成一堆肉。这场并不算成功的驱鬼仪式之后，等待我们的是吃喝。

"听说你采访了别人，那能采访我一下吗？"有人拉住我问。

我哭笑不得。我告诉他，其实上次那个算不上采访，顶多就是听他聊了聊在外面的遭遇。

"那我也跟你聊聊？"

他手上的茧很厚，并且冰凉。我答应了他。他大概只是想找个人倾诉一下，我想，或许我也可以把他的故事写下来。每个人的一生，都是一部作品。

非 命

人各有命，你别不信。同一块土地上长大的人，有人做官，有人要饭，有人儿孙满堂，有人孤苦伶仃，有人长命百岁，有人英年早逝。你说怪不怪？你先别说我迷信，等我把话说完。你见多识广有文化，跟这些乡巴佬不同，他们表面上同情我，其实是假慈悲。

回顾我这一生，我用三个字来形容：想不通。

现在，你已经看到了，我家就我一个人。但从前可不是这样。我说的从前，是一九六〇年左右。那时我还是个孩子，但记事了。我家有九口人。父亲和母亲，以及我们兄妹七人。我排行最末。

根据家谱记载，我们来到阿尼卡的时间是一九二〇年。我父亲是篾匠，靠手艺吃饭，饿不死，也撑不死。他是万分的老好人，逢人只会笑，口水吐到脸上就擦去。我今年六十岁，痴长白活之间，也会想一些吃穿以外的事情：像我这样活着，到底有啥意思啊？有时候真觉得这样活着和猫猫狗狗没啥区别。可即使像这样活着，也不是一件容易的事。

我这一生，不断地看见死亡。一个个亲人，离我而去。他们中的每一个人，都是死于非命。噩运像乌云笼罩着我们，时间久了，就会降下冰雹。

最先死去的人是我母亲。一九六〇年。她饿得只剩下一副骨架子。她本来就是小个子，饥饿让她变得像个干瘪的畸形孩子，一阵风就能吹走。我们兄妹七个，在那个年代就是七只永远装不满的口袋，别说是吃粮，即使喝风也要让半个村庄窒息。阿尼卡有的是山地，但人们哪还有种地的力气？没吃的，就喝水。我母亲死前像个漏斗，嘴里喝下的水，瞬间就从腿上流了出来。她最后的力气是握紧了拳头，瞪眼望着门外——我大哥上山挖草根还没回来。

我们兄妹亲手埋了自己的母亲。按长幼顺序，捧起她从头到脚的部位,像是捧一只空空的皮囊。其实都不用捧,而是要抓住,当心她随风飘上天了。我们走了不到一公里远,腿酸无力,便将她埋在了路边。她的坟,是三年以后砌的。

而和母亲相比,父亲死得更冤枉。一九六六年春天,桃花像疯了一样盛开。桃花是种邪门的花。桃花一在枝头爆炸,老人们便讨论开了,"要出大事了啊。"果然。先是阿尼卡的一个光棍疯了,见到女人就脱裤子。然后整个村子的人都跟着疯了,逮谁咬谁。人的身上恨不能长出六只耳朵八只眼睛,既要观察别人,也要防别人在偷看。某天早上响起一阵锣声,紧急开会。头天夜里粮仓里少了一袋玉米。那些玉米脱粒后装在口袋里,码在仓房楼上,由两个年轻人值守。那天夜里,两人不知从哪里弄来了五斤白酒,把自己灌醉了。他们被捆起来时,还在宿醉中。丢了粮食,天大的事。村民集中在村公所门前的晒场上,一个个接受审查。突然,那个疯了的光棍跳出来,说他知道是谁偷的粮食。谁?我父亲。理由是我们兄妹七人就是七只饭口袋。我父亲当然不认。不认,就打。我永远忘不了那个场景,一个活人,就这样在乱棒下变成了皮开肉绽的烂泥。

我们总算熬过了最艰难的时期。一九八〇年来了。像报纸上说的那样,这是一个新时代,我们就要过上新生活。

我的大哥死于一九八二年。他的死是一个笑话。他也是个篾匠，曾在一次外出干活时带回来一个女人。她虽然结过一次婚，但看起来还算顺眼。她和大哥生活了两年，生了一个孩子，不吵不闹，某天却带着那个孩子跑了。这贼婆娘，像是来借种的一样。跑了，还不如死了——死了还能留个坟堆，留个念想——跑了，只会惹人恨。我大哥从此就不干活了，哪里有酒哪里醉。八月十五，村里有人结婚，我大哥去帮忙。他不扎男人堆，却醉醺醺地朝女人多的地方钻。几个女人在屋檐下洗菜，他笑嘻嘻地走过去，说，姐妹们，我来帮你们。话虽如此，却没动手，只站在一旁聊天。他的嘴从小就不干净，任何事物都能往下半身联想。乡村有很多这样的人，说难听点，就像关久了的公驴，空气里有一丝母驴的尿味，它们都能闻见。而那些女人呢，也乐得有这样一个人来过过嘴瘾。站他对面的那个女人在嗑瓜子，他向别人讨要。他也不是真想吃瓜子，只想说句话。对方也真的给了他一小把瓜子。他嗑完了，得寸进尺，又讨要。对方笑着说没了。他继续讨要，对方便将握在手里瓜子皮朝他扔来。他夸张地、喜悦地向后仰去，做梦也没有想到，身后的墙上，一根锈迹斑斑的大洋钉在那里已经等候多时。

喜事变成了丧事。大家各认倒霉。他的一条命换得了一副棺材，并且留下了一个笑话：一把瓜子皮打死人。此后，阿尼卡再有男女调笑，但凡女人问：你是不是想吃瓜子皮了？大家便笑个不停。

我的二姐是个美人。当她长到十八岁，我们便已经认定，她会给这个孱弱的家庭带来希望了。那时候缺吃少穿，可我的二姐，吃啥穿啥都不影响她的美。她像一棵……一棵山茶花，吸引着男人们的眼球。自然而然，提亲者踏破了门槛。他们带着烟酒来，带着卑微的笑容来。狗×的啊，那时候，即使你扇他们一耳光，他们也会笑着说不疼。他们来到我家，抢着干活，挑水、扫地、砍柴、犁地，就只差拿着放大镜检查我们那个贫穷的家了。来提亲的，有乡政府秘书、有教师、有乡村二流子、有老实巴交的年轻人。可我二姐都拒绝了。她总能挑到别人的毛病：秘书太矮了，教师讲话时口臭，乡村二流子其实是个蠢货，至于老实巴交的人，她更是不看一眼。

"天哪，你要选个皇帝吗？"我们都这么说。而且有人因爱生恨在暗中诅咒她，选七选八，腿跛眼瞎。我的二姐笑而不答。

有那么几年时间，我家热闹得就像阿尼卡的活动中心。二姐像个月亮，所有的星星都围着她转。如果是在我家屋前的晒场上开大会，一定是人山人海的。那些年轻人开心得像赶集，争相炫耀，简直就像一个小型博览会。手表、收音机、自行车……总之，家里有啥能够象征身份和地位的，都搬出来了。我记得有个人实在没东西可炫耀，就拿了一个铁闹钟来，每过五分钟，闹铃就在人群中响一次。

那时我大哥还没死，那个外地女人也还在。他们像握着一张十拿九稳的奖票似的等着二姐出嫁的日子。不用说，我们这破房子早该推倒重新建了，即使我们未来的二姐夫拿不出一大笔钱来做彩礼，那么他为此化身为一头牛一头骡子总是可以的吧。那个外地女人每天在灌输大哥对二姐的恩情，仿佛二姐能够活到现在全是大哥的功劳。"长兄如父呢，"她说，"做人最重要的是良心。"我们父亲死得早，大哥也确实不易。所以二姐听了这些也不生气，而且明确表态，如果有天嫁了，少不了还大哥的恩情。可是大哥终是没有等到那一天。

大哥的死，让二姐成了当家人。那时三哥、四哥、五哥还在上学，六哥负责家务，我的任务是放八只瘦山羊。"二姐我苦死累活，也要把你们拉扯大，让你们有出息，"她说，"你们只有一个任务，好好念书，家里的事，帮衬着点就行。"话虽然有点大，但我们相信她可以。那时我们家里，经常有免费的长工。那些想来或已经来提亲的人，正是需要这种表现的机会。他们成群结队地来，在二姐面前尽情表现作为一个人在这个世界上应有的美德。他们相互竞争，相互监督，就是没法相互合作。而我二姐，对这一切笑而不答。

她最后怎样了？死了啊。死得不明不白。

我们在山上找到她时，衣服裤子全被剥光了，手里还握着一个来不及扔出去的石头。法医说她死于窒息，就是被人掐死的呗。这个案子很轰动。那个强奸犯被村里的小伙子围堵在后山，根本不劳警察动手，就把他抓住了。

三哥死在水里。雨天河水暴涨，河里漂来一个女人，他去救人把自己淹死了。据当时和他在岸边的人说，根本就没有什么女人，是他眼花了，想女人了呗。

四哥死于一场火灾。阿尼卡后山起火，他去救火，烧得像一截木柴。他是我们当中最胆大的人，如果没死，说不定会干出一番事业。死了，县里来发了一个红本本，说他是英雄，在家里开了个追悼会，仅此而已。

我的五哥胆小，身子弱，十二岁了还擦不干净鼻涕。他死于一场麻疹。那疹子在体内出不来，五哥哭爹喊娘，满地打滚。我和六哥背他去医院，还没走出阿尼卡的地界，人就不行了。我永远忘不了他在我背上咽气的感觉，死亡就像撒手，万千流连，瞬间放开。

兄妹七人，死得只剩六哥和我。埋了五哥的那个夜晚，我和六哥抱头痛哭。我们不约而同告诉对方："一定要好好活着。"于是从那天开始，我们活得小心翼翼。仿佛看不见的地方有一只手，时刻准备向我们伸来，扼住我们的脖子。六哥外出打工，去给洼乌县城修华宁寺，寺庙修好，菩萨金身落成，我六哥扑通一声跪下，在那座寺庙里做了打扫寺院的人。他捎口信来让我去看他，我去了。他还没有剃度，说是当和尚也并没有我们想的那么容易。但他愿意一辈子都待在华宁寺。"在菩萨身边，我心安。"他说。

我替他高兴，因为他找到了一个安身之处。那时的我，也已离开阿尼卡，在洼乌县城修学校。因为怕死，我不敢登高砌墙，只能在地上拌沙灰。这是妇女干的活，钱少，但能够在离六哥不远的地方生活。那时我隔三岔五就去华宁寺，跟六哥坐在寺院里那棵海棠树下喝杯清茶。华宁寺香火不旺，除了住持外，只有另外三个和尚，一来二去，都熟悉了。

某天我在工地干活，看见一个和尚朝我走来。身边的妇女放下手里的活，嘴里议论说，和尚来干啥？他走到离我丈把远的地方，朝我招手。"我们解不开他的手机锁，打不了电话给你，"他说，"你去殡仪馆看他最后一眼吧。"六哥也没了。他住在寺院的偏房里，被人发现时已经硬了。他怎么死的？我至今不知道。大概应该是病死的吧，虽然我从来不知道他有什么病。寺庙出的火化费和骨灰盒的钱，那些钱，刚好和他捐给寺庙的工钱一样，不多不少。

至于我，没啥好说的了。出去外面工地上干了几年，回到阿尼卡来等死呗。可总也不死，没病没灾，浑身是劲，我一天抽三包烟，喝一斤酒，醉了就睡，醒了就喝。我已经活过了我父亲的年龄，更别说跟我的哥姐们相比了，所以，我即使现在死去，也是赚了。

但是，我至死也想不明白，为啥子会发生这种事？你有文化，你给我解释解释。

八

电

我梦见自己赤脚奔跑在雪地里,突然脚下被什么东西硌得生疼,俯身拾起一看,是我父亲丢失的那截中指。它离开身体已久,脏兮兮的,像刚从地里挖出来的花生。我把那截中指藏进衣兜,对着茫茫雪地,撒了一泡长长的尿。

我又尿床了。他们说这是病。我父母寻到一个民间偏方,炖猪尿脬。那玩意儿吃起来并无尿味,而是脆香的。尿床的梦境每次都是差不多——寻找可尿之处。可梦见断指,倒是第一次。这是他丢失了手指的第二个冬天。我已经在瓦布小学念二年级,九岁。我的记忆变得更清晰,几乎是过目不忘。

而此前,我的世界像一台信号不好的电视机,有太多的经历闪烁着雪花点。即使是连缀成片的情景,也不时被记忆之风闪断,变成了黑洞。可九岁以后真的不一样了。世界也突然之间变得明朗起来。至于过去，它只是偶尔出现在梦境里。我在早上醒来，看见父亲在用那几根几乎一样长短的手指拉二胡，又想起梦境，真是一种奇怪的感觉。可我从来没有问过他，那截手指哪去了。倒是我们的母亲，不时给予提醒。

"想想那截手指吧，还不消停？"

每当她这样说，父亲就涨红着脸，低下头，一言不发。

上世纪八十年代末，如歌里所唱，那是一个春天。可我们似乎一直生活在冬天里。一是瓦布高寒，二是父母总是愁眉苦脸。作为孩子的我们，虽说也有自己无知的快乐，可风起之时，哪有不随着枝头摇晃的树叶？他们一直想调离瓦布，这事比想象中要难。父亲去找文教局局长，送烟送酒，软磨硬泡，都被人以各种理由拒绝了。他们不时谈起住在阿比索的外公，想让他帮忙调动工作，但每次都以摇头收场。

"我是死也不会求他的。"母亲说，"难道你忘记当年他怎样诅咒我们了？"

我从九岁起学会了对比。我拿父亲和其他教师比，和同学的父亲比，自豪感油然而生。父亲长得浓眉大眼，能写一手漂亮的字，拉一手好听的二胡。我母亲的美，自是不用多说。每当父亲外出，住在隔壁那些老师就适时出现，他们说话时的那种轻柔，让人恶心。

母亲力所能及地把我和巧慧打扮得整洁一些。"你们是教师子女，"她说，"别搞得整天像个野娃娃一样。"她口中的野娃娃们，实在太可怜了。缺衣少食，单衣薄裳，一个个像刚出土的土豆。他们跟我说话的时候，脸上总是挂着憨厚的笑容和讨好的热情。如果我能够给他们一颗糖或和他们一起玩游戏，他们会受宠若惊。可很多时候，我并不这样。我独来独往。我的嘴里总有一颗正在融化的糖，我像个旁观者一样看他们玩。

我的语文老师是父亲，数学老师是母亲。于是，那课堂就像是我们家的。他们站在台上讲课，讲到一，我已经想到了五六七八。而我的同学们，则睁着茫然的双眼，如坠云雾。特别是写字，他们那干农活的手不听使唤，总挨我父亲的竹棍。我正是从那时开始模仿父亲的楷书。

在我九岁那年春天，瓦布要通电了。大人小孩奔走相告，电要来了，电要来了。"怎么来呢？""顺着电线来嘛。"果然，不久之后，真有人从山外抬来了水泥电杆，将它们栽在山坡上。然后有人戴上脚扣爬上电杆，开始架线。田小桂的供销社里，也开始卖起了电线、灯泡和开关。

那时，田小桂已经和退伍军人肖日龙结婚。

我父亲断了手指，也断了去供销社的路。我在某天晚上偷听到了父母的谈话，"如果你再去供销社，丢的恐怕就不是手指了,姓肖的可不像我一样好欺负。"为什么不能去供销社啊?我隐约感觉到什么,但又觉得田小桂和手指之间并无直接联系。

而且,就连我母亲,也不再去供销社。如果家里非要买东西,就由我和巧慧去,每次给两毛钱的跑腿费。每次见到田小桂,我都有话想说。可碍于肖日龙在那里,我又开不了口。我想问她,怎么就跟肖日龙结婚了呢?他并没有像别人所说的那样,留在部队当排长啊。我想问她,难道不想离开瓦布了?

瓦布要通电了。电是个好东西,能够让一座死气沉沉的村庄焕发活力。家家户户都挂上了灯泡,等电来。拖拉机在公路上奔跑着,运来了一个又一个纸箱子。肖日龙负责搬运,这个当了几年兵,除了口音啥都没改变的人,连力气也还是和在家时一样大。他很听田小桂的话,让他干啥就干啥。某次我去供销社给父亲买烟,田小桂不在,他递香烟给我的时候,突然说了句:"狗×的,杂种。"我没敢问他是在骂谁。

那段时间,没有比电更重要的事情了。可通电的日子一推再推,我们好几次搬了小板凳坐在灯下等啊等,等来的却是一片黑暗。有人开玩笑说,瓦布离电站太远了,电走到这里要花很长时间。也有人说现在是枯水季,发电量小,要到夏天电才能供应瓦布。

可不管怎样，电是一定会来的。为了配得上有电的生活，瓦布兴起了一阵变卖热潮。山上的树木，圈里的牛羊，被弄到几十公里以外金沙江边的市场上，换成钱，回到供销社里来买成录音机或电视机。我父母也攒了一点工资，想买台电视机，但我却没有力气把它从供销社搬回来。

"要不，我们一起去吧。"父亲和母亲商量。

"别忘了你的手指。"母亲冷冷地提醒。

所以，有一段时间，我失落极了。那些家里率先买了电视机的同学，整天交流着黑匣子里的奇妙世界，我在一旁听不明白。那是另一个世界，像山外的世界。而我们，一个令人艳羡的教师家庭，竟然比农民还要落后。

最风光的要数田小桂家了。有天我去买糖时，看到她家的柜台上同时开着三台大小不一的黑白电视机。一台在唱歌，一台在打篮球，一台在打架。我的腿迈不动了。我的眼睛不够用了。别人是一双眼睛看一台电视，她家是一只眼睛看一台还余一台，这简直是太过分了。对于这些聚在柜台前看电视的人，田小桂也不嫌烦，有时甚至还笑眯眯地端出一碟瓜子让大家嗑。我回家跟母亲说起这事，她哭了。

"不是我们买不起电视，实在是……"

父亲在这个时候咳嗽起来。两人对望了一眼。

"放心，电视一定会有的。"父亲说。

又过了个把星期，邮递员老花来了。这一次，他没有骑自行车，而是牵了一匹马。马背上驮着两个大纸箱。他在下午时分牵马走进校园，我父母迎上去，卸下驮子。那两个纸箱里，装的是一台黑白电视机和一台单缸洗衣机。

某天黄昏，我正在灯下做作业，忽听外面传来吵闹声。我抬头一看，见有数十个人正向校园里涌来。他们情绪激动，嘴里高唱：万里长城永不倒，千里黄河水滔滔。他们像是已经疯了。在人群的最后，跟着田小桂和肖日龙，他们手上抱着电视机、录像机、录像带和插线板。他们把这些东西放在教室里的课桌上，去敲校长方向平的门。我想出去看个究竟，被母亲喝住了。

"做作业！"她吼道，"小心我打断你的腿。"

骂完我，她余怒未消，目光一转，盯住父亲。那眼神流露出来的意思很明确：你又要怎么办呢？父亲低下了头。我哪还有心思做作业？但只能咬着铅笔，隔着玻璃窗看热闹。

校长方向平显然已经同意了。他嘴上叼着肖日龙的香烟，殷勤地帮着布插线板。而那些观众，已经拥向教室，搬出了长凳子。我想起去嘎达村看电影时，人们要么坐在披毡上、木柴上、石头上，要么就呆若木鸡地站着，顿时心生羡慕。最见鬼的是，操场上的电视屏幕正对着我家窗户。我远远看见了打斗，听见拳脚之声震荡校园。突然，母亲放下了窗帘。

"不许看！"她说，"我就不信，不看会死。"

父亲抬起头，看了她一眼，又默默低下头。我们就那么坐在家里，父亲看书，母亲织毛衣，妹妹在玩芭比娃娃，我摊开的作业本上，再也没有写下一个字。

歌

"来，让你们的爸爸给我们拉个二胡。"母亲说着，去墙上取二胡。父亲毫无准备。而且我们也认为，在这个时候，二胡是多么不合时宜。

"来一个，"她又说，"来个喜庆点的。"

父亲接过二胡，开始调弦。他的表情告诉我们，他是多么不愿意。可尽管如此，他还是拉了一段《赛马》。这曲子我此前听过多遍，如今听来想笑。这哪里是赛马？简直像一匹负重的老马在垂死挣扎。母亲一直站在窗帘后面，不时掀起帘子看外面的动静。一曲终了，父亲赶紧将二胡放回墙上挂着，又重新拿起了书本。

"怎样？满意了吗？"他说。

"不满意，"母亲说，"你再想想，如何打发时间。"

噢，对了，还有这个。"

她说的是录音机。自从有了电视机后，录音机被冷落了。此刻，虽然它仍然被放在电视机旁边，占据着显要的位置，但已经很久没有出声了。母亲挑了一盒磁带塞入仓门，并将音量调到了最大。她在音乐声中，神经质地大笑，跟着唱了起来。

　　我家住在黄土高坡/大风从坡上刮过/不管是东南风，还是西北风/都是我的歌，我的歌。

　　透过歌声，我仍然能听到操场上的录像里，打斗正酣。可以想象，外面的观众，此时正同仇敌忾，怒火熊熊。而我们呢，只能忍受母亲的歌声。她唱啊唱，唱完一盘磁带，又塞进去一盘。实在唱不动了，就打开门，让音乐声流淌到操场上去。当然，这样一来，录像里的打斗声也听得更清晰了。要是有台望远镜那该多好，我想。我看过的那些战争片里，首长的脖子上总挂着望远镜——那是他们打胜仗的法宝。情节往往是这样的：首长用望远镜观察敌情，然后一挥手，冲啊！战士们端枪冲上去，战争胜利了。

　　不远处的操场上，打斗也分出了胜负。欢呼声潮水般涌了过来。此前那些一动不动的黑脑袋一个个回过神来，站起来，揉眼睛，伸懒腰，挪动凳子，爹寻儿子，儿子寻爹，呼喊声四起。这时，我听见了田小桂的声音。她说，请大家把刚才坐的凳子送回教室里摆放好。又听见她娇声向方向平道谢，说今后还要多麻烦校长。

聚散如水。观众很快就走光了。操场上只留下观众丢的烟头、瓜子壳和水果糖皮，以及尚在我耳畔回响的打斗声。"这下清静了，"母亲打开门，透了口气，"我明天得去问问方向平，这里是学校还是放牛场？这简直太不像话了。"父亲抬头看她一眼，没有接话。我们已经习惯了他的这种表现。一抬眼，一低头，把所有涌到嗓子眼的话压了回去。可压回去的话语是不死的精灵呀，它们在肚子里翻江倒海，躲闪腾挪。父亲站起身朝外走，但并没有走远，只沿着操场边走。门是打开的，灯光照亮门窗前簸箕大的一团，刚好让我们可以看见父亲的行走轨迹。起先，他的手指间夹着香烟，这让他走起来时，只剩下一颗燃烧的烟头。后来，烟盒空了，他仍然继续走着，这让他看上去像一根沉默的秒针。秒针在操场上划了无数圈，我们在窗前站累了。"睡觉吧，"母亲说，"他不嫌腿酸，我们还嫌眼皮酸呢。"

我睡下，预感到风暴并未平息。半夜被尿憋醒，果然听见他们在谈话，听得云里雾里，却是不敢动弹。

"现在感觉好些了吗？"母亲问。

"胸闷,像吃了石头一样。不过,你心里舒服就好。"

"你别怪我。我这么做,也是为了这个家。孩子一天天长大,而你却从未长大。"

"我明白,我比谁都明白。可我是个人啊,又不是畜牲。"

"正因为是个人,所以才要有点责任心。"

"我不光负责,而且还付出了血的代价。"

……

这是他们谈话模式之一种。母亲苦口婆心,父亲痛心疾首。可经验告诉我,无论他们用哪种方式谈话,结果其实都差不多。总之,他们谈着谈着就戛然而止,闭上眼睛,任由沉默和黑夜如海水般淹没他们。

第二天是周日,我却一大早就被吵醒了。有鸟在窗外的树上鸣叫,不是一只,是一群,似在争执着什么。人间也在争执,我母亲去找校长方向平理论,一言不合,两人吵了起来。全校的老师及家属都惊醒了。他们揉着眼睛,叼着香烟,懒懒地看着那两个争得面红耳赤的人,不时劝上一句。他们——包括我父母,心里并不尊重这个校长,甚至经常在背后讲他的教学笑话。方向平之前是代课教师,靠时间熬来的饭碗,跟我父母这种师范生无法相提并论。但在吵架上,却毫不逊色。

"我就问你，这里是公家的学校还是谁家的录像厅？一晚上，吵得别人睡不着，影响教师备课，影响学生完成作业。"

"吵到你了？那你塞住耳朵嘛。那么多人，别人都不怕吵，就你娇气，就你怕。你以为我们不知道你真正怕的是什么？"

我父亲咳嗽了两声，有围观者便嘿嘿笑了起来。这咳嗽声打断了方向平，却给了我母亲机会。

"好！大家都听好了。这话是当校长的人说的。塞住耳朵！亏你说得出口。既然你这样说，那就休怪我不客气了。"

"我不信你能把我屁股啃了，"方向平说，"有本事去文教局告我嘛。"

"啃屁股"这个词，又引起一阵哄笑，可我母亲快哭了。她已经感觉到，眼前这些人没一个站在她这边。换句话说，她站到了所有人的对立面。她把自己活成了一座孤岛。在学校里放录像，教师们求之不得。反对这种既方便又不花钱的事，显得不可理喻。当然，她也不会寄希望于我父亲了。她比谁都明白，如果按自己男人的想法，不光学校里可以放映，家里也可以任由田小桂进出。看我父亲递烟给方向平的样子吧，不像是在平息事端，倒是有点感激。"你替我收拾了她，谢谢啊。"这大概正是他的心里话。

总之，这一架母亲吵输了。可她哪是轻易认输的人？她心里装着炸药，碰到啥都乒乒乓乓响。锅碗瓢盆，扫帚衣架，桌子凳子……这些东西全成了她不会说话的敌人。一个上午，她打碎了一只碗、一个茶杯，一只凳子被踢翻在地，一个丧失了保温功能的旧水壶被扔到了操场边上，砰的一声，内胆碎了。下午，她仍不罢休，先是翻箱倒柜，想找到某个响器，锣鼓之类的。但我们家确实没有这玩意儿。她找了半天，气鼓鼓地坐到了书桌旁。我们都担心她会对书下手。父亲甚至已经站在了她身后，随时准备接住从书架上飞下来的书。最后，她的目光落在了电视机和录音机上，脸上浮现出一丝笑意。她打开电视机和录音机，将音量调到最大，然后打开了门和窗。

一时之间，广告声、呐喊声、歌声，从我家里涌到了操场上，再乘着风灌进了邻居的耳朵里。他们纷纷走出家门，看向我家，确定声音是从这里发出的后，摇摇头，回家，关上了门窗。

"让你们尝尝噪声的滋味。"母亲恶狠狠地说。

"别忘了，你是教师，教书育人的人。"父亲平静中带着警告。

"教师就不是人了？教师干起丢人的事情来，可一点都不比农民差。"

父亲红着脸，噎住。他一手牵了妹妹，并叫上我，一起走出家门。我们走到学校外面，仍然能听到家里的歌声。我们并没有走远，只站在校门不远处的那棵梨树下打量着周围的世界。作为新生事物的电杆，在视线里尤为显眼。不管山高路远，它们总能找到一个适合自己的位置。银色的电线沉默着，可谁都知道如果靠近它会有危险。

那是个中午时分，我们站在梨树下，虽无危险，但觉得尴尬。特别是女医生出现以后。女医生从医院里下班，准备回学校吃饭，她看见父亲带着我们兄妹站在路边，就笑着停了下来。"怎么？被赶出来了？"她说。"我出来透口气。"我父亲红着脸，掏了一元钱出来，让我和巧慧去买糖吃。我说我不想吃糖，我父亲突然就火了。"我让你去你就去！"他说。可那女医生说，你们慢慢看风景啊，我要回去吃饭了。于是，我彻底失去了那个得到一元钱的机会。那时，女医生已经和学校里的一个男教师结婚了。结婚以后，她搬到学校里来住。她还是喜欢涂口红，穿高跟鞋，只是不再织毛衣了。有一段时间父亲总喊头疼，老往医院里跑。可母亲怀疑他疼的不是脑袋，而是别的地方。他们吵了几次以后，头疼病就消失了。

学校里，歌声仍未停止。是邓丽君在唱：又见炊烟升起，暮色罩大地，想问阵阵炊烟，你要去哪里。我向周边看去，果然看到了屋顶上的炊烟。可我敢肯定，它并不知道我们要去哪里。别说是炊烟了，大概连父亲都不知道我们要去哪里。他只是下意识地带我们离开，想寻个稍微清静的地方。某个瞬间我回头，见母亲从学校大门后面探出脑袋，像是在和我们玩躲猫猫。

那天，母亲就这样成了众矢之的。但她并不在意。相反，她似乎很乐意成为一个噪声操控者。她在三个电视台之间来回切换，一会儿是广告，一会儿是儿童节目，一会儿是小品，但不管是啥节目，音量都是最大的。电视机旁边的录音机呢，喇叭有点沙哑了，这让那些音乐听起来更加声嘶力竭。如果那些噪声像子弹，那我家里就是一座军火库。这还不算，到了下午的时候，她带我出了一趟门。我们朝乡政府那边走去。经过供销社时，她吐了泡唾沫，但除了我没别人看见。我们走进了广播站。那是乡政府大院角落里的一间神秘屋子，里面摆着几台我没见过的机器。广播员是个头发花白的矮个子老头，在我的印象中，他的嘴也像个大喇叭，总喜欢跟妇女们开各种玩笑。母亲去广播站借大喇叭，但那广播员说，大喇叭是公家的物品，不能借。"如果是我私人的，你想要啥都行，就连我这把老骨头也可以。"他朝我母亲挤了挤眼睛。母亲掏了一盒红梅烟递过去，可这该死的广播员挡住母亲的手,不像是在拒绝,倒像两只手在进行亲切交谈。如此持续了几秒钟,我母亲突然收回香烟,怒气冲冲地转身拉着我走了。这愤怒似乎也感染了广播员。

"别以为我不知道你想干啥,"广播员站在门口,对我们的背影说,"你这是在与大家为敌,对抗时代潮流。"

母亲没回头,继续拉着我走。我们经过供销社时,她又吐了一泡唾沫。

"你希望他们在学校里放录像吗?"她问我。我不知该怎么回答。

"但愿你长大了,不再记得今天。"她轻叹了一口气,"妈妈这也是没办法的事,为了你和妹妹。"

而这时,我们都发现:家里的音乐声停了。毫无疑问,这是我父亲干的。他关了音乐,坐在家里等着我们。

"别疯了,行吗?我求你了。"他对母亲说,"我的脸都被你丢尽了,你还要怎样?"

"你难道不知道我想怎样?"

"我听你的就是了。"

听了这话,我母亲确实也像个神经病似的笑了起来。她胜利了。至少目前是。

"好了,"她双手一摊,整个人轻松下来,"从今天开始,你和妹妹可以自由活动了。"

"至于你，"她指着父亲说，"晚上不准出门，不管别人在外面干什么。"

无数次中的又一次，父亲垂下了头。那一刻，我突然感到难受。我甚至盼望，晚上外面的操场上真的不要再有什么动静了，让我们睡个好觉吧。

舞

可就像广播员说的，这是时代的潮流。从那天开始，我们学校的操场就变成了活动场。每个晚上放录像，从《大侠霍元甲》到《陈真》，人来人往，赶集似的。田小桂和肖日龙笑得合不拢嘴，他们不光卖票，还卖香烟、瓜子、白酒和糖。

每当有放映的时候，父亲就被关在家里。当然，还有母亲陪着他。隔着一道门，一堵墙，时光流逝的速度不一样。我们觉得播放四集连续剧是一瞬间的事，父亲是觉得度日如年的吧。

某个黄昏，田小桂和肖日龙在操场上跳起了舞。他们说那是交谊舞，可我听成了浇油舞。他们在大庭广众之下搂抱着，跟着音乐在操场上前后左右走，那些前来观影的人，眼睛都瞪直了。舞步简单，我看三分钟便会，可没人愿意跟我跳舞。那些成年人的眼睛和脑袋之间像是缺少某种连接，不能过目不忘。他们扭扭捏捏地搂肩搭背，走起步伐来像一群笨拙的鸭子，相互踩了对方的脚，嘎嘎叫。但尽管如此，他们还是乐此不疲。

跳舞最大的吸引力，是可以拉对方的手。特别是男人们，先是忸怩，渐渐就舍不得放开了。"再跳一会儿嘛，"他们说，"我还没有学会呢。"或者，"我已经学会了，来，我教你。"田小桂和肖日龙在前面示范，嘴里不停地喊：一哒哒，二哒哒，三哒哒，拉上，拉上。于是，在场所有女人都有了舞伴。他们一直跳到太阳落山，黑夜降临。这期间我回了一趟屋，见我父母枯坐着，没看电视，没听歌，也不彼此打量。两人同时抬起头来，问我，外面好玩不？我说，我学会跳舞了。母亲说，学点正经的吧。父亲问，跳舞怎么不正经了？母亲说，闭嘴吧，你心里痒了是吧？

每当录像放完，观众离开，操场上空空荡荡，在漫长的黑夜里，父亲总是沉默。他的神情，让我想到即将崩塌而下的山崖。他开始失眠，每天早上红着眼睛。白天，只要一有空，他便睡觉。睡觉、上课、吃饭，他生活中仅剩这三件事了。而且，吃饭是最小的事。通常，是母亲做好了饭，让我或妹妹去叫他，他嘴里哼一声，一翻身又睡了过去。他既不修边幅，也不出学校大门，像一块被雨水浸泡的木头，就要长青苔了。

可这事说到底，是我们的家事。对别人来说，别说一个人失眠、生闷气，就是死了，多数时候也只能换来一句不咸不淡的话：某某死了——没有太多感情色彩，更像是一种告知。对别人来说，录像里的打斗或者和某个人情愫暗生，远比我父亲的心情更重要。

时代的风从山外吹来，从春天到秋天，瓦布小学像一块炉火里的铁，火热得就要熔化。在各种影视剧的教化下，白天的学校像个武馆，小学生们为谁能来一记扫堂腿或翻一个跟斗而喝彩。四处可见对打的身影。夜晚的情景比白天还要热闹，从下午开始，青年男女们便陆续赶来，先跳舞，后看录像。当然，也少不了在观影之前比画一番。相比我们这些小孩，成年人之间的打斗要精彩得多。那时，瓦布小学的操场就是一块荧幕。那些闲散的乡村青年即便没粉墨也登台亮相，叼着香烟，满嘴大话，头发蘸水梳向后面。如果没有遇上这个时代，这些年轻人大概会和他们的父辈或兄长一样，捡拾起祖上的某项技巧，打铁、做木工、补锅或者打银，然后游走四方。但现在，他们只想以一个武林高手的身份行走江湖了。

"这样下去，早晚要出事。"有天母亲说。

她不像是告诫，而是期盼。这话说了没几天，操场上果然出事了。两个青年男子为了争同一个舞伴，大打出手。光是肉搏也罢了，乡村里并不少见。偏偏其中一个沉迷于飞刀，便让瓦布的铁匠打造了三把，两把别在腰间，一把随时拿在手上把玩。打起架来，红了眼，那飞刀自然就成了凶器。三把飞刀朝对方的肚子插进去，直奔要害。肖日龙背着伤者去医院，人刚背到医院门口就断气了。杀了人，那个飞刀手顿失英雄气概，哆嗦成一团，给了老邢一个展示自己是武装部长的机会。

"民兵们听着，马上抓住这个杀人犯！"

几个民兵应身而起，把飞刀手捆了个结实。电话已经打到派出所。半个小时后，我们便听到了警笛声。那个飞刀手变成一只麻袋，被拖上警车，大喊冤枉。

事情还没完。据说死者上面有人。具体是哪上面，什么人，我们不得而知。但是，凶手被抓后不久，又来了两辆绿色吉普车。田小桂有麻烦了。作为供销社的售货员，她不好好为人民服务，而是私自放映录像赚钱。而且，据说她有特殊的进货渠道，供销社里卖的很多东西，都是她自己的，并没有入公家的账。

令我母亲心情大悦的事情是田小桂被供销社开除了。"活该的，对不对？"她问我。可我并没有看到这两件事之间有必然联系。我父亲依然是一副魂不守舍的样子，他已经习惯了不时去捋自己的长胡子。

操场上又恢复了宁静。录像停了,但打斗声犹在耳畔。在有月亮的晚上,校园像一个空水缸,了无生趣。教师们依旧在黄昏散步,天黑后凑在一起喝酒,打牌。父亲依旧趴在桌上写信,待老花来时带走。你给谁写信?某天我忍不住问他。给自己呀,他笑着说。他一笑,这话听起来就像假的了。可他说,真的,我在给过去的自己写信。投递到哪里去呢?随便一个什么虚构的地方,那些信,几经辗转就消失了。

又有一天,不远处响起鞭炮声,我带着巧慧去看热闹。肖日龙和田小桂的小卖部开张了,地点就在供销社对面。那里原本是一个废弃的仓库,被他们租下来,隔出了几间房。

"大家进来看看啊,买不买不要紧的。"田小桂热情地招呼着,脸上并无丢了铁饭碗的沮丧。某一个瞬间,她的目光在我脸上停留了一下,我咧嘴笑笑,她也笑着,但没有跟我说话。

供销社里,现在换成了一个斜眼老头。我听人说,他是被发配至此的。具体原因,却没有听到。他喜欢喝酒,脾气暴躁,去他那里买东西,跟乞讨差不多。如此一来,人们都去田小桂那里买东西。又过了一段时间,小卖部旁边多了一家卖化肥和农药的店。那也是田小桂开的,夫妻俩一人守着一家店。

我父母深夜难眠，又讨论起了离开的事。归根结底一句话：我们没有关系。谈到关系，又会谈到我外公，似乎只有他能够帮我们了。

"十几年了，再大的怨气都散了吧，"父亲说，"我想给他写封信，看他是否会回信。"

"那你就试试吧。看在两个孩子的分上。"

飞刀手被判刑了。死缓。不久的将来，他就要吃枪子儿。但这事并没有给瓦布人带来多大的威慑。田小桂那里又开始放录像了，在另外一间屋里。放映员是肖日龙。可跟之前所不同的是，每次武侠片结束，都有一些男人还留在录像室里不走。某天，母亲宣布，不准我再去看录像，否则要打断我的腿。

九

决 定

疯狂是会传染的吗？特别是老年人，他们会不会像孩子一样，在其中某一个人的带领下干些匪夷所思的事情？我只能这样想了。眼前的现实让我惊掉了下巴。父亲的病像只猛虎，潜入我们的生活，恐惧化为梦境，让人心力交瘁。可我昨夜的梦里并无任何预兆。

母亲叫醒了我。她说，你快起来，快去看看。我心想，又怎么了？看了一眼窗外，太阳初升。这个时间点，父亲不应该是在陪着那两棵旱柳讲话吗？

我穿衣起床，体内憋着尿，来不及排泄。走到院子里，我已听见叮叮咚咚的声音从地底传来，沉闷有力。那不是一个人能够弄出的动静。那声音整齐划一又彼此应和，像一支在地下行走的队伍。

十来个老人，在那片空地上忙活着。挖土、挑土、舂墙……不亦乐乎。

我远远地看着,心里像被挖开了一个豁口,冷风肆虐,直打寒战。我回头看了一眼身后的亲人,他们也正看着我。

"咋回事?他们都疯了吗?"我哭笑不得。

"差不多。他们像是约好的,天麻麻亮就来了,比二叔还早。"堂哥说。

"这可咋办?"我看向伯伯。

"凉拌。"他苦笑道,"好狗不咬上门客,人都上门了,难道还赶走不成?再说了,跟疯子理论,那我们就比疯子还疯。"

伯伯安排伯母和母亲回屋去准备早饭,然后,继续和我站在一起看着那群老疯子。我有点后悔此前对父亲的放任了。我以为他玩着玩着会失了兴致,转而玩别的东西。没想到,这些老糊涂虫也会掺和进来。

有一瞬间,我的眼前海市蜃楼般浮现出一院土房子。我知道这来自多年前的记忆。我曾站在瓦布小学外的山头上,观察过这样的房子。在我生活的西南方,曾经常见这样的房子,毫无建筑美学,仅供遮风避雨。时代不同了。现如今,像我父亲这样的退休老人,如果厌倦了城里的生活,要想回乡建房养老,首选肯定是砖房。哪有越活越倒退的道理?

可接下来,我很快就悲哀地发现:原来疯狂真的会传染。这次轮到我伯伯了。

"如果真的让他在这里建一院土房子,你觉得怎样?"他问我。他的表情,不像是在开玩笑。我不敢轻易回答他。

"就当是在尽孝吧,"他说,"他这一生太不容易了。"

谁的一生容易呢?在命运的砧板上,谁不是鱼肉?我让他容我想想。

我们朝工地走去。那些老人对我们的到来视若无睹。连我父亲也是,埋头挖土,一刻不停。伯伯咳嗽起来。这咳嗽像一道命令,他们全都停下了。

"真早啊,你们,"伯伯说,"都休息一下,抽支烟吧。"

我赶紧向他们递出了香烟。他们点了烟,吞吐之间,相互打量,都在期盼谁率先开口说话。可是,那些目光兜兜转转,最后落到了我父亲头上。

"我要在这里盖一院房子,"他说,"三高两矮,带四间厢房和院墙。"

"你确定?"伯伯问。

这个问题冒犯了父亲。他猛地扔下手里尚未燃完的香烟,兀自甩开膀子干起活来。当然,即使他怒气冲冲,可锄头落向地面时,仍然是轻飘飘的,像是在给大地挠痒痒。而他的朋友们则不一样。别看他们老了,干起挖土和舂墙的活来,却是动作麻利有力。如果我们忽略了父亲的精神状态,那完全有理由相信,假以时日,他们会在这里盖起一院房子来。

可现实是此身此刻,容不了"假以时日"。此时我们身在阿尼卡,一个离乡多年的老人发疯了,要在这里盖一院早已过时的土房子。

我回屋,和母亲商量,不能再给伯伯一家的生活添乱了。他们并不容易。说到底,这是我们的家事。还是去夏城吧,不管是检查还是治疗,都方便而且权威。我在夏城的房子不大,两居室,但父母可以住小卧室。如果朱丽的脸色难看,我就给他们在外面租房子。总之,活人不能让尿憋死。

我给朱丽打电话,响了半天终于接通,电话里一片嘈杂。那是我的房子,我的家,我在心里给自己鼓劲,并扯开嗓子,讲出了自己的打算。朱丽说,随便。

这个回答像是在我心里投掷了一块冰冷的石头。

不远处的工地上,那帮老人开始唱歌。他们唱的是《南泥湾》。我不知道这两者有何关系。唱歌并不影响他们手上的活,挖土声和舂墙声听起来更像是在打节拍。

"要不就依了他吧。"母亲说,"这或许会有助于他康复。"

"这些年,他一直在做准备。这可能是他最大的心愿了。"母亲又说，"建房子的钱，你不用担心。"

伯伯这么说，母亲也这么说！这让我不得不心生犹豫：难道真的依了他？似乎这些年，我父亲的身体游离在阿尼卡之外，心却一直留在这里，编织一张网，等待着苍老的自己。如果强行带他离开这里呢？像是一把将人从梦中拽起来，让他睡眼惺忪，脑袋嗡嗡作响地去面对所谓的现实世界？可我想到了医生和苏尼的叮嘱：别让他再受刺激，别让他脑袋里那根紧绷的弦断开。

"你们容我再想想吧。"

这真不是拖延和逃避，而是我性格如此，很少受情绪支配。我必须把这件事翻来覆去地想，正面，反面，侧面，全方位地想一遍。我知道自己的决定至关重要，但越是重要越需要慎重。

中午时分，那些回来吃饭的老人少不了又是喝酒，说笑。他们像鸭子般聒噪，吵得人头皮发麻。他们谈到了盖房子，在口头上设计着那院目前还尚未成形的房子。开间多大，进深多大，哪里种花，哪里养鸡。他们吃饱喝足，哼唱着，继续去干活。

我无心吃喝。在他们走后，也出了门，独自在村里闲逛。这是我在高考前养成的习惯。那时我们在洼乌的家庭像个蛋糕似的被切成了四份，父母吵得不可开交，妹妹叛逆，我想写诗。我经常独自在县城里走,烈日下、暴雨中,或者夜晚。正是在那样的行走中,我完成了对人生最初的规划。

兜里的手机响起,是朱丽打来的。她问我,你们的报纸怎么现在还没送来?我让她等我打电话问一下。半小时后,我回复她,别等了,我们的报纸已经停刊。

这是发生在凌晨的事,我现在才知道。昨天下午,我们的总编消失了。电话打不通,办公室没人。当时,记者还在外奔波,编辑还在改稿,组版和校对还在等稿子。而印刷厂的工人正在和债主们对峙。不是为资本家保住那两条印刷生产线,而是为自己,他们已经被欠薪半年。

我打电话给采访中心主任,他已经没有了往日的激情。他最后的人道主义关怀就是给手下的兄弟们一遍遍告知噩耗。

"你就安心陪老人吧,"他说,"单位一团乱麻,我们明天去劳动局,先把欠下的工资解决了。至于遣散费,就别想了。"

"好的。"我说。

预想过很多遍的失业,真到来时并没有那么可怕。大概是因为倒霉蛋非我一人吧,我甚至隐隐有种解脱感。不破不立。生活的浪一个个朝我劈来,我只能先顾眼前的。我挂了朱丽的电话,紧接着又收到她的信息。她问我,对未来有什么打算。我说，先在阿尼卡盖一院土房子吧。她回复：果然是疯了。

像一片叶子遮盖住了另一片叶子，像一个浪压住了另一个浪。当我说出要帮父亲在阿尼卡盖一院房子，才发现这个想法其实一直存在。世事总有两面。人不能一条道走到黑。现在，是时候换种想法了。

盖房子！

"盖这样一院房子要多长时间？"

"三个月。"

"花费多少？"

"二十万。"

我和伯伯行动起来。拿出纸和笔，写下了初步方案，并对工时和材料进行计算，其中包括了伯伯和伯母的费用。伯伯负责施工，伯母负责伙食。他们推辞，但我坚持，并且说了狠话，如果他们不同意，那我现在就让老人们停工。能够花钱解决的事，就不用动用情感了。毕竟，情既比金坚，也比玻璃易碎。

我们迎来了回阿尼卡以来最愉快的夜晚。我当众宣布了我们的决定。我父亲红了眼睛，强忍住泪水。确如母亲所说，父亲一直在攒钱。现在，储蓄卡已到我手上。这大概是他退休以后的积蓄加上提取的住房公积金，一共三十万。有了这笔钱,再过三个月,那块地上就能长出一院房子。

先确定了老人们的工钱,每天一百五十元。这是阿尼卡一个青壮年劳力的最高工价。他们嘴上客气着,心里窃喜。其次请我伯伯担任总指挥,因为老人们都说,在盖房子这事上,他最有发言权。

要做出这个决定并不轻松,因为此后要面对更多的麻烦。燕子垒个窝也要十天半个月,何况是盖房子?好在决定本身就具有某种力量。就像浓雾散去,前方现出了高山,至少不再云里雾里。

舍银记

总有一些时候,我们需要暂时依托于某个环境或某些人。这种依托,是屈服。我并不想生活在阿尼卡,也不想跟那些人打交道。可是别无选择。在我三十几年的经历中,我丢失过太多当初称为朋友的人。即使再见面,当初的友情也荡然无存。所以,所谓朋友,多数只代表着某种特定的场域。

现在,我和堂兄富乐俨然是一对好朋友。他骑摩托载我去镇上的农村信用社取钱购物,我双手搭他肩上,感觉像是我、富乐、摩托已经融为一体,并能心有灵犀。耳畔凉风阵阵。他的摩托骑得很稳，能准确避让路上的坑和石头。他问我还想不想听故事，我知道他指的是曾大炮。现在，虽然摩托车的噪声很大，但我们仍然需要说点什么。

"上次讲到哪里了？"他像是老师在检查学生的听课质量。

"曾家和康家打仗，曾大炮打断了康家旗杆。"我的回答让他满意。

"这一仗过后，曾大炮的名声像风一样被吹向了四面八方。是真的吹，有专门的人。这些人就是他身边的师爷。曾大炮居住在阿尼卡，但他的心比天上的雄鹰还要飞得高远。他早年外出贩烟，坐船顺长江而下，每到码头就停留，四处寻找奇人异士。炼丹的、走阴的、耍幻术的、唱戏的、写诗的、解梦的……他统统结交，出手阔绰，诚心诚意。江湖人士，总要有一技之长才能走南闯北。曾大炮看中的正是他们身上的本事。而最厉害的是，他把从外地带回的这些师爷养在曾家大院，不是一两个，而是八个。这些人的主要任务就是给曾大炮塑形。这些师爷能写能编，并且还想象力丰富（在抽了鸦片之后）。一时之间，关于曾大炮的前世今生和未来，满世界游走了。是不是真的？我们信不信不重要，重要的是当时那些听的人信了。

"黑虎精、隐身术、读心术、菩萨转世。这些师爷一个个像泥塑艺人,塑好了曾大炮的形,再塑他的灵魂,一切关于人的美德都安在了他身上。于是,曾大炮三十岁的生日,大摆宴席,方圆几十里地的老百姓自发来给他祝寿,据说吃喝了七天七夜,杀牛满山红,杀羊一片白。而另一边呢?他的对手康六老爷,也被曾家师爷塑了形,只不过这形是丑陋的,也被传了名,只不过这名是恶名。

"杀人于无形啊。曾家师爷的功劳,可抵得上一支军队。未出几年,曾家和康家,就像坐在跷跷板上,在人们心里高下立见了。这人心一旦偏移,接下来的事情就可想而知了。家丁、打手、兵丁,甚至伙夫,都有一个共识,曾家比康家好。他们像水一样,从康家流到了曾家。

"三十岁那年,曾大炮和康六老爷有过一次会面,在阿尼卡后山的黑龙潭。噢,对,你不知道那里。那是一个水潭。没人知道水从哪里来,无论天上落雨还是干旱,那水不增不减,永远满满当当。水是黑水,说是里面有一条黑龙所致。黑龙潭有多深,没人知道。反正,自从阿尼卡有人居住以来,那水潭就是一些人的葬身之地,自杀的,凶杀的,丢进去,泡都不会泛起一个。曾大炮和康六老爷来到黑龙潭,身后跟着两边的兄弟若干,但这不是打仗,而是看热闹。总之,一句话,挑明了:曾大炮要康四太太。这是要骑在康六老爷头上拉屎。若换别人,早被活埋了。但曾大炮不是别人，是可以和康六老爷平起平坐的人。

"他们去黑龙潭干什么？丢东西。双方朝黑龙潭里丢白银，以此显示自己的财力。丢了一个上午，双方不分胜负。可这时候曾大炮哈哈一笑，说，六老爷，你输了。为何？因为曾大炮丢的银子是假的，而康六老爷丢的却是真金白银。这是一个巨大的阴谋。

"可曾大炮的笑声刚停下，接着传来了康四太太的笑声。原来她就在围观的人群里，只是人们的注意力都集中在了丢银子上。众人让开一条道，康四太太走上前来，所有的目光都聚在她身上。她走到康六老爷面前，停住脚步，收住笑声，说，是我害了你。她跃身要跳，却被康六老爷一把拉住。数百围观者，心都提到了嗓子眼。这时，曾大炮说话了。

"他说，我输了。说完转身，带着弟兄们走了。其实谁赢谁输这事很难说。康六老爷从此就垮了，整个人，从精神到身体。原本，做鸦片生意起家的他从不碰烟枪，但此事过后，他一头扎进了鸦片的海洋里。三年后的冬天，康六老爷死了，留下四房太太和七个儿女。老爷死了，康家成了太太们的天下，外人看来是一个整体，其实已经四分五裂。大太太最年长，二太太娘家势力最大，三太太最狡诈，而四太太，当然也不是省油的灯。四房太太各怀心思，想方设法壮大自己的势力。大太太靠儿女，二太太靠家族，三太太靠男人，四太太闭门不出，吃斋念佛。

"而曾大炮呢，摇身一变，成了曾营长。原来，曾大炮早已和军队有了勾连并得到重用。在洼乌，他甚至有了自己的公馆，洼乌以东都是他的管辖范围。那时的洼乌地界上，兵匪横行，山头四立，而偏偏洼乌又是川滇两省的交通要道，南来北往的，走亲访友的，经商赶集的，若非成群结队，断不敢过那一个又一个关隘。被抢是幸运的，丢命也正常。官府形同虚设，有心无力。

"洼乌以东的情形则不一样，曾大炮三个字如雷贯耳，他的辖地谁敢撒野？百姓编了歌谣：洼乌南，命和钱两完；洼乌北，兵匪一样黑；洼乌西，命归西；洼乌东，一路通。那时的曾大炮，骑高头大马，身挎一长两短三支枪，身边随从二十人，也骑马带枪。至于手下弟兄，大概有一千人。但是，曾大炮始终没有娶亲。大家都知道这是为什么。

"他在外面风光，但回到阿尼卡却是另一副样子。不带弟兄，不穿制服，像从前那样。对了，别人还说，这个人在吃的方面非常简单：肥肉，每顿三大碗，白酒，每顿三大碗。有阿尼卡人说，这辈子要是能像曾大老爷一样吃喝就好了，这话传到了他的耳朵里。他让人把这人喊来，说，我请你吃喝。结果，那人吃了一碗肥肉便呕吐，身体受不了。这就是人家的口福，没办法。

"曾大炮做了营长，不光保洼乌东部的平安，还派人铲除了这片土地上的鸦片。鸦片是害人的，谁都知道，可没有了鸦片，人们又怎么活？曾大炮的厉害之处就在于，他先铲除的是此前自己预订的鸦片。铲除了鸦片，等于断了自己财路，但钱还照付。

"也就是在那一年的八月，康家大院出事了。某天深夜，康家被包围，大太太和她的儿女被乱枪打死。二太太说，康家遭了匪。可天亮之后，从山外传来消息，那些匪徒在山外遭到了伏击。中午时分，曾大炮派人向康府送来匪徒的脑袋，共计二十八颗。二太太当场吓瘫在地，一病不起。来年春天，康家二太太死了。当家人变成了三太太。

"就像当初扩大鸦片地盘一样，曾大炮现在的管辖范围也在进一步扩大，半个洼乌县归了他。可这又能怎样呢？阿尼卡的人说，即使他成了洼乌这片土地上的王，也有攻不下的堡垒，那就是康四太太。曾大炮去康府求见四太太，丫鬟告知四太太在佛堂念经，她念一整天，曾大炮就在外面站一整天。最后，四太太让丫鬟传出话来，请回吧，请死了这条心。而一个人对另一个人生起了心，岂是说死就死的？

"每次回阿尼卡，曾大炮都去康府，站在门外听康四太太诵经，听完，转身走了。他知道她不会见他，他只是想听听她的声音。时间久了，他都记住了那些经文，并且也在家中设了佛堂，供了菩萨。每次杀了人，曾大炮也诵经。

"那时的洼乌被分成了两半，一半继续种罂粟，一半重新种上了玉米、土豆、红薯、花生。曾大炮干了第三件事，在洼乌修了戒烟馆。烟鬼们要么逃到还在种植罂粟的地方，要么就被抓进去戒烟。曾大炮亲自出任戒烟馆的馆长，每个进去的人，先打五十大板。那时候可不像现在的戒毒所，有各种护士和药品。那时的戒烟馆，有的只是绳索和辣椒水。说白了，去那里就是进监狱，不死也得脱层皮。所以，那些烟鬼，听说曾大炮来了，吓得两腿发软，迈不开步。

"对了，你一定好奇，洼乌的另外一半土地是谁在管？不是官府，是土司。这土司只是土百户，小土司，但在洼乌地盘上存在了两百多年。此后，这片土地上的争斗，就在曾大炮和土司之间。这事，我下次再和你讲。"

观音镇到了。正是赶街天，人声鼎沸。我取了三万块现金，用于支付工钱。我给了富乐一万块，他略为吃惊地问我干啥，我说这是给伯伯的工钱，他说不用。我又坚持，他说要给我自己拿回去给，他不管这事。

"我们的钱，是分开用的，"他说，"他的是他的，我的是我的。"

我从这话里听出了一种父子之间的隔膜。只能笑笑，表示理解。我给富乐买了一条中华烟,他很高兴地收下。此后的日子,少不了要麻烦他的。我拿出购物清单,请他带领着去买。条锄五把,板锄五把,撮箕十个,手套二十双,另有烟酒糖茶,油盐酱醋,以及云南白药喷雾剂、创可贴、感冒药等。总之,我们把这些东西成箱成袋成捆地搬上了摩托车,那辆在山路上雄壮有力的摩托车一下子变得有些可怜了。

趁着在镇上手机信号好,我给朱丽打了电话。在三十分钟的通话中,我们从过去聊到了未来。那些我们许久不谈的过去,其实并未忘记,在内心的某个角落里散发着光和热。朱丽的语气柔软下来,话也多了起来。我听见她在抽泣,哽咽,但始终没挂电话。当然,她无法理解我父亲要在阿尼卡盖一院土坯房的想法。在她看来,一个人老了,最好的去处是养老院。我听着她嘀咕,但没有反驳。我不知道自己过去为什么那么容易去反驳一个人,不争执又会怎样呢?

"朱丽,我们今后好好的,行吗?"我突然说。

电话那端沉默了。抽泣声又起,急促的呼吸声灌入我的耳朵。

"真的,冷战该结束了。冷战不会有好结果。"我说,"帽帽那么小,她像只小虫子,命运握在我们手里。"

然后,朱丽挂了电话。她没有立刻答应我,但我听到了冰河融化的淙淙之声。

那天晚上，男人们都喝多了。每个人都有喝醉的理由。每个人喝醉的状态各不相同。伯伯喝醉了脸红，沉默，不时揪自己为数不多的头发，仿佛要拽着自己飞上天。我父亲也沉默，但脸色发白，他一边喝酒一边看我，似在征询我的意见。堂哥的舌头被酒精拴住了，说话不太利索。那个秃手的哑炮老人越喝越热烈，端着酒杯四处找人碰（连没喝酒的女人也不放过）。那个家人全死于非命的老人在诵经：观自在菩萨，行深般若波罗蜜多时，照见五蕴皆空，度一切苦厄。舍利子，色不异空，空不异色，色即是空，空即是色……其余的老人哈哈大笑，问他现在是色还是空。有人踩在长条凳上，可又无一技之长，只好学驴叫。有人已经彻底瘫坐在了角落里。有人吐了，用自己的衣服擦嘴。有人叫嚷着，喝，继续喝，喝醉当睡着，劳改当工作。

我也喝醉了。我喝醉的习惯是打电话。给朱丽打。给同事打。给同学打。唠唠叨叨，翻来覆去。给朱丽打电话时我哭了，陷入了巨大的悲伤中，并深为自己的过往行为自责。和同事在电话里骂了一通领导，狗×的，为了私利把一个报社折腾死了。

似乎还有些话没讲完，我又给朱丽打电话。她没有接。难道她厌烦了？我继续打。她终于接了，说刚才是在给帽帽洗澡。我鼻子发酸,但没有哭出来,因为我身后有人过来了。

是一个老人。院外的屋檐下没有电灯,我们都只能看到对方黑乎乎的身影。他个子矮小,声音洪亮。

"你的相机呢?"他问我,"能不能给我照个相?"

"你喜欢照相?"

"我拿来做遗像。"

院子里,不时传来喧闹声。有人在嚷着开酒,有人在相约干杯。我们站在黑暗中,但都没有再说啥。相机在屋里。他倒是提醒了我,可以拍一点他们喝醉时的样子——相机会强迫我的脑袋清醒一点。可我并不知道如何拍一张遗像,像拍证件照那样吗?表情该严肃还是微笑?

他跟着我进屋,好奇地看我换相机电池和镜头,然后靠墙站住,脸上挂着一丝笑。我拍下了这个瞬间。他看了看,表示满意。

"对对对,"他说,"我要把这照片洗出来,装进相框。"

可我看不出来,他有提前为死亡做准备的必要。屋外的院子里,有人在叫他的名字,可我没有听清。对方叫他去喝酒,但他高声回答,不喝了,再喝就现场直播了。

"不用理他们,"他说,"我们来聊聊。"

吃　口

从我爷爷讲起吧。他已经过世五十年。他和我不一样，我只有一米六，他一米九。我小时候看见他，会感到害怕。但这不是因为他的身高，而是因为他能吃。我从小就听人讲：有年阿尼卡传来消息，一支在山外吃了败仗的队伍要来了。根据以往的经验，这样的队伍进村，一般只干两件事，抢和杀。在这种时候，作为老百姓，唯一的办法就是躲。我爷爷听到消息，杀了家里唯一一只四十来斤重的山羊，用一只大吊锅煮着。羊肉刚煮熟，山边已响起枪声。老百姓从家里跑出来，蜂拥进入山林里。我爷爷一手提了吊锅，边跑边吃，等跑到安全地带，吊锅里只剩汤了。

由此，你可以想象，他有多能吃。由此，你也会相信，他这一生几乎没有吃饱过。

我奶奶说，如果饿了，我爷爷可以啃下一棵树。当然，这是夸张的话。最饿的时候，也只是吃树皮和草根。

他吃下各种东西，肉（只要是肉，连老鼠也不放过）、粮食、蔬菜、水、盐、酒，这些东西转化成力量。他是阿尼卡出了名的大力士，最夸张的说法是，能够肩挑四百斤，走五里路不换肩。能吃，力大，个子高，所以，狗×的就送了他一个外号：骡子。

在我三岁之前，是爷爷当家。那个年代，以粮为纲，吃饭是天大的事。他干活力气大，一人可顶三个，吃得也多，一人可吃几个人的口粮。可那时的最高工分只有十分。于是，有人就劝他，你可以干一天，休两天。可你猜他怎么说？他说，要是让我闲在家里，我会感觉骨头里像有蚂蚁爬过那样难受。他说的大概是真的。大概他骨头里真的有蚂蚁。不然，他吃东西时为啥不知道饱足？

在我的记忆里，爷爷永远张着嘴，就连吃空气，他也比别人吃得多。他对自己的胃口充满愧疚，所以只能不停地干活以弥补。每到吃饭的时候，我们家的气氛就无比紧张。所有人的眼睛都盯住我爷爷的嘴。那嘴一开动，就像一辆推土机面对前方的障碍，而且不吃得只剩下盘子绝不停下。为了让我们能够活下去，我奶奶只能采用一个办法：分餐。把饭菜均分，并且分开吃。我爷爷吃饭的地点在灶房里，他吃完他的东西，拍着依然空响的肚皮，开始搜寻一切可吃的东西。当然，这基本上不会有收获——最多能找到一点菜汤。

就像在一支正常行走的队伍里，突然出现了一个拼命奔跑的人，所以，我们所有人都养成了快速吃饭的习惯。我从小便知，饭菜是不能剩下的，不光不能剩，连碗也要舔干净。

他终于死了，在一九六〇年。我们全都松了一口气。我奶奶说，活着饿了一辈子，死后就给他多烧点纸钱吧。此后逢年过节，我们家烧的纸钱都是阿尼卡最多的。我那时还小，整个世界乱糟糟，而且依然吃不饱。在他死后，我们终于意识到，原来我们吃不饱并不是因为他多吃，而是我们口粮的总量确实太少了。

家庭的重担压在了我父亲身上。这时发生了一件令我们吃惊的事情。似乎是一夜之间，我父亲的肚皮里被某种神秘力量塞进去了三个胃，他更加能吃了。我们只能再次使用之前的办法，分餐而食，并且渐渐习惯了家里有一个这样的人。其实，能吃的人又何止他？我们每个人都清楚这一点。但越是明白，就越是暗中指责他。那时我们甚至怀疑，在我们看不到的地方，有无数个鬼怪精灵，在我们吃饭的时候，从我们嘴里夺走了食物。不光如此，按我奶奶的说法，家里的粮食即使不下锅，也随时在消耗。这种事情，老辈人曾经听说过，他们管这叫犯"吃口"。

真是这样的。没法。我们家从来不够吃。越穷越吃，越吃越穷。我们面黄肌瘦，一个个"像从牢里放出来的一样"——阿尼卡人背地里都这么说，我们知道。而更要命的是，我父亲生病了。肚子疼。他到死也没有弄清楚自己到底是哪里出了问题。肚子是一个范围，里面装着五脏六腑，胃、肝、肠子出了问题，都可以认为是肚子疼。我后来想，他应该是肠胃方面的问题。在他生命的尾声，体内那台一直高速运转着的机器突然停了，一辈子想吃，最后却啥都吃不下了。他趴在床上，身体起伏，大叫，像是体内有一条河在奔涌。我问他想吃啥，他说，儿啊，现在，就是人心人肝我也吃不下了。那是一九七九年，那时我们都处于半饱状态。

老话说，当家才知盐米贵，这一点不假。到了我当家的时候，我才真正体会，啥子是"吃口"。它跟你勤不勤快没关系，跟你节不节约没关系。"吃口"就是你家里有一张无形的口，一个无底洞，所有汗水换来的粮食都填不满。更何况，我家的土地和石头没啥两样，种啥啥不长。特别是在包产到户之后，这种对比越发明显。同样是种土豆，人家的拳头那么大，我家的指头那么大。同样是种玉米，人家的玉米棒子能打死人，我家的玉米乌鸦都能叼走。而胃呢？别人的能吃饱喝足，我们的深不见底。

不光地里庄稼不好，圈里的猪牛马也不长。我和别人家买同一窝猪崽，别人家的见天长，我家的天天一个样。该死的啊，它们像是吃了秤砣。小小一只猪，可到年底也要杀，简直像只耗子，一顿杀猪饭吃完，就只剩下猪的脑袋和四只脚了。牛瘦得犁不动地，走路都成问题。马的背脊锋利如刀，别说奔跑了，骑上去人的屁股都受不了。

这是土地的问题吗？我动了心思，和人交换土地。可这屁用都没有。往年在我手上像石头一样坚硬的土地，到了别人手里，似乎一夜之间就活过来了。

那就是屋基的问题？我吃亏忍痛和人换过房子。这不光没有作用，反而让我们一家老小挤在两间小屋里，娃娃哭，媳妇骂。至于门和祖坟的朝向，就更不用说了。我都快成风水先生了。

家里没盼头，那我就外出吧。一九九一年，我丢下家人出门了。我去了渡口，那里正在修二滩电站。这个水电站的投资上百亿。那时，四面八方像我这样找活干的人，蚂蚁一样地来到那个热得像蒸笼的地方，干活时挥汗如雨。一天工钱十五元，扣除生活费三元，烟钱一元，每天能剩十一元。如果天不落雨，人不偷懒，每月能拿三百三十元。而且，这是国家工程，不用担心拿不到钱。我依然能吃，但不再有负罪感——不再有老婆和孩子盯着了。即使发生了后来的事，我到现在也认为，那是我这一生最快乐的时光。

我在二滩工地上干了一年，攒了整整两千元钱。那时我四十岁，还没有真的拥有过这么多钱。这钱散发着汗味，但是好闻极了。腊月二十八，我的兜里揣着血汗钱，挤上了从渡口开往洼乌的班车。我的眼里装满泪水，轻轻一晃就会掉下来。那是多大的幸福啊，钱在我胸前的衬衣兜里，闪着光芒。唯一的遗憾是班车太挤，大家都见缝插针地站在车厢里。我看到车窗外那些山峰、河流、村庄、街镇，又想哭了。可我知道自己不会当众哭出来，我只是激动。我幸运地抓到了车厢横杆上的吊环，靠它稳定着身体，晃晃悠悠，站着睡了过去。迷迷糊糊之间的颠簸让我产生了一种像是踩在波浪上的感觉，或者那班车的轮子已经变成了几朵祥云。这是真的。我甚至感觉到了从天而降时风的寒冷，这种凉意即使我完全醒过来依然存在。这种凉意来自我的胸前。我伸手一摸，失声叫了出来。

我的衣兜被人划开了。所有人都对我投来同情的目光。有个好心人甚至告诉我，小偷早就下车啦。我想问别人为啥不帮我抓住那小偷，可我知道这话太天真。换作是我，我不会也不敢，只会庆幸，偷的不是自己。

我怎么下的车，怎么回的家，我记得清清楚楚。每走一步都像是踩在刀尖上。可我不回家又能去哪里？我不光要回，而且永远不离开了。我守着那几亩瘦土，一辈子跟厄运纠缠吧。

是的。这一辈子，厄运就是我的影子。如果非得要说我回到阿尼卡后，还有啥好事，那就是前几年，我成了第一批建档立卡户。如果不是这样，我现在还住在那两间破土房里。不过这样一来，我又欠了五万块贷款，正发愁咋个还呢。

十

阿比索

　　夏天发出的信,在冬天终于有了回复。我不知道是邮路不通,还是别的什么原因。母亲一拿到那封信眼泪就下来了。这么多年,她并未忘记自己哥哥的笔迹。那个牛皮纸信封上,贴着一枚花花绿绿的邮票,信只有一页纸。若非我们反复在太阳下照了又照,会认为那只是一个空信封。老花在跟父亲喝酒,母亲却希望这邮递员赶紧离开。老花最近有喜事。他终于结婚了,对象是屠宰场的女工。父亲笑着问他,是个杀猪匠?老花也笑着回答,不是,她在屠宰场清扫猪毛。"也好,也好,"父亲稍有遗憾地说,"我下次进城时去看你们。"他们越喝越多,越多越喝,从中午喝到下午,以至于母亲不得不拐弯抹角地提醒:"哎呀,这冬天的太阳真是短暂。身上还没烤热呢,天就要黑了。"

　　老花骑上他的自行车离开时,太阳已经落入了远方的山林里。骤然而来的凉意让我和妹妹瑟瑟发抖。母亲生起火,我们围坐在火塘边。那封信再次被掏了出来。

"一心,你来念信吧,"母亲说,"顺便也测验一下你的识字能力。"

你们所有的来信,都已收到。不劳挂念,父母身体尚好。这些年断了联系,实属无奈,然打断骨头连着筋,我也希望你能过得好。从夏天开始,我一直劝慰父母,终有起色,答应让你带着孩子回一趟阿比索。最好是尽快来,我怕时间久了,父又反悔。至于他,还是不见为好。

树华
11月16日

信念完了。我有些意犹未尽。这薄薄的一页纸上,写的仿佛不是文字,而是冰碴子。我把信递给父亲,他让我给母亲。有一刻我们陷入了沉默,木柴在火塘里燃烧,发出噼啪声。

"我们写去的信,都可以出一本书了,"父亲说,"而他们倒好,言简意赅,冷漠无情。"

"毕竟已经回信了,不是吗?"母亲说。

"你们安排一下去阿比索吧,"父亲说,"这鬼地方,我是这一辈子也去不到了。"

"是啊,刀山火海我们也得去一趟。"

我们在周日接到大舅的回信,周一便前往阿比索。向校长请假并不费事,只需要对母亲的课稍作调整,由父亲来上即可。父亲去供销社买烟和酒。是母亲让他去的——这看起来更像是某种试探。他买回了最好的烟酒以及两斤大白兔奶糖。母亲对此还算满意,分给我和妹妹一人五颗糖,其余的装了起来,说是要分给我的其他表亲。但是她并不确定我有几个表弟或表妹。

终于要去外婆家了。此前对阿比索的诸多幻想,很快就会揭晓。我躺在床上睡不着,妹妹却睡得很香。我的父母也在火塘边坐了一夜。他们的谈话像是地下的泉水,汩汩冒出,可隔着门和墙,我听不清具体内容。

我们被叫醒时,天还未亮。妹妹揉着眼睛,快要哭了。而我很兴奋。洗漱完毕,各种叮嘱,夜幕在我们出门前一秒拉开。我们朝着山下走,沿途遇到早起的农民。他们和我们打招呼,母亲一一回复他们。"要回娘家去了。"她在说这话时流露出的骄傲让我不解,仿佛只有她有娘似的。

道路向下,走过关门山,就出了瓦布的地界。山上光秃秃,只有衰草连天。四处悬崖峭壁,不时能看见几只山羊在活动。越往下走,天气越热。路在悬崖边,风吹来,我母亲一手护住草帽,一手拉着我。离开瓦布,世界就变了。瓦布的山是绿色的,而我现在看到的远山是黑里泛青。青色的山顶上有白雪,山下雾气升腾。这场景让我想到了《西游记》里的天庭。雾气稀薄之处,依稀能看到人家,白房子,像随意丢弃在河谷里的马牙石。突然,河谷里出现了一条银色的带子。

"妈妈,那是啥子?"

"那是金沙江。外婆家就在江边。妈妈是从小吃甘蔗的人。"

我在田小桂的供销社里吃过甘蔗。它们被码在柜台上,每根卖三毛钱。那是几年前的事,那时一切都还不是现在的样子。

"见到外公外婆,要嘴甜一点。我们是去求他们的。"

我没太听明白她的话,只在嗓子眼儿里"嗯"了一声。

继续往下走,路边伴着一条水渠,流水淙淙。大概是因为我们走得很慢吧,这路和水渠比我以为的要长得多。母亲像个录音喇叭不停播放着告诫:千万要注意脚下的石子,踩滑就滚到山崖下去了。我们向下,走过一个又一个之字拐,中午时分,终于在一个稍显平坦的地方坐下来歇息。水渠仍在身边。我们出门时穿在身上的厚衣服,这个时候成了负担。但又不敢脱下来，怕感冒。在我们的视野里，金沙江变得更宽了一点，在太阳下泛着绿光。

"还有多远啊，妈妈，"我问，"怎么一直在走下坡路？我的腿都快折断了。"

"反正天黑前能到，"母亲说，"我其实没有走过这条路。但是，路在嘴上嘛，不认识路的时候，就要问别人。"

路边的荒草长得比我还要高，草丛里不时飞出几只野鸡，扑腾着落向了更远的地方。母亲一左一右地牵着我和妹妹，小心翼翼地从山上往江边走。再往下走，就靠近村庄了。鸡犬之声相闻，逢有岔路的地方，母亲就停下来，向人打听：去阿比索镇的路怎么走？如此三四次指引后，我们已经下到江边，走上了一条水泥公路。"现在我认识路了，"母亲说，"当年，我就是由这条路坐车去的县城念书。"

果然，在我们身边，开始有了摩托车、货车和绿色吉普车。金沙江近在咫尺，路边长满了桉树。

"妈妈，那里有片竹子。"我指着不远处叫了起来。

"那是甘蔗。"母亲说。

然后，她给我们介绍那些在瓦布村没有见过的东西：葡萄架、芒果树、橘子树，以及会冒烟的糖厂。这是金沙江边的一个小镇，那天正逢赶集。街道两边的商铺里，人们进进出出。商铺门前的空地上，是一长溜儿地摊。母亲带着我们穿过卖服装、水果、家禽、日用百货、老鼠药、磁带、羊汤锅等货品的摊位，我们的眼睛、耳朵、鼻子都不够用了。那些叫卖声、歌声、公鸡叫声、讨价还价声充斥耳畔；那些吃的穿的用的，令人眼花缭乱。至于无孔不入的甜味和香味，更是早已令我和妹妹的腿失去了力气。而母亲的反应截然不同。她不光不被吸引，反而想尽快逃离。"快走，"她说，"别一副没见过世面的样子。"她说这话的时候，鼻音很重，像是快要哭了。而我那时想的却是，为什么我们要在瓦布的供销社里买烟酒，而不是在阿比索街上买？如果这样，母亲这一路上就省去了背负之苦。

看得出来，快散场了。不时有人走路、骑马，或骑自行车离开街市。在阿比索街靠东边的一幢墨绿色的二层小楼前，母亲停下了脚步。这小楼的颜色，让我想到了邮递员老花。没错，这就是阿比索邮电局，外公工作的地方。母亲在犹豫，在喘息，她将我们抓得更紧了。尚不待她的体内升起足以走向那道墨绿色大门的勇气，门里走出了一个老人。他头发花白，穿着一件墨绿色上衣，怀抱一只公鸡。他看到我们，先是一愣，随即就站住了。母亲将我和妹妹推上前去，隔在她和老人中间。

"叫外公。"

我们兄妹怯生生地叫了一声，抬头看见一张怪异的脸。

那脸像是被分成了两半，一半哭着，一半笑着，而位于中间的嘴张着，让人猜不透那是意外还是意料之中。

"爸。"母亲的声音听起来比我和妹妹的还要低，低到外公似乎没有听见。

我们就那么在原地站着，不时看一眼对方。不时有人跟外公打着招呼，他嗯嗯啊啊地应付着。我们像几条被晾晒在河岸的鱼，我们像在众人面前被剥光了衣服。妹妹看了看外公，后退一步，又抓住了母亲的手。

"妈妈，我怕。"她说。

"别怕，"母亲说，"他是外公，我跟你们提过多次的外公，妈妈的爸爸。"

"我们要在这里站到天黑吗？"巧慧又问。

"不，"母亲回答，"我们这就回家去，回到曾经属于妈妈的家。"

娘的家

那个家就在离街不远的地方，一幢两层楼的红砖小屋。赭红色的门，紧闭着。隔着大门能听见里面的鸡犬之声。外公一直跟在我们身后，一言不发。母亲悄悄告诉我和妹妹："他就是这样的人，老顽固，你们别怕。"见我们站在门口,外公放慢脚步,似在看我们接下来要怎么办。可当时我们和外公之间相隔的距离很近,这让他的磨蹭显得有些可笑。母亲抬手拍门,屋里的狗和鹅同时叫了起来。紧接着是人声,问:哪个?母亲清了清嗓子,说,妈,是我。那门打开之处,站着一个留着齐耳短发的老太太。不用说,她就是我的外婆。她看了看母亲,又看了看我和巧慧,掉了眼泪。外公已经来到我们身后,仍然一言不发,倒是他抱在怀里那只公鸡,仿佛预感到了不妙,拍着翅膀挣扎起来。

"进来呀。站在门口干啥?"

院子中央,一个戴眼镜的男子朝我们喊道。在他的身边,是一男一女两个小孩,年龄跟我和妹妹差不多。母亲带着我们进了院子,外婆和外公还留在院外。院门关上了,气氛变得诡异森严。大舅就是写信给我们的人,他的表情并不像信上的语气那么冰冷。他微笑着朝我和妹妹招手,但我们驻足不前。于是他想了想,带着我们进了客厅。那两个和我们兄妹差不多大的小孩也跟了进来,大舅向我们介绍,那是表哥和表妹。

突然,院墙外传来外公和外婆的争吵声。屋里的人听得真切,他们争吵的焦点正是我母亲。外婆说,都过去那么多年,你还想怎样?外公说,那是她自己的选择,自作自受,现在又回来干什么?大舅轻咳了两声,安慰说,没事,他就是那样的人,等他发完脾气就好了。母亲在喉咙里"嗯"了一声,整个人如坐针毡。她看了看我和妹妹,强行让自己镇定下来。

"这些年,你们都好吗?"母亲问。

"我们都挺好的。你呢?吃了不少苦吧?"

母亲摇头苦笑,想起包里的烟和酒,便拿出来放在桌上。"这是老尹的一点心意。"她说。话音刚落,大舅的脸色突然就变了:"我再跟你说一遍,千万别提他。提他就是在火上浇油,你明白吗?"母亲颤抖了一下,沉默了。外面的争吵声消失了,但外公和外婆还没回来。墙上的相框里,夹满了照片。我起身去看,看到年轻时的外公胸前挎着冲锋枪,看到大舅骑在一辆自行车上,看到表哥和表妹坐在公园里的椅子上,但无论是单人照还是合影上,都没有我母亲。

这时,又有一个人从厨房来到客厅。这是我舅母,大舅的初中同学,是阿比索镇上糖厂的会计。舅母有点胖,嘴角长着一颗黑痣,讲话时语速很快,像放机关枪似的。

"哎呀呀,美华呀,你可算回来了。"她不顾双手的潮湿,紧紧抓住了母亲的手,"十几年没见,我都快认不出你了。"

"是啊,"母亲回答说,"我比之前老太多了,而大嫂你看起来一点都没变。"

"你这次回来，就多住几天吧，"舅母说，"特别是让这几个小家伙多熟悉一下，不然长大了都不认识。"

"我尽量吧。"母亲说，耳朵留意着院墙外面的动静。

"我们请了一个星期的假。"我抢过了话头，"我的包里还背着课本和作业呢。"

天已经黑了。几只蛾子在电灯下飞舞。这就是阿比索和瓦布的区别了。在瓦布，雪已经埋伏在天空，不久就会飘落下来。而在阿比索，一切都还是夏天的样子。天黑之前，我在路边看到一片绿油油的稻田。母亲说，这是二季稻。阿比索能出两季水稻，这话在我听来，简直就是天方夜谭。这里的一切都令我感到新鲜，但我又没那么喜欢这里。从遇见外公的那一刻起，我感觉嗓子被什么东西堵住了，脑袋嗡嗡响。只有我那不懂事的妹妹，嘴里含着水果糖，一脸满足的表情。

大舅起身走向院外，不久后终于将外公外婆带进来。恰在这时，舅母也在厨房里喊：开饭了。

无比沉闷漫长的一顿饭。虽然桌上摆的菜肴比我们在瓦布吃的丰富，可每个人都是一副心事重重的样子。咀嚼声、碗筷声，都像经过了消音处理，就连我表妹和妹妹这两个最不懂事的小孩，都不得不收起挑三拣四的吃饭习惯，变得乖了。

外公每餐必喝酒,但绝不超过二两。这是母亲此前告诉我的。她说起这事是用来对照我父亲的饮酒无度。可那晚我看到的事实并非如此。外公在大舅的陪同下,已经连喝了三杯酒(其中一杯是一口干的)。当大舅再次起身去倒酒的时候,母亲要求给她也倒一杯。

"我也陪你们喝一点。"她说。

大舅愣了一下,但没有反对。此时其实大家都已经吃完饭了,都在等着喝酒人收杯。

"美华,你敬爸一杯,"大舅说,"那么多年没见,爸可担心你了。"

母亲举杯,似在酝酿该如何开口,而外公已经端起面前的酒杯,一饮而尽了。母亲也一口干了杯中酒。

"你们几个去外面玩一会儿吧。"舅母对表哥说,目光一一扫过几个孩子,又叮嘱我们别走远。

院子里盛满月光。我表哥带我们穿过院子,出了门。我们站在院外的围墙下,看灯火点点的阿比索街。空气中有股甘蔗的甜味。不远处的糖厂里传来噪声,两根巨大的烟囱高耸着,吐出白烟。

"大人之间的有些话,我们小孩是不能听的。"表哥很老练地告诉我们,但没人接他的话。

又过了一会儿,他自告奋勇地回屋去打探情况。他去了三次，每次回来都像个情报员似的报告屋里的情况："他们还在说话，你妈妈在哭。""我爷爷要打你妈妈，被我爸爸拉住了。""你妈妈要走，被我爸爸拉住了。"

我带着巧慧朝屋里跑去，见母亲红着眼，其他人站成人墙，隔开了她和外公。

"我们要走了吗？"我问她。她想了想，又看了看其他人。

"不走，"她说，"这里也是妈妈的家。你们再出去玩一会儿吧。"

我在那一刻突然想起了父亲。那时，他在哪里？在干什么？

我们真的在外公家安顿了下来。我们住在外公家的东厢房土楼上。小窗外，是一片甘蔗林。厢房楼上有穿衣柜、箱子、镜子、木床、写字桌，但这些东西都散发着一股霉味。

"这是妈妈的房间，"母亲说，"我从六岁开始一直住在这里，直到去县城上学。"

"他们原谅你了吗？"我问。

"妈妈没有错，"她低声说，"妈妈有权利选择自己的生活。"

这话让我心里轻松了一些。现在，我们兄妹和表哥表妹也混得更熟了。我们去逛了几次街，算是开了眼界。家里的氛围有所缓和。虽然外公和母亲之间话不多，但基本的沟通没问题了。其他人呢，则拼命找话说，像是一种弥补。他们每天晚上都聊得很晚。但我们这些孩子得在晚上十点钟准时上床睡觉。这是外公定下的规矩。这个老革命，把他的家庭当成连队来管理，就只差在胸前挂一架望远镜了。

"你妈妈是个叛徒。"

我表哥有天晚上这样说。那时我们躺在床上，前一分钟他还在聊他看过的小人书里的情节，不知怎么就突然冒出这么一句来。

"你说啥？"我在黑暗中翻身坐起，"你再说一遍！"

"她违背了爷爷的命令，嫁给你爸爸。"

我朝他扑过去，两人扭打起来。表妹和妹妹吓哭了。接着便惊动了那时还在客厅里聊天的大人们。他们来给我们拉开，不分青红皂白，相互道歉，各罚站半小时。但小孩并不像大人那般记仇。第二天，我俩又在一起玩了。不光如此，我们的关系似乎还更好了一点。

我们离开阿比索时，表哥送给我一把塑料冲锋枪。而我并无礼物回赠给他。

我们请了一个星期的假，但只在阿比索待了四天。我们在一个下午时分回到瓦布小学，父亲又不在家。那时已经放学了，老师们像往常一样喝酒、打牌、下象棋。母亲打发我去医院和田小桂那里找父亲。这种事我干过多次，早已驾轻就熟。但我不光没见到父亲，也没有见到医生和田小桂。

春　天

那天晚上父亲回家，吃了一惊。羞怒之下，少不了又是吵架和冷战。我已经习惯了这种生活。既然不能离家出走（我确实想过，但是害怕），就只能忍受。把一切都寄希望于未来吧。如果有天离开了瓦布，情况应该就会好起来。如果真如母亲常说的那样，"狗改不了吃屎"，那我也不担心，毕竟我在一天天长大。而且，这些年的经验也告诉我，没有永久的冷战，就像没有永久的和平一样。他们总有一天会和好，然后再吵架，再和好，周而复始。

我在夜里偷听到父母的谈话，事关我们回阿比索的目的和结果。原来，我们回阿比索是去求外公。求得他的原谅，并帮助我们离开瓦布。他有个战友的儿子，是县文教局局长。而他对这个战友曾有救命之恩。外公让大舅代写了一封信，由他自己亲自贴了邮票寄给文教局局长。但是，他特别强调只帮我母亲一人。

"至于你，就只能自己努力了。"母亲对父亲说。

没过多久，文教局局长便亲自给母亲寄了信来。那封信对我们来说，是救命稻草。局长在信里追溯了父辈的生死之交，并让我母亲抽空去县里一趟。这封信被反复阅读，一遍遍确认。然后，母亲决定立即请假去县城。

似乎只在一夜之间，父亲就变了个人。他在跟我们讲话时，语气里带着讨好，让听者脸红。而他的脸色呢，自我母亲走后，就更是难掩失落。甚至，他走路的样子，都不像以前那般昂首挺胸。

"你们就要进城了，开心吗？"他问我。

"那你呢？"我问。

"我也许要在这里待一辈子了。"

"也许。"他又一字一顿地重复，就像在嘴里咬碎了两粒石子。

就像人们都知道天堂的好，但对具体细节一无所知一样，我对进城这事并没有太多期待。只是隐约觉得，我们的生活要改变了。

母亲从县城回来，也像变了个人。她的变化和父亲形成了对比。她带回来两个好消息，一是她的工作调动，在假期就能启动；二是父亲也可以通过考试进入县里的小学。

"县城里每年都有人退休，他们需要从其他地方增补人员。"母亲进一步说，"局长说这个考试竞争很激烈，但也很公平。"

"那就给我一点时间吧，"父亲说，"只要有考试机会，我就不怕。"

为了庆祝我们充满希望的未来，那晚父亲去买了一只鸡来杀。破天荒的，他们邀请校长方向平来吃饭。方校长有点意外，自己带了一坛老酒来。至于其他的老师，从门口走过时刻意放慢脚步，响亮地咳嗽，但始终没被邀请进来。

父亲端起酒杯，感谢校长的关照。那个长期被这些师范毕业生鄙视的校长红着脸，痛快地喝了杯中酒。此后聊起我们周边最近发生的新鲜事，校长透露：瓦布要伐木了。父母皆表示惊讶，因为他们根本就没有听说这事。

眼前的场景让我想起过去。那时，和父亲喝酒的人是邱百中。如今他已经消失好几年。那几间被火烧过的房子，在风吹雨淋下坍塌了，野草顺势而起，成了老鼠的家园。

那晚我父母一唱一和，很快就把方向平灌醉。喝醉了的方向平恍然大悟：原来自己是校长啊。于是，说出来的话渐渐有了校长的感觉。

"有啥要求就说吧，"他不知何时已经挽起了袖子，看上去像是要跟谁大干一场，"别的我不敢说，在这个学校，还是我说了算。"

"那是那是。"父亲又给他倒了个满杯，看了一眼母亲。

"其实我还真有一点小事。校长，你能不能把我安排去上音乐和体育？"

"为啥？"

"我想闲一点。身体吃不消了。"

方校长脸上浮现出一丝笑意。他已经猜到，这是个谎言。在瓦布小学那种地方，教书真就是混日子。厨房里没柴了，头晚喝多了，心情不好了，都可以成为不上课的理由。把学生安排上山砍柴，或者上自习课，也没人说啥。所以，哪来的身体吃不消一说？

"你让我想想吧。"这校长并没有完全让酒精麻痹，关键时候还知道给自己留空间。

但这事并没有多大问题。无非就是再送两瓶酒两条香烟的事情。于是，在众人的羡慕和嫉妒当中，我父亲成了瓦布小学的专职音体老师。所有人都知道，上这两门课等于没上。首先是音乐课和体育课一周一节，其次是上这两门课时教师完全可以不用管。体育课，自由活动。音乐课，让音乐委员提了录音机放在讲台上，想听哪首学哪首。

关于想要调动和考试的事，我和妹妹都被再三叮嘱，绝不能外传。

整个春天，但凡有空，父亲就坐在桌前复习。这时候的母亲，满心喜悦，忙前忙后。她像个服务员，安静地坐在父亲身后，不时起身为他续茶，给他削水果，清空他那满是烟头的烟灰缸。当他累了，她和他聊起未来的构想：房子要多大的，什么样的布局，我和妹妹应该上什么样的中学和大学。

"你要不要出去走走？"她问他，言语中带着试探。

"去哪里走？"他反问，"这破地方，待了十几年，还没够？"

她满意地笑了。如此几次试探过后，母亲越发放了心。那种感觉，仿佛两人之间有着一根绳子，一人在放，一人在收，最终将两人捆绑在了一起。而过去，横在两人之间的是弹簧，越想靠近，越被推远。

那真是个无比愉快的春天。希望萦绕在心里，让我们变成了一个个上紧了发条的闹钟。真的，心里这闹钟，比放在父亲桌上的那闹钟还要管用。每天清晨，不等现实中的闹钟响起，我们全家就已经起床。有条不紊，每个人都能准确找到自己的位置。就连我的妹妹巧慧，也仿佛在一夜之间长大，想要摒弃一个乡村孩子的坏习惯，变得讲起卫生来了。她一遍又一遍地梳理着头发，一遍又一遍地学着扎蝴蝶结，并且爱上了照镜子。一种讲卫生的习惯，像某种疾病似的在我家里流传开来。此前，相比瓦布的农民和他们的孩子，我们已经是讲究之人。但是现在，我母亲嘴里的关键词是"城里人"。城里人一天要吃三顿饭。城里人每天要刷牙。城里人不说脏话。城里人每天按时起床……也未必城里人真是这样，总之，母亲把她能想到的，人类好的生活习惯，全部加在了城里人身上，要我们全家学习。

这样也确实有效果。当我们走出门去，还真有人问我们穿那么干净是不是要去某家做客，我们骄傲地摇着脑袋，硬是将"我们要进城了"这样的话扼杀在了喉咙里。如今，我们再看他们，心里已经感觉到了某种差距。曾经我们身处泥潭，满地打滚，而现在，我们就要抽身离开。

农历二月十九，观音会。母亲带着我们兄妹去了庙里。所谓的庙，其实是一个山洞。岩水滴下，久而久之形成了一个似是而非的观音像。现实中的观音像绝非朝夕能够形成，而人心里的观音是始于十年前。话说瓦布邱家一媳妇，某日突然发疯，脱光自己，满世界奔跑，被人抓住，胡言乱语。后经人指点，请来五十里外一神婆，唱念三夜，病好了。又三日，这邱家媳妇给屋里打扫一新，给丈夫和孩子做好了饭，起身出门，住进了观音洞。"我要去伺候菩萨了，"她临走时对丈夫说，"你无论苦死累活，也要把孩子拉扯大。"

在去观音洞的路上，母亲跟我们说起这个她听来的故事。那时天刚亮，山路像一根弯曲的线，拴着一串黑色的身影。她以为我们是最早的，但完全想错了。"烧不了头炷香了，"她遗憾地表示，"下一次，我要头天晚上就来。"村民们对母亲去观音洞都心怀好奇。他们问母亲求什么，母亲支吾着说，求平安。她如此底气不足，像是去做贼。

再往前走，人越来越多。这让我们稍微安心了一点。如此，我们就泯然于众人了。其实在这些去求神的人中，何止有教师？听说县里的领导都来了。有人偷偷摸摸，有人坦坦荡荡。一路上，我们默默听着别人说这菩萨是如何灵验，听得双腿发软，只差就地下跪，磕着长头去了。其实不用说我也知道，我们去求神，无非是保佑我父亲的考试能够顺利。只是我不明白，这事菩萨如何保佑。难道在考试头几天把试卷以梦的方式告诉他？

不时有人跟我母亲打招呼。那些人都是瓦布小学附近的村民或者学生家长。"你们也来啊？"他们脸上笑着，但并无恶意。甚至，我们已经多次接到了别人的邀请："等一下跟我们一起吃饭。"母亲一一应承，其实是根本没打算跟他们一起吃饭。她带着我挤到那座岩水滴成的菩萨前，烧了香和纸，磕头作揖，念念有词后，匆匆下了山。

下山的路上，依然挤满了人。那些赶早的人，他们还要回去下地。我们像被洪流裹挟着的石子，一路磕磕绊绊，继续沉默地听别人说话。他们再次说起，瓦布要伐木了。他们对此事满怀憧憬。他们认为山上那些树木早就该大规模砍伐后,换成钞票了,只是一直没有这样的机会。再过几天,就要开始修路了。之前那路,根本无法让拉木材的大车通行。

他们说:"路通了,伐木了,我们就有钱了。"

十一

地　基

呛人的烟草气味，来自院子角落的烤房。那里，有上百斤烟叶正在烘烤下脱水并由绿变黄。我在这气味中醒来，天蒙蒙亮。

锣鼓声乍起，屋里的人一骨碌从床上爬了起来，见一条龙在院子里舞动。红色的身子黄色的鳞，龙须龙珠活灵活现。舞龙的正是那些老人，他们身上的衣服，主要色调也是黄色和红色。咚咚锵，咚咚锵，咚咚咚咚咚咚锵。"咚"是鼓，"锵"是锣。他们在锣鼓声中跟着龙头穿插、扭、挥、仰、跪、跳、戏、缠、摇。此时，他们一个个生龙活虎，完全看不出衰老的迹象。

我父亲手里拿着刚开封的香烟，迟迟递不出去——他们都太忙了。我数了一下，算上敲锣打鼓的，他们一共有十二个人，都是我此前见过的。

他们大约舞了一个小时才停下,每个人都大汗淋漓。而当他们脱下舞龙服后,我们再次瞪大眼睛。他们穿得和前几天不一样。他们的衣服、裤子、帽子、鞋子,都是款式早已消失的。对襟上衣、中山装、大脚裤、胶鞋、草鞋……我们傻眼了,不知道他们从哪里找来这样的衣服。他们彼此笑着,脸上洋溢着合谋者的得意神色。不光如此,他们还从腰间取下装满酒的绿色军用水壶,从兜里掏出火镰并当众演示如何取火。这些早已退出历史舞台的东西一出现,像传家宝,立马引起了大家的围观。

服装是一个时代的标识。眼前这群老家伙是在密谋,想要回到他们的时代啊。我替他们算了算,他们大概是想回到五十年前,那时他们正值青壮年,世界是他们的。

关于盖房子,他们现在有了新的共识:前几天的工程是在闹着玩,若从长远考虑,应该先用石头砌下牢固的基脚,再在上面夯土墙。阿尼卡从来不缺石头,也从来不缺石匠。伯伯给阿尼卡手艺最好的老石匠打电话,并且在电话里敲定了工钱,每天二百元。一个小时后,三个老石匠带着他们的儿子,从摩托车上卸下锤子、錾子、风箱和木炭。锤子和錾子生锈了,风箱漏气了,他们进屋的第一件事就是除锈和补漏。随后,他们各自在伯伯家院子里架上风箱,点燃木炭,风声呼呼,像三个擂台。

还有木匠和泥瓦匠，也联系好了。但是目前暂时还不需要他们。

作为总指挥，伯伯的心里自然是有一院房子。他指挥人在那块地里钉木桩，拉线，并用石灰沿线撒下印迹，虽然不太规范，但已清楚标明了地基的位置。四个老人留在工地上，其余人去寻找石头。天下没有无用之石，只有不合适的位置。锤子和錾子响起来，叮叮当当，像是合唱，也像对台戏。鸟儿飞过晴朗的天空，庄稼摇曳着身姿。有路人站在不远处观望，不解地摇头，嘴里嘀咕："疯了，疯了。"

我也在观望。但这并非事不关己，而是插不上手。我唯一能做的，就是不时给他们递烟和加水。"休息一下，干慢点，"伯伯站在一旁高声说，"不用那么拼命，把你们的老骨头折断了我们可赔不起。"可那些老人根本不听。他们相互较劲，比谁的力气大，比谁的速度快。他们像是在进行一场接力赛，奔跑起来，气喘吁吁，但绝不停下。

那是我见过的最动人的劳动场面了。原来，汗流浃背不仅能带来苦痛，也能让人焕发活力。空气中有一张无形的网，不时向四面八方撒出这些老人，待收网时他们手上抱着一块块形状各异的石头。他们把石头扔在石匠面前，又继续去寻找。石匠的儿子们是助手，负责把那些并不规整的石头递给他们的父亲，由后者修整后再交给砌基脚的人。有三个老人在干着挖土的活。他们沿着石灰的印迹在地上挖出一米深半米宽的土槽，用以盛放那些被修整过的石头。如此一来，往上夯土时，房子就和大地连接得更牢固了。

我父亲走了过去，嘴里喃喃："这里是堂屋，这里是厨房，这里是厕所，这里是牛圈……"

我能肯定，他此刻并没有陷入谵妄中。也许在场的其他人也知道。往事如在雾中，隐隐约约，可见其影，又不太真切。就让事情这样发生吧，我告诉自己。

老人们又唱起了歌，《团结就是力量》。这些苍老的声音汇聚在一起，像透风的墙或破败的门。他们唱得并不好听，稀稀拉拉，磕磕绊绊，歌词忘记了，便嗯嗯啊啊跟着吼。父亲在歌声中流下了眼泪。而我脸上挂着笑，注视着唱歌的老人们，假装没有看见他。

六月的黄昏，天光迟迟不肯退去。我注视着周遭的房屋、树木、庄稼及人群，看世界如何一步步沉入夜色之中。已经歇了工的老人们唱罢老歌，吹响了歇工哨。

天黑尽，工地上的喧嚣热闹转移到了伯伯家里。饭菜已上桌，肉香味弥漫。人多了，做饭得用大锅大灶。我母亲、伯母和嫂子系着围裙，忙得团团转。桌上的菜有蒜苗回锅肉、豆腐、素炒莲花白和酸菜红豆汤。老人们对豆腐赞不绝口。他们中的很多人牙齿松动或掉落，咀嚼食物时瘪着嘴，让人对衰老充满同情。胡子上粘着饭粒。吃肉专挑肥的,用牙床和舌头搅拌烂后下咽。只有喝酒不需要牙齿,但自酿的粮食酒,入口暴烈,后劲十足。

其间,在老人们的喧嚣声中,堂哥跟我聊起了另一件重要的事——审批建房手续。经他提醒,这件此前被我们忽略了的事情,现在变得无比紧迫了。"不出三天,土地管理员就会找上门来,"富乐说,"我觉得我们应该在他到来之前行动。搞定他。"所谓的搞定,无非就是通过不正当手段获得批文。我们移步到另一间屋里,对接下来要办的事做更进一步的细化:什么时候送,送什么,送给谁,送多少。这些年,我学会了一些江湖门道,但唯独没有学会这个。所以,在这件事情上,还得仰仗堂哥。

老人们晚饭后并不急着离开,继续喝酒,聊天。我和堂哥商量好明天要办的事,便也坐到了他们身边。这段时间,我拍了很多照片,但人物总是那些,并且场景也单一,要么是在干活,要么就是喝酒聊天。离开夏城时随手装在包里的契诃夫的小说集一页都没有翻过。我采集了几个乡村老人的故事,把录音整理成文字,留在了电脑上,但不知道有何用。有时候,看着眼前手舞足蹈或汗流浃背的老人,我如坠梦境。当我接到母亲的电话,离开夏城时,我根本不会想到,这一趟行程看似是坐火车,其实坐的是过山车。我以为只到洼乌，结果被拉到了阿尼卡；我以为只待三五天，结果现在开始修房子了。至于未来还会怎样，我暂时不去想。

反正我现在没工作了。就当是这些年的新闻职业生涯结束后，给自己放了个长假吧。我打过几个电话，了解到昔日那些怀揣新闻理想的同事已作鸟兽散。夏城还有三家报社，可他们似乎已经看透未来的趋势，对报纸彻底失去了信心。有人要去创业，有人要去考试，而我暂时不知道自己要干啥。

我给朱丽打电话，谈及未来。她让我别太焦虑，待处理好父亲的事情，回夏城再作决定。我们又聊了一会儿帽帽的日常，挂了电话。心里生起恍若隔世之感——原来，我们已经很久没有这么好好说话了。于是，意犹未尽地，我又打了电话过去。我们聊起了未来：等我有了新工作，就换个房子；那辆二手桑塔纳已经可以送进报废场了；房子最好在名校附近，今后就不用为帽帽上学而四处求人了。聊着聊着，两人都在电话里哽咽起来。

那晚我睡在床上想起我和朱丽的生活。我们经历的往事从未被遗忘，好的，坏的，全部印刻在脑海里。而令人奇怪的是，曾有一段时间，我能够记起的全是她的缺点。而今我才知道，原来她的优点在记忆的另一面。这么想时，像一枚硬币在我脑袋里侧身转动起来。我在某一个瞬间让它停下，呈现在我面前的是朱丽好的那一面。

在离我不远的床上，父亲出奇地没有鼾声大作。而此前的每个夜晚，每当他睡着，身体就变成了一条河，泥沙俱下，仿佛呼吸里夹杂了石头和枯枝败叶。有时候，他的喉咙里也会发出哨音、咀嚼声和梦话。他被自己折磨得醒过来，翻身坐在床头，默默发呆。

而那晚，我侧耳倾听，他呼吸均匀。在轻微的鼾声中，我感觉他体内有种力量在汇聚，犹如春风吹拂大地。那是风吗？也许是羽毛。它轻盈、空灵，纷纷扬扬。

我想为他虚构一个春天的梦。

深山如海

现在，他们都知道，我对曾大炮的事感兴趣了。不光如此，他们还知道我在电脑上写下他们的故事。所以，某个冷不丁的瞬间，总会有一个人来到我面前，跟我讲点什么。

"我给你唱一首歌吧：正月里来正月正，洼乌土司把兵征，三丁抽一五丁二，父子兄弟入山林；二月里来龙抬头，洼乌土司犯了愁，成年男子进深山，做了官家的死对头。

"这歌唱的是当年土司和曾营长打仗的情景，土司强行征兵，把洼乌的成年男人逼进了深山，做了土匪。土司为什么要征兵？因为他要和曾大炮打仗。一山难容二虎，更何况还有幸灾乐祸的官府在煽风点火。所有洼乌人都知道，过去那些年土司和曾营长之间的小摩擦只是小打小闹，大仗总有一天会到来。这一天到来之时，是一九四二年的春天。

"一九四一年冬天，洼乌的土地板结如铁。十月初八下了第一场雪。这片土地上的妇女和孩子看到那漫天大雪就哭了。为啥？因为他们的父亲或者哥哥在深山。那时他们已经躲进深山三个月了。也许你知道，洼乌的森林覆盖率为60.4%，这是历朝历代，逃兵逃匪逃饥荒和瘟疫，人们首先想到山林的原因。土地板结，并不仅仅是因为霜冻，而是从秋天开始已经没有了成年男子犁地耕田。没有人愿意为土司卖命，更何况谁都知道是要和曾营长打仗。

"一九四一年冬天的那场雪，下了七天。那场雪下得并不大，但极具耐心，像是怕光似的，天黑时下，天亮时停。妇女和孩子们担心自家躲在深山里的男人，不知道这样的天气他们怎么度过。他们会不会耐不住寒冷，从山里走出来，直接走向土司衙门，为了温饱而替土司卖命？他们多虑了。妇孺们并不知道，在雪落下前的那些夜里，深山里早已变了样。

"当年那些逃进深山的人，在雪到来之前，其实已经得了曾营长的救。你想啊，他们逃进深山，吃住怎么办？深山如深海，土司的兵不敢轻易进山，但围住了下山的道路。这样，就切断了他们和山下人间的联系。可令人想不到的是，逃进深山的人里，居然混进了曾营长手下的两个师爷和三个武士。他们成了这些逃难之人的主心骨，在他们指导下，开始了外人难以想象的生活。我问过村里的老人，当年在山林里吃啥？他们说吃野兽和野菜。住的山洞，早在冬天到来之前就准备好了，洞里垫上野草，比猪窝强，不至于冻死。更何况，山里还有取之不尽的枯枝可以用来生火。群山连绵，连成一个隐秘的世界。我们想象中，走入森林里的人应该是在苟延残喘，等死。其实不然。他们在等待着合适的机会，下山。他们当然不是下山投降，而是要和土司的队伍决战。在深山的夜里，他们可没闲着。

"春天来了。准确说是农历二月初二，久居山林的男人们如猛虎下山，一举杀得山下守军措手不及。最大的死伤地正是在阿尼卡，至今，还留有一个叫杀人沟的地名。他们之所以取得胜利，正是得益于在山里的训练，用的是标枪和石头。土司的部队在二月初二那天前后受敌，从后面进攻的正是曾营长的部队。

"像溪流汇成大海，在山里躲了整整一个冬天的男人们，早已知道该去向何处。他们衣衫褴褛，浩浩荡荡，向洼乌县城的曾公馆开去。在那里，牛、羊、猪，三牲已备，曾营长骑在高头大马上，等候已久。狂欢持续了三天三夜，酒香肉香弥漫了半座城。这些已经一个冬天没吃饱饭的人，看到酒肉就流下了眼泪。三天后，曾营长训话，大致意思是说，在那个兵荒马乱的年代，要想保得家人平安，只能靠自身。他动员大家团结起来一起抵抗土司。如果要回家跟家人团聚的，曾营长赠银五两。

"生为男人，身在乱世，不说保家卫国，至少要保护妻儿老小吧。所以，有一半的洼乌男人选择做了曾营长的兵。那是曾大炮最风光的年月，他那飓风般的势头，压得洼乌土司像稗子般喘不过气来。但世袭的土司握着前朝的印铃，民国政府对这历史上遗留的分封制度态度暧昧不明。更何况，那时曾大炮的关注点已经不是土地上生活的人，而是土地下埋藏的矿。

"你应该知道，洼乌西部的回龙镇有铜矿。这矿在民国初年就被发现了的。从那时开始，回龙镇就是各种梦想家的天堂。如果有空，你可以去看看回龙镇的会馆，江西会馆、福建会馆、湖广会馆、江南会馆……你看这些名字就知道，当年有多繁华。当然，现在衰落了，会馆拆得差不多了，你看到的也只是仿古建筑。所以，不再种植鸦片以后，曾大炮便盯上了回龙镇的铜矿。那时，奄奄一息的民国政府其实已经顾不得矿了，这刚好给了曾大炮和洼乌土司机会。这其实也相当于，打开一道门，放了两条饿狗进来。而民国政府只需要在一旁看着他们争斗。

"对了，我还应该跟你讲讲康四太太。康家衰落了，头两房太太也死了，那一天天灰暗下去的大院里，三太太当家，四太太吃斋念佛，一切看起来风平浪静。可这平静有个前提，就是曾大炮。世人都知道，如果没有曾大炮，四太太不被毒死也被打死了。每逢初一十五，曾大炮就回阿尼卡，穿着粗布长衫，规规矩矩，去敲康家的院门。康家上下对他自然是以礼相待，但曾大炮的目的只有一个，站在四太太的屋外，听她诵经。仆人禀报：四太太，曾营长又来看你了。屋里的诵经声不绝于耳。这样的日子过了一年又一年，即使是块石头，揣在怀里久了，也会焐热的吧，但人心比石头还坚硬。一个人喜欢另一个人，一个人不喜欢另一个人，都是没有办法的事，像一种不治之症。

"土地上又恢复了古老的传统，种上了玉米、水稻、土豆、花生和红薯，鸦片成为一个过去的传说。洼乌的土地上，曾大炮和土司，虎视眈眈，明里暗里都想灭掉对方。但在消灭对方之前，他们得有足够的军饷。而钱，只能从回龙镇的山肚子里掏。这回龙镇像一块蛋糕，如何来切分，就成了大问题。而手段无非是两种：要么动嘴谈判，要么动武抢夺。于是，那些年，回龙镇的声响来自地下的炮声和地上的枪声。

"一九四二年春天那一仗，洼乌土司元气大伤，但还不至于灭亡。那时的洼乌土司，是末代土司，也是末路土司。他们管理这片土地二百多年，历经十几代人，老百姓叫他们'官家'。这种管理，甚至包括生杀大权。一九四二年，执掌大权的土司叫安佑苍，人称安大人，时年四十一岁。他的父亲安老土司在一九四一年冬天过世。所以，安佑苍接管洼乌土地，打的第一场仗就是败仗，这是他父亲在头年冬天留下来的烂摊子。这一仗打败了，安佑苍损兵折将还失了民心。所有人都以为土司势力的气数已尽，可大家都想错了。"

这一段故事来自某天中午一个老人的讲述。他被石头砸伤了脚，暂时在家里休息。不远处的工地上，老人们在烈日下干得热火朝天，有一面自制的红旗迎风招展。工地像一个杂乱的交响乐团，锤子声、錾子声、歌声、号子声混在一起，有穿越之感。基脚越垒越高，高于地面一尺，便要架上墙版，开始夯土。万丈高楼平地起，如今，我已经能够从这石基看出房屋的雏形了。

阿尼卡真像一个巨瓮，时间的嘀嗒声都带着回响。我知道这种无聊和紧张，是因为我不属于这里。我期待房子能早一点建成，期待他们吃饭喝酒都能快一点，期待天早点亮，天早点黑。但这一切都事与愿违。

终于挨到黄昏,老人们哼着歌收工回来了。嘈杂、喧闹,这样的场景我已经非常熟悉。接下来无非是吃喝、笑闹、争执,直到他们酒足饭饱离开。一个老人喝醉了,踉跄着向我走来。我赶紧挪开身体,为他让座。他重重坐下,沙发的弹簧发出吱嘎声。

"你今晚不照相了吗?"他打着酒嗝,递了一支烟过来。我赶紧接了,并帮他点火。

"如果不照相,那我就跟你聊一下。"他说。他的言行并没有引起别人的注意,但他还是放低了声音。饭桌上一片狼藉,酒味、烟味混为一团,让人忍不住想逃离。我看了一眼屋外,月光照亮了院子,一张桌子空着。我们便移步到了院子里。

二 娃

你叫我二娃吧。没关系,别在意辈分或老少。反正,阿尼卡的人都这么叫我。我甚至想,如果牛马畜牲会说话,它们也会这么叫我。这没大没小的喊叫是一种轻视,但我不在乎。比人更践踏人的是命。

翻过腊月二十,我就七十岁了。我这一生,没吃人没害人，连踩死一只蚂蚁都害怕。我真的胆小如鼠。按阿尼卡人的说法：恨不得找个蛋壳把自己包起来。我和你爸不一样，他从小就有闯劲，天不怕地不怕，而我呢，只上了三年小学就回来了，因为在学校里有人欺负我。

也许你发现了，我说话轻言细语。不光如此，我走路也是这样，像是害怕踩疼了土地。我敢说，在这片土地上，我没有得罪过任何人。但任何人都可以欺负我。这是软弱吗？如果他们觉得欺负我，心里舒服一些，那我也算是值得了。

我结婚那年刚好二十岁。女方是个沉默善良的姑娘。她看上我，正是因为我的谨小慎微。你知道，那年月，所有人都像疯了一样，与天斗，与地斗，与人斗。斗争这种东西，要旗鼓相当才过瘾，像我这种软蛋，激不起他们的斗争欲望。再说了，如果总是欺负一个三锤打不出一个屁来的人，有意思吗？

我们沉默，并不是无话可说，而是不需要言说便知道对方在想啥。而且，话一旦出口，就会有危险。我的女人像石头般沉默，也像石头般隐忍。她勤劳，孝顺，陪我吃苦受累毫无怨言。那时我多幸福啊，一想起那些日子就想流泪。

她嫁到阿尼卡的第二年秋天，天像是被人捅了洞，雨下了四十三天。绵绵雨，像老人的尿，滴不尽。雨下得人心里发霉长草，连生产队的批斗会都没心思开了。阶级敌人都在家里，所有引人出洞的招数都失了效。但是一些事情却不会因为天气而改变，比如已经定下来的婚期。农历九月初八，是我堂姐出嫁的日子。她嫁到一百里地以外的船城。迎亲的队伍抬着箱柜翻山越岭，走了两天，终于抵达。而我是送亲的十八人之一。原本，我媳妇也要送亲的，但她已有身孕，所以，只能留在家里。那时的生产队长是我们家族的人，不光批准我去送亲，还安排她只做一些轻巧活。

送亲的队伍在山路上住了一夜。几十个人，把箱柜停在路上，用随身带着的炊具热饭菜吃。我第一次见过背着锅碗去送亲的，一辈子唯一的一次。我们给新娘、老人和孩子搭了个木棚，让他们有地方躲雨，年轻人则在路边点燃篝火，翻来覆去地烤。细雨飘飞一整晚，我坐在火边的石头上，烤着烤着就睡了过去。我梦见一场大雪，我在雪中穿着一身白衣服。我现在还记得那悲伤的梦境。不明白发生了什么大事，但一定是发生了。我在梦中四处寻找，但不知在寻找什么。那满世界的白，原来是个巨大的陷阱。我一脚踩空，坠向了黑暗的深渊。我叫着媳妇的名字，挣扎着醒了过来。事后我想，那个时候，她也在叫我的名字。

我们去船城，耽误了两天时间。当我们回来时，在路上遇见了报信人。"你赶紧回家，你家里出事了。"报信人说，"你媳妇，没了。"没了是什么意思？死了？报信人说不知道，反正没在家里。

确实，家里没人。火塘边的凳子上只留下一只还没有纳完的鞋垫。就凭这一点，我就认定她并非别人怀疑的那样——抛下我跑了。但我还是去了她娘家。我从她娘家人的表情也能看出来，他们确实没有见过她。我的岳父和舅子一同来了，我们把家里家外翻了个底朝天。别说她是个人，即使是根针也藏不住。结果当然是一无所获。一个星期过去了，我们一筹莫展。

农历九月十六日，天放晴了。我们决定分成四队人马，从东西南北去找她。临出门前，我去上茅厕。那厕所其实就是个水塘，上面铺了三根圆木。雨水从棚顶漏下来，圆木上长满了青苔。就在我解开裤子纽扣的瞬间，看见粪坑里漂着一团巨大的白。那是她鼓胀的尸体。她被捞起来后，更加证明了我们的猜测，她是在去上厕所时脚下踩滑跌进粪塘里的，她的裤子都还没拉上。

她大概是阿尼卡历史上死得最窝囊的一个女人了。我可怜的女人啊，跟着我就没过上一天好日子。她怀着一个尚未出生的孩子，去了另一个世界。送她上山那天，所有人都哭了。而我只能倒在床上，天塌了。

在阿尼卡，但凡有人中途死了伴侣，那活下来的一方便会被认为是命硬。也就是这个活着的人，几乎没了再婚的可能。

所以，我在媳妇死后一个人度过了最年富力强的二十五年。

从一九九〇年开始，阿尼卡的人开始外出打工。我也跟随别人去到渡口的工地上。几十个农民工挤在雅江边的工棚里，汗味混合着尿臊味。有个给工人们煮饭的女人，沉默得像个影子。她的沉默让我想到死去多年的媳妇。据工人们说，她是被包工头从劳务市场门口领回来的。没有身份证，也没有熟人担保。她给我们煮饭，包工头只给她管两顿吃的。她大概四十岁？我们不确定。也没有人从她嘴里问出年龄或家乡何处。可是，我们这些离家已久的男人，每一个都想跟她搭上话。老实说，她与漂亮无关，就是一个普普通通的中年妇女。有天晚上，我听到隔壁她住的工棚里传来吼叫声。而我们这间工棚里的其他工人也听到了，正在挤眉弄眼地喘着粗气。他们并没有要去看个究竟的样子。我不知道哪来的勇气，冲出门去踢开了隔壁工棚的门。是那个狗×的包工头，喝醉了，想要强奸她，衣服撕开了，两个奶子白花花地晃。

结果，你应该知道了。第二天包工头就让我和她滚蛋了。我在前面走，她在后面跟着。我不知自己该去哪里，她也不知道。我们沉默着走在街上，从上午走到中午。走累了，我买两支冰糕，递给她一支。

"如果你不嫌弃，我带你回家吧。"我说，"我们那地方，别的没有，山地有的是，只要人勤快，饿不死。"

她点了点头，仍没有说一句话。

就这样，我带她回了阿尼卡。我们在一起生活了五年，她没有给我留下一男半女。也许你不相信，我到她死都不知道，她来自哪里，名字是否真实。她真是个沉默寡言的人。我们唯一一次敞亮的说话便是吵架。那天吵完架后，我上山去砍柴。天黑时回来，发现屋门从里面闩上了。喊她，不应，但能够听见她在屋里发出的哀号。她在中午时服下了敌敌畏，那使她口吐白沫，大小便失禁，直到最后停止了呼吸。

我的第三个女人，是捡的。是真的捡。那是十年前的一个冬天，我从外地打零工回来，在路边遇见一个快病死的女人。那时天快黑了，她朝我喊：大哥，你可怜可怜我这个无依无靠的寡妇吧，我得了怪病，没钱去医院。如果你能救我，我当牛做马报答你。我把她背回家来，请了医生来看病。第三天，她死了。我送了她一口白棺材。

这就是我的一生。三个女人。无儿无女。这一生就快到头了，我并不觉得遗憾。但我死也想不明白，这一切都是为什么？

十二

修　路

春末的清晨，山下响过一阵炮声，轰隆隆，地动山摇，尘土飞扬。小学生们相互传递着一个消息：修路了，这是开山炮。

当某天太阳升起之时，我站在瓦布小学门外，看到山被割开了一道口子，像一条渐渐变长的血管。炮声令人兴奋起来。乡政府外墙上刷了白色的标语：要想富，先修路，少生孩子，多种树。仿佛修的不是路，而是一条流淌着黄金的血管。我们在炮声中憧憬未来。路修通了，我们就可以坐车从瓦布去镇上和县城了。路修通了，那些山外的好东西就可以来到瓦布。山外有什么？我们可不是一无所知。要知道，这是一个已经通了电的村庄。我们在电视里见过外面的世界。

那年雨水来得迟，干燥的土地等待着种子。瓦布的人们眼看播种无望，便纷纷加入了修路大军。他们又过上了吃大锅饭的日子。食堂就设在瓦布小学里。那段时间,每到饭点,学校里热闹得就像开群众大会。每过一个星期,就杀一头猪。那些离家远的修路工人,晚上就睡在教室里的课桌上。这是校长方向平特批的。每天早晨,我们走进教室,迎接我们的便是旱烟味、酒味和汗味。他们的被子和毡子,裹起来后,堆放在教室后面的墙下。但除了极少数像我们这种教师或乡干部的子女,其他人并不清楚这些修路工人都是怎样打发无聊之夜。

应广大修路工人的要求,又开始放录像了。《最佳拍档》《A计划》等片子,我就是在那时候看的。田小桂又出现在学校里,她比前两年更胖了一点,但似乎也更好看了。肖日龙对田小桂依然百依百顺,两个人守着两家店,大家都在猜他们一天能赚多少钱。现在,又多了一笔放录像的收入,这真令人眼红。

第一个苦恼的人是我母亲。她的疑心病又犯了,每到夜晚就坐立不安。尽管,父亲为了考试,经常闭门不出,任凭胡子疯长。他的二胡落满了灰尘,已不再给远方的自己写信。他让我去买烟,我总是去田小桂的店里,而不去供销社。其实不光是我这样选择,其他人也一样。没有了田小桂的供销社,除了苍蝇,几乎没有别的活物再去光顾。而且,那个不知因何被发配来的老售货员,整天都是一副没睡醒的样子，脾气暴躁，让人生厌。

"你爸呢？"田小桂问我。我忍不住告诉了她家里的秘密。我知道这是秘密，但面对田小桂就是忍不住。

"原来如此。"她说，给了我几颗糖（但我没有吃，我打算拿回来给巧慧）。这是对我告密的奖励吗？可她看上去并不高兴。

"还是你们好，终将离开这鬼地方。"她说，"像我们这种，一辈子只能待在这里了。"

她的语气里满是失落，原来她仍想离开这里。可前几天我们听说，田小桂打算让肖日龙去县农机站学开拖拉机。目的是开始伐木以后方便倒卖木材。

我把香烟递给父亲，刚好那时母亲不在，他便问我在哪里买的烟。我如实告之，他哦了一声，发了一会儿愣。

太阳落下去，人们像星星般冒出来。岂止是修路的人啊，只要是喜欢热闹的，全都出现在了学校里。还是像之前放录像时一样，他们去教室里抢凳子，没抢到的就席地而坐或站着看。

录像可以放，但不准再跳舞。很多人都还记得上次发生凶杀事件的情景。那个凶手已经伏法，但这事的影响并未彻底消除。

放录像的时候，肖日龙和田小桂都在。他们边收票，边推荐香烟和啤酒。肖日龙的脖子上挂着一个装香烟的匣子，见人就问要不要来一盒。一晚上下来，其实也卖不了几盒——越是人多的时候，大家越不买烟抽。至于啤酒，那就更卖不动了。大家还是习惯喝白酒，既便宜又带劲。

人们的脑袋一夜之间活泛起来。不光是田小桂夫妇有经济头脑，就连方向平的老婆也来凑热闹。她卖的是炒瓜子。她的瓜子是原味，田小桂的瓜子是五香味。这女人也是农民，平时并没有因为丈夫是校长而得到好处。她在人群中间穿梭，把炒熟的瓜子装在一个筛子里。一毛钱一杯，她一晚上大概能卖二十杯。我也想嗑瓜子，但没有哪个好心人会递给我几颗。当录像开场的时候，整个操场上响起嗑瓜子的声音，像一群老鼠正在咬噬着我的骨头。坐不住了。我抛下妹妹跑回家，打算向母亲要两毛钱。我父母正在吵架。关了门和窗，隔着玻璃，看着操场上的人吵架。更准确地说，是看着田小桂的身影在吵架。我突然推开门，吓了他们一跳。

"干啥呀？"我父母不约而同地朝我吼。

"我想要两毛钱买瓜子吃，"我说，"大家都在吃，就我和妹妹没有。"

母亲给了我钱，然后又关上了大门。他们在家吵了一部录像的时间。九十分钟后，我看到的家里的景象是这样的：一只凳子侧翻在地；一只茶杯粉身碎骨；一本复习资料正在火里燃烧；桌上的钢笔断成了两截；我父亲的衬衣纽扣只剩一个，露出了白花花的肚皮；我母亲的头发蓬乱，像是里面有几只鸟正在孵蛋。

外面，结束了观影的人渐渐离去。他们在说话，叽叽喳喳，可我总是听见田小桂的声音。她跟不同的人开着玩笑，也全然不管肖日龙在一旁。我父母也听见了她的声音。母亲不顾我和妹妹的存在，骂了一句：骚婊子。这话像是一道密钥，打开了她的话匣子。

"这就是你喜欢的类型？你听听她在说啥？"她说。

"你去打听一下，这方圆附近，谁不知道她是啥货色？只有肖日龙可以忍受。"她说。

"我忍了你多少年，难道你不明白为什么？"她说。

"积点口德吧。"父亲看了看我们，低声说，"你们去睡觉吧，别管大人的事。"

他不说，我们兄妹也会这样做。在他们的吵闹声中，我们面无表情地爬上床，拉住被子蒙了头，在沉闷的空气中胡思乱想。这些年，我们一直是这样。从三岁记事开始，我们过的日子其实是同一天。争吵、冷战、和好，周而复始。提防、躲避、掩饰、捕风捉影，周而复始。

就连他们的密谈在我和妹妹看来也是掩耳盗铃。客厅和卧室的门虽然关着，但门缝能够塞得进一只手掌，怎能关得住人声。母亲又哭了起来。我还在很小的时候就有过一个担忧：总有一天，她会流完自己的眼泪。如果没有眼泪，眼球会不会干枯下去，只剩两个洞？但这一天并没有到来。她的体内有着大量的泪水，哭之不尽，号之不竭。大概从八岁开始，我经常对她发问：你们总是吵架，为什么不离婚？这个问题每一次都像一记闷棍，敲得她发蒙。通常，她需要好半天才想到答案：如果离了，你们怎么办？

也是从那时开始，我知道她的回答并不成立。我们班有两个同学，他们的母亲就抛下他们走了。他们哭了几天后，就活蹦乱跳了。

而令我想不明白的，还有母亲的特殊本领。她总能从父亲身上发现异常。这让我怀疑她是不是长着第三只眼睛。而且这第三只眼是隐秘的，能看见我们这些凡胎肉眼看不见的东西。

"你真的那样吗？"我问父亲，"像妈妈说的那样。你做过那些事？"

某天我这样问他。他抬起头看我一眼，没有想象的凶恶，而是垂下了目光。

"等你长大了就知道了。"他说，"但愿你能战胜你自己，而不是被战胜。"

被谁战胜？他没有说，我也没敢问。我想，我是个容易举手投降的人。我从小害怕，怯懦，惯于在父母的争吵中沉思默想。而妹妹则不一样。她话多，像夏日黄昏田里的青蛙。她总是以自己对世界的理解，不停地发问。为什么这样？怎么会这样？为什么不这样？她这样的性格并不讨喜，特别是在父母冷战时，她的发问像一种挑衅。另外，她还是个进攻型的小孩。她的手、脚、嘴巴，随时准备着向谁挠一爪、扔个石头、踹一脚，或者咬掉别人一只耳朵。这让学生们对她闻风丧胆。人人都知道我有一个会咬人的妹妹，她像头无法驯服的驴子。

小恶霸

对于父母的争吵，我们兄妹俩的看法一致：他们视对方为空气，比闹得不可开交要好。一旦他们陷入冷战，便谁也无心管教我们。现在不像从前了。就连我父母也说，我们的翅膀越来越硬了。虽然我并不完全认可这种说法，但至少感觉到了翅膀的存在。

"再给他们一点时间吧，"有天我对妹妹说，"如果路修通了，我们还不能离开这里，那我就带你离开。"

"去哪里呢？"

"阿比索。"

除了那里，我想不到别的地方。据说现在在修的路，要连到阿比索。我们离开那里已有数月，但它仍对我们产生着持续影响。那是我们未来新生活的动力之源，每次想到它或提到它，对我们的生活都是一次修正。我给阿比索的表哥一连写了三封信，但邮递员老花迟迟不来。我在信中告诉表哥瓦布在修路，我的父亲在认真复习，但对父母的争吵只字未提。

当我在信中写下父亲的状态时，我停笔想了想，并确定这不是谎言。上次吵架过后，他去了一趟县城，一是再次打听考试机会，二是补齐那些被烧掉的资料。趁他去县城的时候，母亲用报纸糊了窗玻璃。于是，我们那间集客厅书房厨房饭厅于一体的屋子顿时黑了下来。只有在太阳最好的时候，才能看清彼此的面孔，其余的时候都开着灯。对此，母亲解释：浪费电比浪费表情要好。

黄昏来临时，我们家早已点亮了灯。门关着，嘈杂的人声见缝插针地钻进来，像针一样刺我父母的心。他们彼此对望，目光轻飘飘。沉默这只无形之手，捂住我和妹妹的口鼻，就快窒息。我们在晕倒前的一秒钟，猛地拉开门跑出去。也是在那一瞬间，父亲发出一声长嗥，然后，门又被重重关上。

那是我第一次感觉到等一部片子结束是件漫长的事。我不时看向不远处的家，不禁可怜起那团昏黄的灯光来，它要穿透报纸和黑夜才能被我看见。而近在眼前的田小桂就不一样了，我连她脸上的雀斑也能看见，而且，我还闻到了她身上散发出的百雀羚味道。她穿了一双白色高跟鞋，锥子样的鞋跟戳着在场男人的心。肖日龙那天没在。听说是去县农机站学开拖拉机了。没有了肖日龙，所有人都毫不客气地盯着田小桂看，那一道道目光像小镰刀，早已将她剥个精光。田小桂当然感觉到了那些目光，但她不以为意，甚至还隐隐透着某种自豪。她原本可以坐着的，但偏要站着。她站在离录像机不远的地方，像是那机器随时会卡住，需要她去解决。

很明显，看录像的人比前几天更多了。乡政府的干部，医院的医生，学校的老师，修路的人以及那些爱热闹的农民，从下午开始，流水似的从四面八方涌来，填满了学校的操场。有人见到我和妹妹，就会问一句，你爸呢？我说在家里呢。又问，你妈呢？我说在家里呢。对方意味深长地拖长了音，噢——

夜晚总让我紧张，这是从小落下的毛病。因为很多不好的事情都发生在夜里。这些年，一直这样。所以，我无比希望逃离瓦布。即便不能离开，我也希望早一点天亮。因为白天不一样。

炮声越来越近，新修的公路离我们越来越近。那散发着泥土清香的公路修到了乡政府和学校，继续向山林延伸。很明显，修路是为了伐木。

乡政府和学校通公路的第三天，一辆戴着大红花的绿色汽车长鸣着喇叭开到了瓦布小学门口，然后倒车，掉头，停了下来。那是个下午，我们在上体育课。司机是个戴黑眼镜的卷毛。我们当时就是这么叫的，我们并不知道那是墨镜，也不知道他的头发是烫的。他下了车，面对周围看热闹的人，高傲得像个王子。他背着手在学校里巡视了一圈，坐进了他的汽车里抽烟。我们这帮小孩围着他的汽车看，他突然按响喇叭，吓我们一跳。见我们跑开，他哈哈大笑。

"小×娃娃些，小心我把你们的鸡鸡割掉。"

"你叫啥名字？"有胆大的孩子问他。

"我叫小恶霸。"他甩了一下脑袋，额前的头发跳跃着。

噢，小恶霸。我们都在嘴里重复了一声，顿觉眼前这个人就是为这个名字而生的。这时，父亲朝我们走了过来。他也像我们一样，走到小恶霸和他的汽车前停了下来。父亲肯定是见过汽车的，但没有一个会开车的朋友。见有教师站在一旁，小恶霸就收起了那副玩世不恭的样子，朝父亲点了点头。

"你从哪里来？"父亲问他。

"县城。"小恶霸说,"你们这地方的路真难走,我好几次差点翻车了。"

"獐子麂子生活的地方,你可想而知。"

"太不容易了。"

"是的。"父亲说,"去家里喝杯茶?"

小恶霸打开车门,跳下来,递给父亲一支香烟。那时快下课了,父亲吹响哨子,让我们集合,解散。我跟着他们回家,其他孩子仍在围着那辆汽车看。母亲在家里择菜,准备当天的晚饭。父亲在介绍小恶霸的时候,突然想起还不知道对方叫啥名字,便尴尬地笑了笑。

"我姓王,"小恶霸说,"王小龙。绰号小恶霸。"

"我姓尹,老尹。"

说话之间,母亲炒了花生米和鸡蛋,端到桌上。父亲起身倒酒,小恶霸没有拒绝。父亲的酒坛从来不会空。瓦布有人烤酒,会不定期送来。我偷喝过那酒,很辣,吞咽时像一根烧红的铁棍捅向喉咙。但是,有鸡蛋和花生米下酒可能会不一样。

喝着酒,抽着烟,两个男人开始聊天。当然,更多的时候,是听小恶霸说话。他十八岁开始跟人学开车,最远到过东北,横穿整个中国。他说起外面的世界,并对我父母在瓦布这种地方生活了十几年表现出某种同情。他说如果我们今后要进城，可以搭他的车，或者他可以帮我们带些城里的东西来。他以一种卖弄的口气聊起各地的见闻，甚至聊到了女人。他说，开车的人嘛，长期在外，对吧？

他们从下午喝到黄昏，那辆汽车就那么威风凛凛地停在学校门外，引路人驻足。他们参观汽车时，总免不了问一句，师傅呢？得知开车的人正在我家喝酒，他们经过我家门前时，免不了要多看几眼。那天，母亲破例没关门窗，而是让阳光、空气以及外面的声音涌进了家里。

外面，一些前来看录像的年轻人在打篮球。他们的球技很差，既没有命中率，动作也很难看。我们都当笑话在看。

田小桂出现了。她手上拿着一盒当天晚上要放的录像带。高跟鞋敲击着水泥地板，篮球声戛然而止。"今晚放啥？"有人问她。"放录像。"她笑着回答。又有人问放的是啥颜色的录像？田小桂回答说：黄色。

"那是谁？"小恶霸问。我们都明白他指的是谁，但只有我母亲回答了他。

"开店卖东西的。"

"卖的啥？"

"啥都卖。"

"百货公司？"

"比百货公司的货还齐全。"

父亲轻咳两声，再次端起了酒杯。可小恶霸说，不喝了，去看录像吧。那时我们已经吃罢晚饭，只等他们收杯。父亲原本已经不想喝了，可听小恶霸这么一说，又给两人的杯中都倒满了酒。

"录像要开始了呢。"母亲轻声提醒。

小恶霸面对那杯酒犯了难。那时还没有酒驾这一说法，喝酒开车正是艺高人胆大的体现。操场上，已经亮起了灯。录音机里正在放着邓丽君的歌。影影绰绰，不时能听到田小桂的大嗓门儿。

"不喝了，"小恶霸站起身，摇晃了一下，"再喝我就醉了。"

"那就请便吧，"父亲说，"我自斟自饮。"

这些年，我们都已知道，当父亲讲话文绉绉时，就代表他不高兴了。可小恶霸并没有听出来，他迫不及待地走向操场，走到田小桂身边，掏出一张十元的纸币递过去。

"买票。不用找了。"他说。

田小桂笑着把钱还了回去。

"你那么辛苦来一趟瓦布，这场录像我请你了。"

人群里有人起哄，声音充满醋意。我甚至听到有人小声议论："这个二流子太欠揍了。"但看在那辆大汽车的分上，我赌他们不敢揍小恶霸。事实也确实如此。那晚田小桂依然站在录像机旁,荧光闪烁中,小恶霸一直在看田小桂的脸。那天晚上,世界上的蚊子倾巢出动,它们嗡嗡叫着,乘着荧光扑向我们。我听见蚊子叫的同时,也听见旁人窃窃私语。那声音让我想到了屎壳郎,但风中并没有牛屎味。即使录像散场,这些声音仍在耳畔回响。小恶霸没有再回到我家,而是去了汽车驾驶室里。黑夜里突然亮起一道光,接着是发动机的轰鸣声,但车没有开动起来。他就那么亮着灯,照着别人从他车前走过。

离开,归来

我们听到一个消息:田小桂坐上小恶霸的汽车,和他一起去验路了。这是一个同学告诉我的。他在上学路上遇见那辆车,车开得很慢,田小桂坐在副驾上,两人大声唱着《送你送到小村外》。我跑去她的店门口看,果然看见他们的两间店铺都关着门。

父亲在摇头晃脑地背书,母亲在煎鸡蛋。昨晚是个平静之夜,他们看起来心情都不错。我活生生扼住了关于田小桂的消息。但我又确实想找个人说说。

"你猜他们在一起会干啥?"我问那个告诉我消息的同学。他比我大三四岁,比我更懂事。

"还能干啥，"他撇了撇嘴，"钻林子，脱裤子。"

"不可能。"我断然否定，"田小桂不是那种人。"

"她是什么人，大家都知道。"他说完这话，走开了。

中午时分，我又去到田小桂的店门口。小恶霸的汽车就停在那里。店门开着。我没敢走过去看个究竟。上课铃声恰在此时响起。那一整天，我都闷闷不乐。每到下课时，我就站在学校门外，远远看着那辆绿色的东风牌汽车。快放学的时候，我们都听见了汽车的轰鸣声和喇叭声。我知道，小恶霸终于走了。可我没有想到，田小桂也跟着进城去了。

像往日黄昏那样，修路工人和地里的农民歇了工，吃罢饭，等着录像放映。但田小桂不在，没录像可看。他们无所事事，在学校操场上走来走去。天完全黑下来时，他们终于走累了，找了一间教室，开始玩骰子。他们的吼声回荡在学校里，那是一种只有他们听得懂的类似顺口溜的话。

屋里，父亲像是被外面的无所事事传染了，枯坐在书桌前，整个晚上，都无法集中精力。他的手边堆放着各种资料，但没有一份可以让他静心复习。没有录像，我们的夜晚多么难熬。我们都知道问题所在。此刻，田小桂在哪里，在干什么？母亲暗中观察着丈夫，脸色越来越凝重。

"丢魂了？"她终于忍不住嘲讽，"我看你还是很舍不得瓦布这个地方啊。"

"机器运转久了都会发烫,何况是人的脑袋?"

"你不是脑袋发烫,而是心里发烫。"

像是为了证明母亲是错的,父亲从墙上取下二胡,开始调音。但他一首歌都没拉完又把二胡挂回了墙上。他转身去倒酒,一个人喝,越喝越多。每次喝多,他就变得无比深情。

"这些年,真是委屈你了啊。"他对母亲说,"让你跟着我到这鬼地方,一待就是十几年。"

"我的耳朵起茧了,"母亲说,"你换个话题吧。"

而他瞬间丢失了话语,只能选择沉默。他放慢喝酒的速度,把每一口都喝出药的滋味。母亲要我们去洗漱,她不知我们早已习惯这样的尴尬时刻。

现在,我们把一切的不快都寄希望于未来。夏天的时候,父亲就会去参加考试。如果能够考上,我们在秋天就能离开。如果考不上呢,那就继续考。像他们常说的那样,机会留给有准备的人。只是在这个春天,让父亲一门心思去复习备考,是件多么残忍的事。因为这真是一个无比热闹的春天。

人们每天睁开眼,就在期待新鲜事发生,并且,总能如愿以偿。没有什么是不可能的,我们那时候坚信这一点。

谁能想到邱百中会在那年四月回到瓦布呢?大家都以为

他死了或者疯了。结果他不光回来了,还带回了春孃孃。我记得那是个星期天,父亲一大早起来在桌前背书,母亲在校外的地里锄草。她从一个路过的农民那里得知邱百中回乡的消息,便丢下锄头回了家。

"你停一下,"她对父亲说,"我要告诉你一个消息,你可得站稳了。"

"是不是老人的事?"父亲放下书,声音颤抖。

"邱百中回来了。今天杀猪摆酒请客。整个瓦布的人都在往他家赶,我们要不要去一下?"母亲以一种嘲讽的语气宣告了这件事,等着父亲做决断。可父亲听了这话,又重新拿上了书本。

"我可没时间去瞎凑热闹。"

于是,只有母亲带着我和妹妹去了村里。邱百中和小春在已经长满荒草的宅基地上搭起了木棚,并在周边的土地上摆满了桌子和凳子。像一场盛大的乡村喜事,左邻右舍悉数到场,忙得不亦乐乎。邱百中穿一件蓝色西装,小春穿的是红色长裙,人们围着他们问起这些年的经历,两人便将那些意料中的问题回答了一遍又一遍。

你当时为啥要烧房子,是疯了吗?

快疯了。想媳妇想的。那时我一刻都不想再待在瓦布了,所以烧房子,断退路。

这些年，你去了哪里啊？

我去找小春。

你去哪里找她？

河北啊。

没有人知道，邱百中是如何从瓦布去到河北。几年不见，他比之前更胖了一些，言语间不时吐出几个跟瓦布口音不同的音节。小春还是像从前那样，话不多，总是笑眯眯的。她也被女人们围住，问个不停。

你为啥要跑呢？

鬼迷心窍了呗。

那你咋又回来了？

因为他吃了那么多苦，跑那么远的路去找我。见到我的时候，他像个乞丐。

那你还走吗？

不走了。我现在死也不离开了。

某一个时刻，小春从别人的包围中抬起头来，目光落在我们身上，她点了点头，但我母亲并没有做出反应。邱百中也看到了我们，但既不点头也不说话。空地上支起了桌子，桌上摆着礼簿。母亲带我们过去，送了三元钱。然后，她趁没人注意我们时，带我们离开了。

"妈妈，我们都没吃他家的饭，为啥要给钱？"巧慧问。

"妈妈心里高兴呢。"母亲回答,"悬着的心终于落地了。"

在回家的路上,母亲去农民家买了一只母鸡,准备晚上清炖。她安排父亲杀了鸡后,继续眉飞色舞地描述邱百中和小春,从穿着到言行,从亲眼所见到道听途说。她说得手舞足蹈,而父亲始终沉默。噢,不对,不是沉默,他在背书,对邱百中和小春的事情不发表任何看法。像一根直钩的鱼竿,无论怎样努力都无法钓起一条鱼。倒是屋里飘荡着的鸡肉香,勾起了我们肚子里的馋虫。我们太饿了,在吃饭的时候狼吞虎咽。其间,母亲又播报了几条新消息:

"医院里的女医生,正在和丈夫闹离婚。自从两人闹离婚后,就没人管他们的孩子。至于闹离婚的原因,是女医生想离开这里,但她的丈夫觉得这乡下生活也还不错。

"还记得那个上山打猎打死了猎人的邱十三吗?他也回来了。但邱十三和邱百中不同,他回来时还穿着走时的衣服,只是多了一层摞一层的补丁。死者张牛儿的坟上青草茂盛,人们早已忘记了他。邱十三回来的第一件事就是带着烟和酒去张牛儿的坟上,他说,兄弟啊,我要了你的命,你也差点要了我的命。这些年,你死了,我活着,但我生不如死啊。他说,兄弟啊,你就安心地去吧,你的媳妇就由我来照顾了。

"田小桂也回来了,坐的是肖日龙的拖拉机。这个女人真是厉害啊,男人在她面前都乖得像条狗。你说是吧?"

父亲喝了两杯白酒,斜靠在火塘边的墙上。他睡着了。火光映着他的脸,有两道亮光在他的上下眼皮之间闪烁。他在梦中流泪,但没人叫醒他。

"让他睡吧,"母亲轻声说,"睡着就好了。"

十三

母 亲

农历六月二十四，火把节。那是我们回到阿尼卡的第三十四天，新筑的土墙已经高过了门。此时，按阿尼卡的习俗，需要举行仪式：杀一只公鸡，把鸡毛蘸鸡冠血粘于门墙上方，以此避邪，祈祷修建顺利。这院房子一共九间，带围院。再往上春土，就需要大量的木材了。伯伯建议我们趁此休息几天，让风把墙吹得更坚硬一些。歇工的这段时间，所有人上山砍树，以用作楼枕、房梁、柱子、檩子和椽子。

火把节那天，父亲又安排我和富乐去买羊，可老人们说身上的羊膻味还在呢，于是我们就去买了两头乳猪来烤。老人们自发带来啤酒和白酒，喝翻自己成了那天最重要的事。我对酒和节日都没啥兴趣，只拿了一瓶啤酒慢慢喝着玩儿。自从离开洼乌，到夏城上学以后，我总是在回避喜庆的日子，我不觉得有什么日子值得庆祝。

母亲的状态有点不对劲,她不再像往日那般忙个不停,而是双手捂在胸前,双眉紧锁,嘴里发出咝咝声。我问她是不是不舒服,她说胸口有点闷。我给她倒了杯水,她握在手里,没喝。过一会儿,她放下杯子,去床上躺着。这期间我去问过几次,她说没事,似乎好一些了。

别看她平时比我忙碌,但我知道,这些日子她和我一样,过得安静且无聊。在阿尼卡,整个世界像是被隔音玻璃罩住了,鸡鸣犬吠人声,听得尤为真切。而且,我们母子都无法融入他们的世界,看他们笑,听他们说话,可我们丝毫不觉得有啥好笑,也不知如何才能说出那样一句笑话。可我们还得陪着他们,在他们放声大笑的时候,总是慢半拍地挤出一丝笑容。

伯伯家的墙上挂着一个古老的闹钟。除了钟面的白色部分,其余全是黑色。应该是很久没有擦洗了,它看上去脏兮兮的。在那些无聊的日子,它是我关注最多的物件。我必须得承认,在无聊的时候,只有时钟能够理解自己。它让我看到希望——日子不会一直这样下去。土墙会一天天升高,房子会一天天成形,我也终将离开这里,回归自己的生活。

我并不是真有那么急迫地想要回夏城,但无法抑制内心的焦虑。这种紧张感并不会因为我回到城里而缓解,相反会加剧,我心知肚明。太阳炙烤大地,大地是口锅,我是一只蚂蚁。闷热、喧闹的外部世界，包裹着心惊肉跳，我想到了某种冰淇淋。我在某个时刻走到门外，看着黑暗的夜空，觉得流星就是天空这面巨钟的秒针。唯一值得高兴的是，这一天就要过去。

新的一天，老人们上山去砍树，家里只剩下母亲、伯母和我。我又问起母亲的状况，她说，还好，但还有一点点疼。一点点，她一字一字吐出来，在强调和轻松之间保持着某种度。我提议去医院看看，她笑了笑，说不用，过两天就会好起来。下午的时候，她独自回到小楼上躺着。我去看她，见她正趴在床前的写字台上写着什么。她背对着我，甚至没有听见我上楼的声音。阳光穿过亮瓦洒下来，没有温度，只能照明。另一束光来自她前方的小窗口，窗外是郁郁葱葱的庄稼。我没有打扰她，轻轻从楼梯上退了下来。她已经很久没有提笔写字了吧。我想起儿时她站在讲台上，讲几句，看看学生，脸上洋溢出自信。她喜欢在课堂上讲一些古训，以此作为教学理论。后来我知道，这些话是来自家里的一本小薄书《增广贤文》。如果她心情足够好，她也会像父亲一样，翻开一本书坐在窗前阅读。起初我弄不明白，父亲从哪里弄来的文学名著。后来才知道，他有个在新华书店工作的同学。

农历六月二十六，气温陡然升高。地里的庄稼卷成筒，一些杂草趴在地上奄奄一息。我在伯伯家里，进进出出，心神不宁。我走到暂停中的工地上，看了看尚未完工的房子，顺着村里的便道一直走了出去。走着走着，我又转身朝家里走。可走到半道，我想起了正在山上干活的老人，便朝山上走去。一条山路隐没在林中，几只我叫不出名字的鸟儿在树上扑腾。我站在林中，侧耳倾听，周遭并没有砍伐声传来。于是，我又回头往家里走。

我刚跨进门，就听见母亲在楼上叫我。

"你好点了吗？"我来到床前。

"我好多了，"她说，"你过来坐着，陪我说说话。"

我坐在母亲身边，一股腐朽的味道扑鼻而至。我无法准确描述那种味道，近似于被虫蛀空的枯树。我想这是父亲的味道，母亲还不至于。她说不上风韵犹存，也谈不上苍老。

"你爸的病，够你操心了。"她说。

我笑笑，摇头。

"巧慧是一根筋的人，钻进死胡同就出不来。"

沉默。

"她好些年没回来了，"她自言自语，"上次跟她视频，她好像长胖了。"

"她有她的生活。只要她过得好，其他的不重要。"

这是我的心里话。我并不指望巧慧能和我一起尽孝，因为连我自己都对尽孝这事无可奈何。巧慧活得并不容易,深究下去也跟原生家庭有关系。可投胎这事,不光是个技术活,也充满神秘主义色彩。接下来,母亲谈到了朱丽。

"朱丽的性格有些内向,但心地善良。"她说,"你作为男人,要大度一些,多包容她。人生几十年,忍忍就过去了。"

如果是一个月前,我会立即回她一句:像你一样,忍一辈子?但是现在,我觉得她是对的。她和我不一样,她从来都在忍受,而我曾试图反抗。可我们最后殊途同归,如一条小溪七弯八绕最后流向了大河。再往前走,就是生命的终点,死亡。我相信死是彻底的寂灭,而非另一个起点。如果是后者,那活着就要反复折腾。死亡是悬在每个人头顶的剑,它总有一天会掉下来。我们活着,承受苦难,承受侮辱,承受煎熬,但总有一天要承受死亡。如此看来,每一个死者都是英雄。死亡让人渺小,它告诉我们,谁也无法置身事外。

"你和爸这一辈子,你后悔吗?"

我说出这个疑问,目的只是把话题从朱丽身上引开。可我母亲看着我,神色淡定。

"这是我欠他的。"她说,"你爸缺点明显,但他并不坏。"

我回以苦笑，继续听她说。

"你们现在到底啥情况？"她说，"你爸生病，她连个电话也没有。你们是不是在闹？"

"就那样呗，"我轻描淡写地说，"时不时闹一下。"

"对他们好一点，"她说，"不仅是老婆孩子，还有你爸和巧慧，你是这个家的顶梁柱。"

"我尽力吧。过段时间我回夏城，重新找个工作，换个大一点的房子，你们也可以随时去住。"

"别恨你爸。恨太伤人。我曾经恨他，但我现在不恨了，我同情他。"

"我知道。"我说，"过去的事，就过去吧。"

院子里传来人声，老人们从山上回来了。他们将斧头和切锯放在指定的角落里，纷纷发出轻松的长吁声。伯母往一个盆里注入热水，让他们洗手。他们在吃饭的时候聊起上山砍树。说很久没有上山，树木都快成精了。年轻时，他们视山上的树木为命根子。家具、门窗、农具、柱子、梁、楼枕、檩子、椽子，没有一样离得开树。甚至，人死了，也和树密切相关。老人死了需要棺材，而未满十八岁的人死了，不能立碑或砌坟，只能埋在地下，在地上种一棵树。但是现在不一样了。当地里的庄稼更值钱，人们似在一夜之间忘记了山林。他们已经许久不再将刀斧对准树木，任由树们自生自灭。

那天半夜,我被嘈杂声惊醒。脚步声、人声、拍窗声……洪水般向我涌来,窒息之前我挣扎着浮出水面。灯亮着,父亲站在床前。

"一心,你妈走了。"

走了?去哪了?他没有回答我,而是转身朝外走。所有人都在朝厢房楼上走。在那里,我看到了躺在床上的母亲。和她睡同一张床的伯母在一遍遍回诉:

"半夜的时候,我感到她的脑袋从枕头上滑了下去。我叫她,没有应答,开灯一看,人已经走了。"

我去探了她的呼吸、脉搏、体温,全都没有了。她的肉身还在被子里,背对着墙,脸上凝固着一丝无望的惊悸。我喊了她三声,大哭起来。我已经很久没有哭过。她的枕头下面压着三封信,像是她留下的遗产,父亲、我、巧慧,每人一封。她给我的信不长,一页纸。

一心,我有不祥的预感,可能时间到了。这是老毛病,只是我没有告诉你们。我并不想长寿,活到今天,差不多了。妈妈这一生,是失败的。年轻时爱上你爸,顶着天大的压力跟了他,没想却出了天大的事。这让妈妈一生活在愧疚里。而你爸,想必也是一样。所以,你该理解我为啥一生对他不离不弃了吧。我欠他的,我要用一生来还。而现在,我还完了。对于你和巧慧,我同样是内疚的。小时候生活在农村,长大后进了城,但没让你们受更好的教育。

别恨你爸,他是个可怜人,一生被欲望所奴役,没有一刻活轻松过,他是个彻头彻尾的悲剧。有些事情,你不知道为好。

……

按照阿尼卡的风俗,在伯伯的指挥下,我们为母亲洗了最后一次澡,借用了伯母的棺木和寿衣。死亡像个炸弹,以隆隆之声,传向四面八方,传到了山外,甚至巧慧所在的东北。先是阿尼卡人赶来,然后是母亲的家族。那些乡邻到来后,发现过世的人是我母亲,倒也没有表现出事不关己的样子。这个情,是可以记在伯伯头上的。我的舅舅仍然住在阿比索,但我只去过一次。我们偶尔联系,那条亲情线像蜘蛛丝。外公外婆还健在,舅舅和舅妈下岗后,靠开粮油店为生。我向舅舅通报了死讯,他在电话那端沉默了一会儿,说等他们商量一下。几个小时后,当我再接到舅舅的电话,他们已经开着面包车在来阿尼卡的路上了。他们来了三个人,舅舅,表哥以及表妹夫,多年不见,他们显得陌生而拘谨,没人哭,像是在完成一项任务。父亲这边,除了伯伯家则没有别的族人。我们自清嘉庆年间,从金沙江那边过来后,便和家族失去了联系。

三十岁以后,我不可避免地想到死亡。而在母亲的葬礼上,我才明白,生命的归宿是静默。虽然有人在哭,有锣鼓声响,有混沌的嗡嗡之声,但像是为了配合安静躺着的母亲,我们这些活着的人藏起内心的悲伤,有条不紊地操办着丧事。连我父亲也变得无比正常。不再胡言乱语,不再目光呆滞,脸上挂着逝者配偶该有的悲戚,拿起主意来也合情合理。

不知从哪里来的近千人,轮番涌到伯伯家并不宽敞的屋里,陪着父亲在棺木旁边的草墩上坐坐,干巴巴地安慰:"你莫太伤心了,人总有一死嘛。"

"她这一辈子,跟了我,也真是亏待她了。"

我父亲像一个悲伤的大瓮,不断表达着愧疚,但没人知道接下来该怎么安慰他。

我终于见到了朱丽和孩子。我请人用摩托车去镇上接的她们。帽帽一见面就扑进我怀里,啪啪亲着我的脸。她还太小,完全不知道发生了啥事。朱丽接过属于自己的孝帕,在旁人的帮助下戴上,汇入了哭丧的队伍。我也想哭,既悲伤又感动。巧慧从东北赶回来。我们已经有五年没见。她带回了一个胖男人,黑黑的,脖子上挂着金链子。她向我介绍这个男人,我没太听清楚他的名字。他在我母亲的棺木前鞠了三个躬,一转身就坐到了牌桌上。巧慧读母亲留下的信,边读边哭,读完后将信折好藏进了钱包里。

我和妹妹没有时间寒暄,只交流一些跟丧事相关的意见。比如要让母亲的遗体在家里停放几天,需要杀几头猪和羊来招待亲朋以及是为她立碑还是砌坟。这些意见到了父亲那里,他说全按最高的规格来办。

"尽我最大的能力吧,"他说,"哪怕为此欠债也没有关系,我还有退休工资的。"

我们按阿尼卡的风俗停灵三天。白天,我们忙着招呼前来吊唁的亲朋。晚上,这些留下来的没地儿住的亲朋挤满了停放棺材的堂屋,陪我们守灵。为母亲超度亡灵的道士唱了几段《金刚经》,歇了下来。这时候,轮到唱孝歌的人了。阿尼卡人的孝歌可算是民间传统文化,他们从开天辟地的盘古,唱到大破天门阵的穆桂英以及韩信和张良。鼓点作为孝歌的间隔或提示,由一个傻子敲着。到了凌晨,大家都累了,但接下来还有漫长的黑夜要熬。角落里有个老人,此前他一直在抽烟喝酒,见大家都歇下了,摇晃着站了起来。

"你们唱累了,该我上场了,"他说,"我不会唱,给大家讲个故事吧。"

277

众人昏昏欲睡,听得有人出声,便打起了精神。有人问,你打算讲个啥?可要讲故事的人却挠着头,说其实他还不知道要讲啥。这时,坐我身边的富乐说,要不就讲曾大炮的事吧。很明显富乐是为了照顾我,但我现在哪有心情听故事呢?富乐提醒那个讲故事的人,从安佑苍和曾大炮的回龙之战讲起吧。那人又愣了一下,站着想半天,仿佛记忆是一盘散沙,需要慢慢聚拢。

回龙之战

"啊,好吧,那就从回龙之战开始讲起。一九四五年冬天,安佑苍和曾大炮打仗。此前的几年,两人都在积蓄能量。所有人都知道,这一仗是迟早的事。但所有人都没有想到,这一仗的起因竟是为了一个屁。你们别笑,这是真的。安佑苍和曾大炮都是带兵的人,而这些兵丁并不像现在的军人,他们那时也是半个农民。平时种地,靠投身土司或地方势力保护家人并换些银两。兵与兵之间可以是邻居,可以是亲戚,也可以是仇人。事情的起因正是两个有亲戚关系又各投其主的士兵(他们是回龙镇人,表兄弟),平时关系不错,经常一起喝酒,相互帮衬着干活,一起上山打猎。两人都已经结婚,有老有小。某个雨天,那对表兄弟闲在家里，没事可干，便在火塘边炒黄豆下酒。吃着喝着，空气中突然飘来一阵臭味。其中一个说，你放屁。另一个说，放屁。当时火塘边坐着老少五六人，他们眼看着这对表兄弟为一个屁争吵，便哈哈笑。可是这笑，就像往油锅里加了水。两表兄弟认为旁人是在嘲笑自己。谁是那个放屁的人？这根本不是一个屁的问题，而是习惯、教养和尊严。古话说：放屁赖尿人，做贼赖穷人。这话说到了根本上。所以，怀疑谁放屁就跟怀疑谁是小偷一样，是一种赤裸裸的侮辱。这对表兄弟先是指责对方、赌咒发誓、日爹骂娘，然后不顾他们之间那可怜的亲情，相互骂起了对方的祖宗十八代。谩骂到了极点，两人大打出手。他们的亲人们先是来拉架，拉着拉着也加入了打斗中。于是，两个人的矛盾升级到两个家庭，再升级到两个家族。他们约定十天后，在回龙镇解决问题。怎么解决？当然是用刀枪棍棒说话。这两个家族都是回龙镇旺族，成年男丁上百人。他们约在九月初九，给彼此一个说法。

"那时不像现在。那时的官府像个摆设，民不告，官不究。两个家族打架这种事情，每年都发生。一个男人活一辈子，谁没参加过几场械斗？很多男人都死于械斗。人死了，大家坐下来谈，该赔钱赔钱，该赔命赔命。

"械斗在上午九点开始，见证人宣读条约：死伤自负，输家即是放屁者。输赢需要输家认可。一句话,要输得心服口服。这两族人从上午开打,枪声、砍杀声、喊声、咒骂声响遍四方。人活一口气啊,你们是无法理解的。天黑了,双方各自收尸、疗伤,就地休息,待天亮时再战。别担心晚上会有人偷袭,这种事不会发生的。双方打了三天,死伤过半,但不分胜负。于是,决定休战。所谓休战,其实就是搬救兵。其他人搬救兵是找更远处的家族,而这对表兄弟的救兵则是曾大炮和安佑苍。

"古话说:扯屋上草,看屋下人。这意思就是,打狗看主人。所以,曾大炮和安佑苍的仗一夜之间就打了起来。其实旁人都说,曾大炮和安佑苍并非真是为两个手下打仗,而是早就看对方不顺眼,只差一个向对方发兵的借口。

"这一仗是怎么打的呢?听我爷爷说,那枪炮声像锅里煮稀饭一样,响了七天。死伤多少,无人知道。据说回龙河下游有个包姓老人做八十大寿,村里人去河边挑水,发现那水已被血染红。血水没法用,只能去更远的井里打水做饭。这一仗从回龙镇打到了阿尼卡以及其他地方,总之,洼乌地盘上,都留下他们的足迹。

"那年冬天,没有比曾大炮和安佑苍之间打仗更重要的事了。老百姓心惊胆战,他们担心自己的亲人死于战场,便成群结队往乡间寺庙里赶。不光是求神拜佛,还能打探到战况。九月初,有人说安土司一败涂地,被曾大炮追到了洼乌边界。十月中旬又听说曾大炮遭偷袭,损失了几员猛将,士气低落。进入冬月,双方在跑马山激战,安土司的兵边打边退,退回衙门,被曾大炮围了七天七夜。

"十二月,天寒地冻,而战争比天气还要残酷。那时的阿尼卡,每天都有人哭。哭啥?哭战死的亲人。人死了,土司衙门或曾公馆派人,送来报丧帖,当众念了,付给命金,转身走人。那年冬天,阿尼卡像个圆心,战争的圆规一直围绕着它转。漫天大雪,人们躲在家里,听见枪声在村庄周围的某个山头响起,心惊肉跳。老百姓心里奇怪,为什么这仗一直围着阿尼卡打?枪声越来越近,人影越来越清晰,曾营长的兵是倒退着进村了。

"那些兵从村庄里经过,秋毫不犯,把老百姓的房子当成堡垒和掩体。而最大的堡垒则是曾营长的碉楼。那碉楼,你们都知道吧?但你们未必真的进去看过。据说里面有暗道,通向何处无人知晓。曾营长把兵撤进碉楼,那楼像个无底洞,把他所有的士兵都装了进去。安土司的兵逼近,围住,却无法攻下来。枪炮声不再激烈,阴一声阳一声,稀疏得像寺庙的钟声。可谁都知道,这战争并未结束,而是陷入了僵局。

"安土司原本以为,围住了曾营长,总有一天他会弹尽粮绝，乖乖出来投降。可安土司没想到，那碉楼里面，完全是个独立的世界。照这么围下去，耗不起的是他自己。于是手下有人出了一个主意。"

故事讲到这里，公鸡在笼里拍打着翅膀，引吭高歌。守灵的人们如梦初醒。有人看表，说五点半了，天要亮啦。门外响起鞭炮和爆竹声，意在提醒人们，新的一天已到来。

这是我母亲在人间的最后一天。准确地说，她只有半天时间了。中午时分，她僵硬的肉身就要归于尘土。时间不多了啊，所有人都这么想。这个忍辱负重的人，自此终于卸下了身上的枷锁。这么想来，死是好的。道士先生抓起手边的镲，凌空一击，唱念起来。这一堂法事叫开路，意在指引亡灵去往极乐世界，莫坠鬼畜之道。灵堂前的妇女哭起来，和道士唱念应和着。我感觉脑袋像是受了重击，席地而坐，背靠着墙，却是哭不出来。丧事主管扯开喉咙，开始安排接下来的事务：谁负责烧火，谁负责烟酒茶，谁负责厨房，谁负责清理桌子和凳子。上午十点开始流水席，两个小时后结束，然后，送我母亲上山。

我的四周笼罩着嗡嗡声。那种混沌之音如江水咆哮翻滚，裹挟着我，让我根本没有时间去悲伤。父亲和妹妹，似乎也想从眼前的场景抽离，但又无法做到。父亲开始抽烟。妹妹和她的男人交头接耳。朱丽的怀里抱着孩子，靠着我，他们显得比我更难熬。"天还没亮啊。"她低声说。我告诉她，天亮后，她可以带着孩子出去走走，透口气。

我在某个时刻想起我参加过的葬礼。在瓦布，在洼乌，在夏城，各种规格的葬礼。有人寿终正寝，有人半道夭折。但我们谁也无法参加自己的葬礼，就像没法揪着头发把自己拽向天空。死是终结，还是新的开始？无论这个问题的答案如何，有一点可以肯定，眼前这副躺在棺材里的躯体，已经完成了作为一个妻子和母亲的任务。几个小时后，就会有八个壮汉抬着装有我母亲的棺材，一步一步朝山上走去。那里，有她已经挖好的墓穴。大地将湮没我的母亲。地上会多出来一个土石堆。

告别。一次次握手，接受安慰，看亲朋离去。从山上回到伯伯家，我突然发现四下寂静，此前的热闹像一场梦。但世上已经没有我母亲。她的衣物，正在被人清理出来，要拿去烧掉。我们都是一副邋遢样，胡子拉碴。父亲独坐一旁，苍蝇扑向他脑袋上灰白的头发，他并没有感知。死亡已经吓退了他的病，至少目前是这样——目光呆滞并不是因为病，而是因为悲伤。

深山是每个人的归宿，母亲先走了一步。我仿佛听见体内血液流淌的声音，那是母亲曾经来过这个世界的唯一证据。生命多么虚无，活着就是幻象。那天夜里来了三个老人，说是来陪父亲坐坐。他们来自阿尼卡隔壁的村庄，带来了香烟和白酒。他们是我父亲的初中同学。

堂哥富乐去捉了鸡来杀，准备做顿烧烤招待他们。他们和许多太久未见的人一样，除了一遍遍感叹人生短暂外，就没了别的话题。说什么呢？对于老人来说，无论回忆还是憧憬都是残忍的。

大约一个小时以后，我们移步到了院子里。那里，炭火已经生起，鸡肉已经腌好，酒和烟也准备就绪。我们都吃过饭了，但还是陪着客人坐上了桌。母亲的离世，让我们每个人都笼罩在悲伤中。这种悲伤也感染了客人，他们喝酒，聊天，显得小心翼翼。沉闷之中，有个老人讲起一个故事，算是对我们痛失亲人的安慰。

孤　者

你们知道的，我是个孤儿。没有父母是一种什么感觉呢？绝对不是悲伤。因为没有人会因一件不曾拥有过的东西而悲伤。只有失去才能带给人悲伤。我从记事时起，就生活在孤儿院。孤儿院是像幼儿园一样的吗？不是，像监狱。即使我后来参加了工作，每次经过那栋小楼，我都浑身发抖。

每个孤儿都是一只小鸟。父母孵化出我们，未等羽翼丰满，便已离开。跟孤儿院里的其他人相比，我是幸运儿。这种感觉，只要置身于那些低智的、残疾的孩子中间，便自然而然生发出来。所以，阿姨选我做了小队长。我的职责是帮着他们一起照顾那些比我还悲惨的人。这不是一个好差事，弄不好要挨阿姨打。除了阿姨，还有院长。院长是个男人，我们（阿姨和孩子们）待他如太上皇。孤儿院真是名副其实，比孤儿还孤。一道阴森森的大铁门里面，是一个外人无法想象的世界。这种与世隔绝让院长和阿姨们陷入了狂欢，我们是啥？是不幸的小孩，还是小猫小狗，这全凭他们的心情。

我十八岁之前都和孤儿院有某种联系。那时候，我和你们一起上学（孤儿院里只有小学），我知道你们都同情我。但你们并不知道，其实我也同情你们。我那时候成绩第一名。跟孤儿院相比，学校就是天堂。而比念书更好的，就是毕业，参加工作，靠自己的能力挣一份工资，养活自己。我们毕业以后，我分到了葫芦镇邮电局，在那间屋里待了一辈子。也许别人会觉得这样的工作很无聊，可对我来说，这真是太幸福了。

二十五岁那年，我遇见一个姑娘。她每周来邮电局寄信，收件人是个在校大学生。而且，那个大学生的回信，也由我分发给邮递员，送到她手上。那时候的乡镇邮电局，能够有信的人就那么些。时间长了，大家也就熟悉了。可突然有一天，我发现她已经很久没有来寄信了。不光她没来，连她的信也没有。于是，我给她写了一封信，贴了邮票盖了戳，让邮递员给她送去。三天后，她出现在邮局，递给我一封回信。我在信里问她到底发生了什么事，她当面回答我，那个男生死了。我向她表达了哀悼。可当她再次来到邮局时，她告诉我他其实不是死了，而是跟一个女人跑了。

我们就这么开始了交往。写信，为了掩人耳目，我们每次都在信封上贴邮票和盖邮戳。每过三天，我们就写一封信。写到第十封信时，我们开始约会。每周一三五，下午五点，她准时出现在邮局门口。邮局后面的小屋，是我们临时的家。

那是我一生中唯一的恋爱，时间仅持续了两个月。因为第二个月，她就怀孕了。这真是个令人惊恐的消息。我想，这和我的孤儿身份有关。我开始失眠。思考做父亲到底是怎么一回事。从来没有人教过我。我也从来不知道父亲该是什么样子。我爱睡在身边的这个人吗？而爱又是什么？我在思考了三天之后，跟她提出了分手。那是五十五年前的事，如今想起，我仍然满心愧疚。

大概是为了报复，她嫁给我的同事，就是那个帮我们送信的家伙。她为他生了两个孩子，一男一女。她每天出现在我面前,作为别人的妻子。所以,这一生,我就是看着她和别人过日子。但我一点也不难过,因为那是我的选择。

我再也没有恋爱和婚姻。我知道自己做不了一个丈夫和父亲。爱是一种能力,而我并不具备。在漫长的独身生活中,我越发害怕与人相处。我盼望早点退休,希望能尽量享受一个人的日子。我听过太多人对生活不满,这种抱怨归纳起来,无非是亲情和爱情,和父母关系不融洽啦,子女不听话不孝顺啦,妻子出轨啦,丈夫好吃懒做啦,每当我听到这些,就庆幸自己是孤家寡人。世俗生活像一条河从身旁流过,而我从未有试水的想法。自然,也就不会被水淹死。

一个人为什么要结婚?婚姻是一道门,你走进去,门就关上了。你要出来,就得踹门,这可不是什么体面的事。

那么,孩子又是什么呢?你们爱情的结晶?其实也未必。恐怕很多时候,是你们想扮演正常人,需要一个孩子来装点你们的生活。顺便,还可以把自己未实现的梦想,寄托在孩子身上。更直接的,就是一种投资,你养他长大,他为你送终。既然你们如此爱孩子,那你们为什么那么在意孩子不孝顺?爱就是不计代价。说白了,还是你们觉得自己亏了。挂在嘴上的话就是:当初我是怎么对你的,白养你了。

像你们那样的生活,挺不容易的。你们的一生,小时候受父母管,长大了谈恋爱,结婚,生孩子,养孩子,好不容易孩子大了，父母也老了，还要照顾孙子……总之，你们才是英雄。而我，甘拜下风。

这个老人说完这番话，很长一段时间，院子里都没人出声。鸡肉在烤架上滋滋作响，煳了。

十四

伐　木

大人们说，时代要变了，会变得越来越好。我也这么觉得。最近一段时间，一些童年记忆在远去，像影片结束时渐渐淡出的场景。而眼前的世界正一天天亮起来，就连太阳也是新的，明晃晃照耀着大地。

瓦布要伐木了。

某天来了一辆绿色小车，像只被放大的虫子。那车停在学校门前的操场上，车门里钻出五个人。瓦布的村支书王喇叭带着村社干部等候多时。那是下午，我们刚放学。父亲夹着课本和学生作业从教室里出来，被王喇叭叫住了。

"尹老师，今晚我家杀羊，你也去家里坐坐。"

"好啊，"父亲说，"那我就恭敬不如从命了。"

还是和从前一样，母亲少不了又是嘀咕，又是含沙射影，但见父亲坚持要去，母亲便让我陪他一道去。走之前，母亲递给我一块钱。我伸手去接,她却紧紧捏住了另一头,朝我挤眼睛。我点了点头。

王喇叭家灯火通明,热烈的氛围一如这春夏之交的天气。我和父亲推开门,首先看到的是摆放在院子里的三张黑色八仙桌。居中一张桌上,摆满了菜,坐了七个人。陆续有系着长围腰的人,从厨房里端菜出来,摆放在另外两张桌子上。

王喇叭让我父亲坐到他们那一桌,让我坐了旁边的一桌。我们这一桌坐的是邱百中、春孃孃、田小桂,以及几个我不认识的人。肖日龙和邱十三坐了另一桌,其余的人我不认识。待大家坐定,王喇叭站了起来。

"大家安静一下,听我说几句。"王喇叭亮出他的大嗓门,"今天晚上,我们在这里欢迎县林业局的几位领导和钱老板,大家放开肚子吃,甩开膀子喝。酒有的是,肉也有的是,但要先提醒一下,待会儿喝高兴了,文明点,不准胡闹。"

王喇叭讲完,众人纷纷端起碗,筷子雨点般落向装羊肉的盆里。

"我也来说几句,"中间那桌的座上宾站起身,高个子映出长长的影子,"我是县林业局的副局长,姓关,关羽的关,不是当官的官。今天来到瓦布村,一是来检查一下这条公路,二是听听大家对伐木的意见。"

"我提议,大家先敬关局长一杯酒。"王喇叭号召道。

顿时,院子里映出了黑压压的影子。不喝酒的人,此时显得有些不自在。

紧接着站起来说话的是钱老板,那是一个看起来和农民没啥两样的人,瘦小个子,下巴上留一撮山羊胡子。

"我也提议,敬关局长和林业局的几位领导一杯。至于伐木这事,我在这里跟大家保证,不管是木材的价格还是工价,绝对不让大家吃亏。我姓钱,但不是眼里只有钱的人。"

他们开始讨论伐木的事。具体地说,是中间那桌在讨论,旁边两桌的人听着。原来,这瓦布村后山上的森林分为两种,一种是国有林,一种是私有林。这次伐木,对瓦布的村民来说,是个机会,他们既可以去做伐木工人,也可以合理合法地将自己家的树木卖给姓钱的。所以,那晚的羊肉,吃得开心极了。人人脸上洋溢着笑,个个都在畅想未来。酒越喝越热烈,话越喝越多,声音也越来越大。特别是王喇叭,说话的时候像是在开大会。

"要不,我给大家唱个歌吧?"田小桂突然站了起来。

众人愣了一下,接着开始起哄,鼓掌。她唱了一首《情义无价》,关局长像只兴奋的大公鸡,红着脸,打节拍。待她唱完,掌声四起。只有我父亲无动于衷。又过了一会儿,他像是突然醒过来，一口干了杯中酒。

左右两桌的人吃完了饭，没人离桌，都在听中间那桌的人说话。

"时代不一样了，大家知道吧？"关局长说，"小农经济吃不开了，两个肩膀扛张嘴的时代过去了。现在，最重要的，是让大家兜里有钱。"

"靠山吃山，我们瓦布啥也没有，祖祖辈辈守着这片山，所以，我们就先把这些树木卖了。"王喇叭说，"今天晚上，钱老板是带着合同和现金来的，如果大家没意见，就来签字画押收定金。"

钱老板从一个黑色公文包里拿出一份合同，递给了王喇叭。王喇叭签了字，按了手印，又递给其他人。他们已经很久不写自己的名字，握笔的样子像有一股巨大的力量在拽着。签字，按手印，在裤子上一抹印泥，等着收定金。合同递到邱百中面前的时候，他摇了摇头。

"我不签，"他说，"我家的山林不砍伐。"

旁人愣住，都在等着有人说点啥。

"你可得想好了，"王喇叭说，"过了这一村，就没有这个店。现在卖木材，是有合法手续的，今后要卖，就是乱砍滥伐，是要坐牢的。"

邱百中没接话，继续喝酒。他那天的状态确实不对，闷闷不乐的,见到我父亲连个招呼都没打。

"你不是早就想换把枪吗?卖了木材,你想买十支枪都可以。"

"买枪?买枪搓鸡巴,山林都没了,还买枪做啥?"

邱百中硬邦邦地说完这话,连酒也不喝了,拉张凳子坐在一旁。但这丝毫不影响别人签合同。他们签合同,领钱,一遍遍数着,心满意足。再后来,邱百中干脆坐到一个黑暗的角落里,瞪着众人,好像别人吃喝是种错误一样。

那晚,王喇叭之所以请客,是因为他即将成为钱老板手下的包工头。至于我父亲,伐木这事跟他无关,那晚在桌上,他几乎没说几句话。酒倒是喝了不少,走时已经踉跄。田小桂说要跟我们一起走,因为她忘记拿手电筒了。马上就有几个男人接话,电筒嘛,我这里也有一支,又大又亮的。田小桂骂,你们这些畜生,别在小娃娃面前乱说。她从我手上接过电筒,走在最后为我们照明。

"尹老师,你是不是有点喝多了?"

"没。"

"回去弄点蜂蜜水喝。"

"没那个福气。"

田小桂突然关了手电筒。我们三个人站在黑夜里的地埂上,周边是茂密的玉米地。风吹来,恍若雨声。父亲咳嗽了两声,田小桂又打开了手电筒。此后,一路沉默。到了商店门口,手电筒回到我手上,田小桂像只黑猫钻了进去。

"别告诉你妈。"

"嗯。"

那么短的距离,只够我们说这句话。也不需要过多的解释。

两天以后的周六,王喇叭来到学校,找方向平和我父亲商量次日要在这里进行的开工仪式。他们从教室里拖出课桌和凳子,并让父亲用毛笔写了大字,贴在作为背景的墙上。扩音器从方向平的寝室里被搬出来,摆放在桌上,王喇叭"喂"了好几声,震得学校嗡嗡响。我在一旁看着,满心崇敬,更觉得时代真的要变了。

次日清晨,操场上全是人。他们肩上扛着斧头或锯子,明晃晃的,像无数个太阳在移动。这些农民,即将成为伐木工人,他们在学校里四处溜达,阳光反射到各个角落,让人眼花缭乱。父亲看着墙上的大字,一脸得意。王喇叭又去调试了一番扩音器,确认无误后,率先在属于他的位置上坐了下来。

突然,我们听到校外响起了汽车喇叭声。不是一两声,是一长串。从远到近,越来越响亮。那声音在向人们宣告,汽车来了,伐木真的要开始了。那辆绿色的吉普车后面跟着三辆绿色的解放牌汽车，前几天我见过的那几个人又来了。他们走进学校时，王喇叭带头鼓起掌。慌乱中，伐木工人肩上的斧头和锯子掉下来，砸在地上，发出叮叮当当的声音。

开工仪式由父亲主持。那是我第一次听他像电视上的人那样讲话。那声音从他嘴里发出，让人觉得陌生，但又确实是他的声音。他先吟诵了四句古诗，然后又说今天是个好日子诸如此类的话，然后请县林业局的关局长给大家讲话。

关局长在掌声中站起身，鞠了躬，用两个手指叩了叩面前的话筒，从兜里拿出一张纸念。他念完，伐木工人们开始鼓掌，一个个跃跃欲试。我在人群中没有看到邱百中，也没有看到他老婆。开工仪式结束后，人们拥向山林。学校恢复了平静。我站在操场边，听见山间传来叮叮咚咚的砍伐声，树木倒下时摧枯拉朽的断裂声，汽车的轰鸣声。

瓦布村从未这么热闹过。那个夏天四处都是响声。风呜呜吼，车轰轰响，炮声隆隆，斧头叮咚，人声喧哗，山歌飘扬。我在学校操场门外，看见一棵棵树木倒下，变成木材，装上汽车，像座喝醉了的小山，摇摇晃晃驶离了瓦布。

邱十三

我家那辆几年来一直用作装饰的自行车终于派上了用

场。新修的公路上,父亲推着自行车走几步,骑上去,摇摇晃晃,扭几下,连人带车摔倒了。他的身上沾满灰尘,再次跨上去,用力蹬脚踏板,那车猛冲出去,驮着他飞向了公路坎下。这一次,可没那么幸运。他的脑袋破了个洞,血从脸上流下,浸湿衬衣领口,像是戴了条红领巾。他去卫生所包扎,顺便和那个女医生聊了一个下午。

我父亲花了三天的时间学骑自行车。但这路是为货车而修的,根本没人在意自行车的感受。所以,他骑得异常艰难。下坡和平路是车驮人,上陡坡时就只能下来推着走。我和巧慧在后面追着跑。后来,他能够载人了。我坐他后面,巧慧坐前面的三角架上。太阳当顶,呼啸的风里有一丝父亲的烟味,我们欢呼大叫,从斜坡路面上冲下去。一群孩子跟着我们跑。

小恶霸开着汽车从山上下来,尘烟滚滚,喇叭阵阵。孩子们一起高呼:"小恶霸!小恶霸!"汽车慢下来,小恶霸从驾驶室里伸出手,凌空一撒,大白兔奶糖纷纷落下。父亲以为小恶霸会和他打个招呼,但是并没有。这似乎就是大货车对自行车的蔑视。

小恶霸在田小桂的店铺前停了车。待我们这帮孩子追到门口时,他人已经进去了。那段时间,刚学会开拖拉机的肖日龙上了瘾,突突突地开个不停。他从山上拉木材去金沙江边，又从那里拉回白糖和蚕丝被卖给瓦布的人。我踮着脚尖，来到那道被小恶霸关上的门前，侧耳倾听。其他孩子也竖起了耳朵——他们在等我报告情况。他们并不知道，我听到了田小桂的笑声。她说："你要死啊，嘿嘿嘿。"而小恶霸并没有出声。过了一会儿，又传来田小桂的声音："啊！"像是她突然受到了某种侵袭。

这时，父亲骑着自行车过来了。他看到小恶霸的汽车，也看到了我。我以为他会把我打一顿，哪知他稍作停留蹬车走了。他没有回学校，猛蹬着自行车朝另一个方向去了。

小恶霸从田小桂的屋里走出来。他走到太阳光下的第一反应是戴好黑眼镜。山下的料场里，伐木工人正在等着他。田小桂跟着出来，旁若无人地跟他挥手告别，叮嘱他开慢点。

那晚直到月亮升起，父亲也没有回家。他像一滴水消失在了旱地里。母亲的情绪因此一落千丈。那样子，就像父亲是她身上的一块肉，一旦没了，便浑身不适。我想让母亲高兴起来，便向她说了我贴耳在田小桂门外所听到的，她脸上渐渐露出了笑意。

"这事，你在合适的时候告诉你爸。"她说。

我配合地点了点头，但明白自己不会这么去做。伐木工人们在操场上唱歌。他们中有些人喝多了，身体里像有虫子在爬。他们用破嗓门唱起从录音机或电视里学来的情歌，总是找不着调，就像他们喝多时找不着家门一样。那晚田小桂没有来放录像，不知什么原因。

半夜，有敲门声。像一只永不疲倦的啄木鸟，哆哆哆，哆哆哆。那声音越来越大，传遍校园的每个角落。我听见有伐木工人起床了，以一种开玩笑的口气问："咋啦，尹老师，被老婆收拾啦？"父亲嘿嘿笑着："肯定是睡着了。"

"爸爸回来了。"我提醒母亲。

"不用管他。"她说。

过了很久，那敲门声终于停歇。父亲在外面站了一夜。冷战在所难免，但我们早已习惯。

听说因为伐木，山上有人被倒下来的树压死了。另外还抬了两个满身血迹的人去医院。死讯幽灵般四方游走，听者无不叹息，惊恐，继而感叹人世悲苦。死者正是邱十三。他没有客死他乡，而是死在了瓦布，这大概是他一生中为数不多的欣慰事。

父母带我们去参加邱十三的葬礼，又遇见了林业局的人和钱老板。散席后，父亲搭着钱老板的车去了县城。他说他有一些问题弄不懂，要去县城请教别人，顺便再找些资料。母亲当然没有阻拦的理由，但她的眼神意味深长。

由于死了人，伐木被暂时叫停。那些倒下的树木，横七竖八地躺在山坡上。没有了汽车的山路，冷冷清清，没那么神圣了。公路像一道伤口，如果许久没有汽车经过，那路就会愈合。伐木工人的被子仍然堆放在我们教室后面，死者邱十三的也在。所以，上课时我总会感到脊背发凉。我认真观察过那些被子，它们全都是脏兮兮的，胡乱卷起来，用一根细绳子捆着。如果某一卷被子的主人去了另外一个世界，它就再也没有机会和人相互温暖。

没有伐木工人，夜晚的学校又恢复了冷清。母亲带着我和巧慧看电视，在两个台之间不断切换，一直没有找到我们喜欢的节目，但也不关电视。没有伐木工人，自然也没有了田小桂的身影。我想起她，风中就有雪花膏的味道。我决定到她的小卖部那边去看看。

小卖部窗口的灯亮着，窗前没有顾客。走近小窗，我先闻到了饼干的香甜。那种夹心饼干，奶油甜进命里，饼干香进骨头缝。那种饼干，吃的时候要用线拴住舌头，否则会在满口香甜中连舌头也吞下去。田小桂突然在小窗后面发声，吓我一跳。

"你来干啥？"

"我来看看。"

"你不错，比你爸有良心。"

她顺手抓几颗糖递过来，我马上剥了塞进嘴里。

"你是不是饿了？"她又问，"你妈没给你吃饭？"

我摇头，搞不清自己回答的是哪个问题。

"你爸啥时候回来？"她放低声音问，"他是不是和你妈吵架了？"

我又摇头，这一次，这个动作可以同时回答两个问题。

"男人都这鬼样，"她仿佛是在说给自己听，"我家男人也走了。"

"他为啥要走？"我问。嘴里的糖，在慢慢融化。

"说了你也不懂。"她说，"不过，我可以告诉你的是，也许我也可以进城了。"

那晚睡觉时我嘴里含着糖，梦里出现了田小桂。她躺在卫生所的病床上，我父亲用手电筒照她赤裸的肚子，她的肚子是透明的，里面有一个蜷曲着的婴儿。我被吓醒过来，嘴里的糖已经化没了。

自从伐木开始，方向平已无心教学。本来，他就是个混日子的。一个民办教师，因为家在附近，做了校长。他在伐木协议上签字，卖掉了山林里所有的树木。他用卖木材的钱，买了一台拖拉机。听说他把树木的枝丫和一些废料拉去江边（大概就是我外婆家那一带），已经赚回拖拉机的本钱。

没有了校长的学校，乱得像个放牛场。上课下课都一样，整个学校闹哄哄。山林里也是闹哄哄的，那些伐木工人像剃头匠一般，齐刷刷地从山下往上砍伐，光秃秃的山头面积越来越大。

只有邱百中家的山林依然存在，连树枝也没少一根。他每天扛着枪去巡山。"哪个狗×的敢动老子家一片叶子，老子就要他吃不了兜着走。"他逢人就这样说，听见的人都回答他："谁敢动你家的树哦，枪子不长眼的。"他自然不去伐木的，而且也不打猎了。"野兽都被狗×的吓跑了，"他说，"山神也被你们得罪了。"

别人在山上伐木，他在地里干活。一个人孤零零的，播种、施肥、薅草，把老婆养在家里，养得像春天的花朵。我偶尔会在学校附近见到他，一般是他来买酒的时候。他见到我，就朝我勾勾手指，然后指着正在被砍伐的山林："娃娃，我告诉你，这些人要遭报应。"

再见，瓦布

某天从公路上走来一个木匠，开始在瓦布村做沙发。人们这才知道，原来除了硬邦邦的凳子之外，世上还有如此舒服的东西。五人沙发、单人沙发、电视柜、茶几，木匠的脑袋里装着各种样式的家具，他像个魔术师，三五天就变出一件家具。他的活已经排到了年底。年轻的姑娘们,已经对露天录像失去了兴趣。"没啥好看的,"她们说,"热天喂蚊子,冷天冻死人。"她们的心长翅膀飞向山外了。

田小桂为此做过一些努力。她让小恶霸从县城租回最新的录像带或在放映时提供一袋免费的瓜子,但收效甚微。现在,小恶霸去田小桂那里也不再回避别人了。不光不回避,有时候他俩还牵着手在马路上逛。大家都说她有一天会跟小恶霸走。至于肖日龙呢,有人说他在外面给有钱人做保镖。

那么我们呢,真的能离开这里?就凭我父亲熬更守夜,摇头晃脑,悬梁刺股?他每个月进城一次,请假三天,找一个据说水平很高的老师为他解答难题。顺便,带回来一堆辅导材料。他已经报名了,那年考试的人数创历年新高,录取比例是三十比一。

世界上没有不透风的墙,所有人都知道我父亲在考县城里的教师岗位。他们对我们的态度有所改变。有人更热情,有人更冷漠。热情的,不时送来鸡蛋或几把青菜;冷漠的,讲话时已经明显能够听出隔膜:"你们这些人,跟我们是不一样的。"就像我父亲考试,对他们来说,是种背叛。

其实背叛每天都在发生。青壮年男子在伐木场上挣到一些钱,爬上拉木材的汽车,一去不复返。树木朝山上退去,只有邱百中家那一片山林依然绿着,远远望去,像一颗绿宝石镶嵌在群山里。

"等着看吧,"他说,"总有一天,狗×的要来求我。"

听说我们要走了,他和我父亲又恢复了友谊。只是,现在父亲没时间陪他喝酒了。

"你们真的要走哇?"邱百中问,"你们走了,这些娃娃咋个办?"

"我们走了,自然会有别的老师来。"父亲回答。

我们根本不担心这些学生。我们担心的是考不上。未来像个气球,越吹越大。吹气的人不光有旁人,也有我们自己。特别是母亲。她已经开始为进城做准备。她给我的外公外婆写了信,在信里说了父亲考试的事。

"我想让他们知道,你并不像他们想的那样。"

"万一考不上,那就更让人看不起了。"

"没有万一。"

没有万一。母亲的信念无比坚定。这几天,她一直在写信。写给外公外婆,写给她那些久未联系的同学。她写的内容如出一辙:我不知道你现在过得怎样,是否还在原来的学校教书。我写信给你,一是问好,二是想告诉你,我们可能即将去县城生活了。大概九月就能到县城。

父亲的头发白了。母亲每天为他煮两个鸡蛋补充营养,但这两个鸡蛋以往是我们一家四口分而食之。可怜家里那只养了三年的母鸡，吓得都没法下蛋了。既然不下蛋，那就只能用它来炖汤喝了。

其实不光是母亲，连我也开始憧憬县城的生活。我想象县城的学校，每个学生都衣着干净，骑自行车上学，有漂亮的女生做同桌。我再也不想要现在的生活，我受够了这里。

我们掰着手指算日子，空气骤然紧张起来。因为父亲即将去县城考试，家里所有的事情都停下了，说话、走路、做事，都变得轻言细语，小心翼翼。可真到了他去考试那天早上，这紧张的气氛又突然消失了。

"我走了。"父亲说。他走时背着一个军绿色书包，连头都没有回一下。我们站在学校外面的高地上，看他顺公路走，然后被一辆拉木材的汽车带走。

接下来的日子，比备考时更难熬。母亲变得神神道道，喃喃自语。她进进出出，坐立不安，刚拿起扫帚，又想起地里的庄稼。刚走进地里，又想起父亲扔在桌上那些复习资料，她把它们收起来，以备万一考不上，来年再用。

父亲回来了。

我们前几天的担心完全多余，因为成绩要一个月以后才公布。问起他考得怎样，他的神情淡淡的。

"就那样吧。"他说，"我尽力了。"

此后，他大睡了三天。母亲每天把饭菜热在锅里，让他吃了睡，睡了吃。第三天他大汗淋漓地起床，说自己梦见考试，题没答完。母亲安慰他说梦是反的。

仿佛那些知识就是他体内的骨头，考试就是被敲了骨吸了髓，整个人蔫了。又仿佛这考试就是一场梦，如今醒来，他又做回语文老师，继续教那些冥顽不灵的农村孩子识字。甚至，他比之前还要更尽心，认真上课，布置作业，批改作业，对成绩好的加以鼓励，对成绩差的苦口婆心。

某个周末，我们全家搭乘拉木材的东风车去了县城。那时还没有双休。我们在周六上午出发，下午到达县城，住进了国营旅馆。一个脏兮兮的院子，散发着霉味。房间里有两张床，一只暖水瓶和两个印有伟人头像的搪瓷口缸。卫生间在走廊尽头，水管坏了，哗哗流着水，让人如临小溪。我站在窗前看楼下，可供两辆汽车并排行驶的街道上，不时走过行人或自行车。

"过段时间，我们就能来这里生活了。"母亲说。

"也许吧。"父亲说，"我昨晚又做梦了，还是梦见试卷没做完。"

"我们明天去文教局问问。"

周日的早晨，我们去到县文教局。铁门紧锁，连个看门人也没有。大门旁的读报栏里，贴着几张过期的《人民日报》和一份招考简章。是的，就是我父亲参加的考试的简章。面对全县乡村教师,公开公平透明。但没有成绩公示。

"再等等看吧,"母亲说,"不管考得考不上,成绩总会有的。"

"回去的时候,我们去镇上看看,也许那里会有消息。"

中午时分,我们在县城边上的公路等去瓦布拉木材的车。小恶霸驾驶着一辆空车轰隆隆而来。我和妹妹坐了驾驶室,父母站在车厢里。到了镇上,父亲得到一个准确的说法:如果考上了,县里会通知镇上,镇上会带信到瓦布去。

我们继续等待。只不过,现在更具体了——等镇上的消息。消息老是等不来,父亲每隔几天就搭车去镇上问。第四次去,他终于带回了消息。

我父亲考上了。

最先听到这个好消息的人是小恶霸,然后是我母亲,然后是那些他在路上遇到的人。他骑了自行车出门,逢人便告诉这一消息。到了晚上,消息已经传遍了瓦布、黑木沟和嘎达村。方向平、王喇叭、邱百中等人亲自来到学校里,向我父亲求证。那时他正在喝酒,母亲杀了一只鸡。

"是的,考上了,哈哈哈,"他不由得放声大笑,"我们就要离开这个鬼地方了。"

"恭喜啊,恭喜。"这话被他们说了一遍又一遍。

岂止是喜,简直是皆大欢喜。父亲离开,他们每个人都能找到开心的理由。方向平如此,邱百中也如此。

那是春季学期末,我们还有一个暑假可以搬家。父亲又去了镇上,辗转于镇和县城之间,办理相关手续。母亲的调令也来了。万事俱备,只等新学期来临。母亲开始变卖家里的东西,但没人出价。

"这些用过的东西,送给我们做个纪念吧。"

我母亲人逢喜事,心胸开阔,也就真的把家具和炊具送了人。我们只从瓦布带走衣物、黑白电视、自行车和父亲的书。我们离开的那天,是一九九一年农历六月初六。六六大顺。我们将东西搬上一辆汽车,我和妹妹坐驾驶室,父母站在车厢里。当汽车开动时,父亲站在车尾放了挂鞭炮。那鞭炮并不响,而且持续时间短暂,在汽车轰隆声的碾压下,听起来像是在放屁。

就这样,我们全家离开瓦布,搬到了洼乌县城。

十五

时光轴

那时,我和朱丽坐在高岗上。身后,下坠的太阳,将群山的阴影扔向村庄。我们把女儿帽帽留在了屋里,想找个地方单独聊聊。这是一个由来已久的想法,其漫长程度足以用年来计算。此前,我们习惯性地去回避、逃避、躲避,相信时间是最好的解药。而现在我们意识到,时间也有可能是毒药。

大家都尽力了。不管我们以何种面目示人,都是我们竭尽全力的样子。所以,苛责多么残忍。更何况,这个人是你孩子的母亲。那么对自己呢,也饶恕吧。不再拖着昨天的影子,就像要扔掉过期的饭菜。

我一遍遍如上述这般告诉自己。一遍遍做心理建设。我们该何去何从,是时候想想了。面对吧,我告诉自己。只要面对,这世间就没有大事。而逃避则相反。

"我们怎么办呢？"我问朱丽。

"我明天就要回去了。"她说。

"我们应该好好谈谈。认真地，坦诚地，坚决地谈。"

"嗯。"

"我必须得承认，这些年，我对你的关心也不够。一直忙工作，采访、写稿、出差。"

"我生活得并不开心，你知道的。这似乎不是你的问题，但也不是我的问题。婚姻没我想象得那么好。我还沉浸在梦中，却已经变换了身份，做了母亲。"

"朱丽。"我叫了一声，她转过脸来，泪流满面。

"过去的就让它过去吧，"我搂住她的肩，"对错都不重要了。重要的是我们怎么面对未来。"

"我不想听承诺。"她说。

"我们都用实际行动来证明自己，好吗？"

她没有如我期待的迅速点头，而是呆呆望着山下的村庄。

"为什么？"她问，"我想知道是什么让你产生了这样的改变。"

"别以为我是为了帽帽，"我说，"我们都知道，为了孩子而妥协，并不是长久之计。"

"你说，我在听。"

她一直在哭,不停地吸鼻子,像是感冒了一般。

"你继续说,我听着。"她说,"你让我哭一会儿。"

我一时语塞。在离我们不远的灌木丛林里,有不知名的鸟在叫。很小的鸟,声音却很大。我们的注意力仿佛都被鸟鸣给吸引过去。太阳正在落下。不远处的山路上,有人骑着摩托车驶过。

"你容我想想吧。"她说,"我需要时间,让那些过去真的过去。"

我将她搂在怀里,她在颤抖。我亲吻了她。这一切多么熟悉。

我们赶在夜幕降临前回了屋。

明天,朱丽和帽帽要走了,巧慧他们也要走。我托富乐请了阿尼卡的年轻人,骑摩托车送。到了观音镇,堂兄们返回,我将继续送他们到洼乌坐火车。

"你也再想想吧,"临上车时,朱丽不经意地说了一句,从我身边牵走了女儿。我拥抱她,她乖得像只小猫。我也拥抱了巧慧,她在哭。而她带来的那个男人,一直游离在这场葬礼之外,就连分别也是一副事不关己的样子。

"哥,爸就要辛苦你了。"她说,"我离得远,难得回来。"

"我也不可能一辈子在村里照顾他,"我说,"等他盖好房子,我还得回夏城。"

"不知道为什么,我总是很难过,"她眼睛红了,掏出纸巾来擦,"人这一辈子,太没意思了。"

"你有空就多回来吧,"我说,"如果在东北过得不好,你也可以选择回到夏城或者洼乌,这样我们离得近一点。"

巧慧没有表态。她看了看手表,又看着我。终于,那个男人朝我挥了挥手。我始终没有记住他的名字。

离开,是两个时空的分割。我的母亲在地下,我的妻儿在远方。我的父亲在乡下,还在为建房而操心。时空像一页纸,如果对折,我们就回到了过去,那时我母亲还活着。如果可以反向折叠,我们是不是就去到了未来,那里是否正是我的葬礼?而现在,我从这条折叠线上,匆匆赶回阿尼卡。

"房子,绝对不能停下。"父亲说,"即使你妈妈走了,我们也要把房子建好。"

"我晓得。"

人世间的很多东西,都产生于某种执念。做着做着就成了。我相信现在没有人再怀疑父亲在乡间盖一院土房子的可能性。阿尼卡被分成两个世界,一边是二十一世纪,一边是二十世纪。一群年轻人在拼命朝着现代化进发,一群老人却在努力回到过去。古旧的人和物自有其生命力。惺惺相惜,舍不得丢弃彼此。旧衣服、旧农具、旧家具、旧电器，从父亲开始建房子那天起就有了最好的归宿。

"我们那时候是啥样的？"

一个人提出问题，一群人陷入了回忆。那时候，他们集体劳动。

"那时我们多年轻啊。"

工地已经变成了回忆场，一个在时光轴中向着过去越走越远的场地。越走越远，越走越小，由一个旧世界，一个村庄，缩成了一个比篮球场大不了多少的工地。

我们根本不用担心没人来帮忙了。对附近村寨的老人们来说，修房子只是一个契机，一场游戏，一次行为艺术。是顺带的事。

他们挖土、挑土、舂墙、做木工，看着眼前的房子一天天高起来，像他们的孩子在不知不觉中长大。可是房子远比子女可靠啊。孩子长大后远走他方，而房子却永远在一个地方陪着他们。

农历七月初二，房屋上梁。再往上就呈三角形，开始收墙，直到顶点。这又是一个值得庆贺的日子，少不了又要放鞭炮、杀羊、喝酒、热闹半夜。可是那天晚上，父亲睡下后，身子一直在发抖。我以为是他喝多了酒，扶他起来，他斜靠床头。他看我时，像是在看一个陌生人。颤抖让床摇晃起来，继续抖下去床不会散，但人的骨头会散架吧。我试图扶他下床，他猛地甩开了。

"滚开！我不要你管！"他说。

我当然不会就此离开。我站在床前，看着他。他闭上眼睛，但没有关住泪水。

"对不起，"他说，"我控制不住自己。我需要吃点药。"

医生说，没有他的允许，不能停药。这几个月来，医生每过两周就和我父亲进行一次视频通话，并提出各种问题。可他一直没说酌量减药。父亲的身体在发胖，而且人越来越呆滞。他现在这个样子，确实像个病人。我问过医生，这样下去，多久才能好转。医生含糊其词。

"你现在还害怕吗？"我问。

"怕。越来越怕。"他说。

他依然雷打不动地去小山包上坐着，陪那两棵树说话。工地上干得热火朝天，他坐在小山上喃喃自语。可他自从房屋上梁之后，嘴里就没有停止过念叨。他在说什么呢？有时候我不经意地走到他身边，仿佛听见他在念叨着人名。

"停下停下！"有天他从山上下来，朝正在干活的人吼了起来，"别干了！"

众人停下。眼看着他拿起了一旁的铁镐，朝墙走去。

他几乎没有犹豫，甩开臂膀，就要挖墙。好在被人迅速拉住了。

我跟洼乌第三医院的医生视频连线，对方摇头说再这样下去，就只能送去夏城。我给朱丽打电话，她并没有反对。又托人联系了夏城的医生，做好送父亲去夏城的准备。可是，第二天，他的症状又有所缓解了。

"我想把大风洞给封起来，"他在那天晚饭时说，"那个洞口一直在我心里，三十年没有合上。"

伯伯的脸抽搐了一下，目光移向门外。门外，是黑洞洞的天。风一直在吹，伯伯家的黑狗发出呲呲声。风中送来伯伯的回答："如果要把洞口封起来，还是请个人来念念经吧。"

"我也正是这么想的，"父亲说，"只是不知道哪天比较合适？"

"为什么要封大风洞？为啥要请人来念经？"我一连问出两个问题，但没人回答我。

伯伯起身去屋外打电话。风依然在吹，一次次让我们误以为是伯伯回来了。在此期间，屋里没人说话，只有抗战剧里枪声大作。半个小时后，伯伯回来，告诉我们，"先生"已经请好，封洞的日子定在七天以后。

在等候黄道吉日到来的这几天，父亲的状态平稳。这让我对封洞这事多了一分期待。工地上人声鼎沸。那是墙槌、拍板、锯子、刨子的声音。当然，还有各种说笑声。我坐在离他们不远的地方，静听他们高声说话，每个人都在竭力表现自己。某个人说话的时候，其他人就听，有时附和，并流露出钦佩之意，有时也撇嘴，并且小声议论。他们唱起古旧的歌。瞧亲歌、望郎歌、十想歌、战争歌曲、革命歌曲，当然，少不了夹杂着露骨的民间小调。听者哈哈大笑，唱者越发起劲。一曲唱完，另一个扯声接着唱，一个接一个。

树木从山上或拖或扛回来，削了皮，白生生地躺在工地上。有的做檩子，有的还要解成长一百二十厘米、宽十厘米、厚两厘米的椽子。阿尼卡人解椽子时往往是寻找一个有坎的地方，用四根木头（横二竖二，横的一端搭在坎上）搭成"木马"，用一种叫作"立马锯"的古老工具来解。在砖房没有兴起之前，村里的男人，每个都是拉锯的好手，农闲时节，也有青壮年扛着一面"立马锯"游走四方，人们称他们为"解板匠"。如今，这些"解板匠"垂垂老矣，但当他们重新握着锯子，便又恢复了青春活力。

所有人都攒足劲，只等房屋落成那天。而且这一天不远了。

大风洞

第七天,我们像上帝造物那般歇了工。"先生"四人,骑摩托车而来。左邻右舍也赶来,聚在伯伯家。一头羊拴在柱子上,不时发出哀鸣,它将在半个时辰之内命归西天。

我们去大风洞。二十来辆摩托车飞驰在乡间路上,引擎声混合在一起,让人横生勇气。父亲依然坐富乐的摩托车,但不再需要绳子拴住他的腰。搭载我的男子大约五十岁,我和他并不熟悉。他宿醉未醒,喷着酒气,双眼迷离。他的摩托车似乎也喝醉了,让原本就狭窄的道路变得像一根钢丝般令人心惊胆战。

"别怕,"他说,"车轮就像我的双脚一样听话。"

"我相信你的,"我说,"你一看就是老手。"

这话让骑车人有些高兴,我又趁机给他递了香烟。他一手扶车把,一手点烟,吓得我赶紧闭上眼睛念阿弥陀佛。

"真不是和你吹牛,在整个阿尼卡,若论车技,没人比得上我。"他说着,猛拧了一把油门,那摩托车像头发疯的公羊蹿了出去。

"为啥要封洞口?"我问他。

"那你得问你爸。"

"封洞口为啥要念经？"

"给死人开路嘛，"他说，"你坐稳了，前面这段路坑太大了。"

前方路段确实多坑。不仅如此，还有石头突兀地立在路中央。但对于骑车人来说，这些石头正好是他炫耀车技的道具。

"给谁开路呢？"我问。

"给死人开路呗。"他说着，车身忽左忽右，险些将我甩下来。

"怎么死的？"

"自杀，"他顺嘴吐掉了嘴上的香烟过滤嘴，"害怕吃枪子儿嘛，狗×的。"

我闭了嘴。风像一面坚硬的玻璃紧贴着脸。冬天的阳光洒向大地，只有光，没有热。开路。我揣摩着这个词的意思，大概是给死者指一条路吧。不能让他缺席于天堂或地狱，不能让他在人间游荡。天堂，人间，地狱，是三个不同维度？大概，只有人死后是需要指引的，一只兔子，一只麻雀，一棵云杉，无论生死，都不会祸害人间。胡思乱想间，已经抵达了大风洞前的山垭。路由此可通向观音镇，洼乌，但我们在此停住。草木茂盛，荆棘、藤条、树木，挤挤挨挨，漫山遍野。一棵树能熬死几代人，一块石头看见过世界最初的样子。

"三十年了啊。"有人发出感叹。

说话人坐在枯草地上，手里端着酒碗，抿一口酒，象征性地擦一下碗沿，递给下一个人。我们的目光一次次穿过树丫之间，望向大风洞。大风洞这只巨大的独眼，也在望着我们。它是否知道自己某天会被封起来？

"进洞吧！"

掌坛的"先生"身披僧袍，头戴法帽，手拿法杖。其他三人，手上执的是经书、镲和法螺。但前来帮忙的人们继续喝酒，抽烟，聊天，并没有跟上去的意思。

"我带路吧。"富乐的手上拿了一把柴刀，紧随其后的是伯伯，然后是父亲和我。那些前来帮忙的人，仍未跟来，而是满山寻找石头去了。

披荆斩棘。这里确实许久无人踏足了。几百米的距离，富乐足足在前面劈了三十分钟，那些荆棘和树枝间才勉强可供人侧身而过。越近洞口，风越大。富乐在洞口站住，让"先生"先进了洞。手电筒光射过去，就像射向了茫茫天际。原来这洞，是一个地下溶洞的入口。手电筒光收回来，照见了洞顶的蝙蝠。它们在睡觉，一动不动。洞口宽敞，足有五十平方米，越往里走，越窄，仅能容一人经过。有溪流声，但手电筒光未照见水。洞内温暖如春，空气中弥漫着腐殖质味。

"先生"在地上点燃白烛,烧了纸钱。掌坛师一声吆喝,法杖重重落地,空气震荡。法螺声起,悠远的召唤。镲声铿锵,洞顶的蝙蝠动了动,但并没飞走。"先生"们围着白烛转起来,不时烧纸,念念有词。

恭焚真香,虔诚奉请。东方青衣引魂童子,开路大将军。南方赤衣引魂童子,开路大将军。西方白衣引魂童子,开路大将军。北方黑衣引魂童子,开路大将军。中央黄衣引魂童子,开路大将军。五方五衣引魂童子,开路大将军……

黑洞里,烛光摇曳,招魂声中,似有各路引魂童子纷至沓来。神情肃穆,衣袂翩翩。可是,他们来引谁的魂?烛光照袈裟,亦照着父亲的脸。袈裟庄严,父亲表情平静。像是有一种气息从天而降,注入了他的体内,让他整个人变得清醒,轻盈。

洞外有响动。是村里人从四面八方寻来石头,扔在那里。在一个稍微开阔的地方,有人在拌水泥灰浆。

"先生"继续念经。

今有亡人老砍刀阴中静听:鬼门关前冷清清,一双空手见阎君,孤身一人朝前去,若有亲人问一声……孔子曾子孟夫子,哪个圣人而不死,汉王楚王及霸王,历代帝王不久长……

谁是老砍刀？我心里生起这疑问，但答案似乎已经不重要。

法事结束。洞外的人已经准备好了石头和灰浆。人们用石头和灰浆砌封住了洞口，"先生"还在洞口贴了符。"这下好了。"有人说。怎么个好法？这也是我心里的疑问。所有人都松了一口气。脱下袈裟的"先生"露出里面的西装和毛衣，点燃香烟，和大家聊着庄稼和雨水。他们回到人间，变成了农民。

不知道是谁说了句，回吧，家里的羊肉炖烂了。于是，摩托车轰鸣起来，山间回声隆隆。我仍然坐了那个醉鬼的车。他在山上干活时又喝了酒，汗味和酒味都更浓烈了。

"这下好了。"他在我跨上后座时说。

"怎么个好法？"我问。

"给苦竹来的恶魔开路，让他的灵魂得到了安息。"

安息的又岂止是恶魔的灵魂？我心想。这是中午的阿尼卡，无数日子中的一天。往事的丛林里卧着一头老虎，绕道三十年，可某天，这老虎消失了，此前受惊的人反而不习惯了。这是新的一天。父亲的脚步比此前更加轻盈，说话的声音更加洪亮，就连他的头发，看起来也比过去规整多了。

"这样就好了，"他对我说，"我不害怕了。人非圣贤，你说对吗？"

320

"都过去了,爸。"我说。

那天,所有人都意识到某件事情过去了。他们笑声爽朗,目光坚定,举手投足之间,不再小心翼翼。

羊肉的香味弥漫开来,四处响起开瓶声。有啤酒,也有白酒。父亲那天喝的是白酒。他端着酒杯穿梭于桌间,跟这个人开玩笑,跟那个人聊家常,思路清晰,口齿伶俐。他不停地说话,走动,像一条汹涌的江河,滔滔不绝。天黑了,他依然没有倦意。前来帮忙的人要走,他一个个跟人握手,意犹未尽地说话。而我呢,其实早已累得想趴下。啤酒喝多了,头昏脑胀,手脚冰凉。可父亲在送走最后一个客人后,一转身把我叫住了。

"这里没有旁人,我想和你聊聊。"他说。

那时,我们站在伯伯家院门外,身边确实没有别人。四周安静,只有夜风吹拂。这季节,庄稼收完了,风从村庄刮过,显得空空荡荡。屋檐遮住了半边天,遥远的青山外,那里的夜空,比我们头顶的要亮。

"对不起。"他说。

我不知该如何接他的话。

"给你们添麻烦了,"他又说,"我不是一个好父亲,你和巧慧要恨,那就恨吧,我不会怪你们。"

"你现在感觉怎样?"

"我完全好了，"他说，"感觉整个身子轻了，但浑身有劲。"

而我的体内似有重物坠地，那是心落下的声音吧。现在，我比任何时候都确定，父亲要在阿尼卡打发余生了。现在，我需要担心的，反而是我自己了。我的妻子、孩子，以及令人头疼又毫无希望的工作，全等着我。

旧日子

母亲走后，伯伯搬到了此前他们住的小楼上，与伯母同住。堂屋隔壁的卧室里就只住了我们父子俩。为了更好地照顾他，我们同睡一张床。他如此近距离地躺在我身边，干枯得像一截腐朽的木桩。我留意他的动静，如果半天不动，便装作不经意地伸手去碰他的脚，以探他是否还有体温。只有等他鼾声大作，我才能放心睡去。

"你不用紧张，我暂时还死不了。"他在清醒的时候说，"我要重新过几年旧日子。"

我不好意思地笑笑，想岔开话题。他的状态确实有所好转，但我们仍然不能畅所欲言，不能谈母亲，不能谈过去，也不便谈起未来。我问他是否也知道一些碉楼的故事，他说小时候也听老人们讲起过。

"安土司围住曾大炮的碉楼，围了二十一天。原本以为曾大炮会出来投降，没想到最后受不了的人是他自己。自从曾大炮进了碉楼，就进了保险箱。外面的人无法靠近，因为碉楼四面都是小窗，每个小窗上都架了枪。安土司的人靠近，进入射程范围内，就成了待宰的羔羊。所以，安土司的兵每天都有人死，而曾大炮的手下毫发无伤。

"有人向安土司献计，说要想把曾大炮从碉楼里逼出来，只有一个办法。于是，沉静多年的康家大院迎来了安土司的部队。他们进康家大院，礼貌客气，只让四太太出来说话。四太太清修多年，早已不见外人，但土司大人命令谁敢违抗？四太太从佛堂里走出来，据说是肤白如雪，头发也如白雪。多年不见，康家大院的人都吃了一惊。但除了皮肤和头发，她的容颜并未改变，还是刚到康府的样子。

"四太太被人带到了安土司面前，她向土司请安，问找她何事，土司说，让她请曾大炮出来。四太太笑了，说久闻土司大人英名，没想却是如此狡诈之辈，再者说了，他曾大炮为何要听她一个女人的话？战争是男人的事，把一个女人当筹码，算什么英雄好汉？四太太一番话把土司说得低下了头，但他也不气恼，而是始终面带微笑。土司说，你说得都有道理，但是，你必须听我的。四太太问，如果不听呢？土司回答，你心里清楚会有什么结果。四太太又笑了。

"第二天，土司命人用轿子抬了四太太到碉楼对面，并将她请到了万民伞下。那万民伞是老土司遗留之物，非庄重场合不以示人。那一天，四周的山岗上站满了围观的老百姓。四太太站在万民伞下，所有的枪声停了下来。毫无疑问，碉楼里的人早已将万民伞下的人看了个清楚。他们看到四太太坐在椅子上，被三支枪瞄准。而安土司的手上，拿着一根刚刚点燃的香。话已经带到了碉楼里：一炷香之后，如果曾大炮再不出来投降，这三支枪里的所有子弹都会射进四太太的身体。四太太不怕死，她怕的是如此惨烈的死相。这正是她被安土司胁迫而来的原因。

"很快，碉楼里有人传出话来：曾营长说了，他可以出来投降，但有两个条件——第一，必须答应要让他来到四太太身边，他有几句话想和四太太说；第二，要放所有兄弟一条生路。安土司答应这两个要求。于是，四面山岗上的老百姓便看到曾营长带着部队从碉楼里走出来，他们来到碉楼前的平地上，将枪和子弹放在地上，走了。很多当兵的哭了。他们想不明白，为什么叱咤一生的曾营长要做出这样的选择。这一仗，他们原本可以凭借着碉楼里的幽暗世界，将安土司的部队拖垮。因为那碉楼从外面看是个碉楼，其实里面有暗道通向二十公里外。换句话说，安土司永远不可能真正把曾大炮围困。

"曾大炮朝四太太走来，四周布满了黑洞洞的枪口。曾大炮面带微笑。四太太在默默流泪。走到了近前，安土司便发出了洪钟般的笑声。安土司朝曾大炮竖起大拇指，说，是条汉子。而曾大炮未作回应。他走到了四太太身边，注视着那双流泪的眼睛。四太太说，你不该出来投降的，因为你根本就没有输。曾大炮说，我赢不了你的心，赢了这一仗又如何？四太太问，你还有什么话想说吗？曾大炮说，我来是想问你：难道我为你舍了这条命，也不足以赢得你的心？四太太说，不能。

"曾大炮转过身，走向旷野。谁都明白，他是插翅难逃的。安土司一个眼神，枪声齐鸣，曾大炮应声而倒。四太太在枪声中哈哈大笑，她的笑至死没有停过。她疯了。"

父亲讲到这里停了下来。故事结束了。可我心里产生了一个疑问。

"我去过碉楼，里面并没有传说中的山洞。"

"那洞在五几年时被人封起来了。因为当年的大地主逃进了那个洞里，贫下中农们就把洞的两端封了起来。这是另外的事了，不提也罢。"

夜深了。再过几个小时，那些修房子的老人就该来了。最近，前来帮忙的人越来越多，土墙春得很快。

七月二十日下午，房子的主体已经完工。摆放已久的檩子终于派上了用场。老人们从兜里掏出一丈二尺长的红布，挂在梁上，垂下来，在风中猎猎作响。然后，每人又掏出鞭炮来燃放，一时之间群山回响。更多的乡亲们在鞭炮声中纷至沓来。他们手上拿着鞭炮和红布。这是阿尼卡的风俗。谁家房屋竣工，不送米，不送钱，就送鞭炮和红布。我数一下那些长垂而下的红布，一共有六十八条。

猪和羊提早就准备好了，相当于办一场小型的宴席。我的伯母、嫂子，以及几个前来帮忙做饭的人忙得脚不沾地。我和父亲一起去接待那些前来的客人。所谓接待，就是向前来祝贺的乡亲打招呼，握手，递烟，说些感谢话。

几个月了。我们终于盼来了这一天。我们决定先休息一周，让墙更干硬一些。因为接下来需要铺上檩子、椽子和瓦片，以及对室内进行平整。

大货车拉来了青瓦。我们全部出动，花了整整一个上午，将瓦片从车上搬下来，堆在新房旁边。

七天过后，檩子上了房，檩子上面是约巴掌宽的椽子，再上面是青瓦。盖瓦片那天，之前参与舂墙的老人们又回来了。对他们来说，盖瓦这事是小儿科。当最后一块瓦片盖好，我父亲的房子，就真的竣工了。

农历七月二十九。夏日正隆。前段时间下了透雨，这段时间艳阳高照，湿气升腾而起，整个村庄湿漉漉的。新房在骄阳下，闪着泥色的光芒。

木匠们在做门和窗。我一眼就看出了那是过时的款式，跟我小时候在瓦布看见的门窗一样。红色大门、红色柱子、黄色窗户。油漆味混合着泥土味。还没有家具，显得空空荡荡。

然后，父亲开始在院子里挖坑。

"你这是在干啥？"我问他。

"你过两天就知道了。"他说。

他继续挖。挖起的土堆在那里，小山似的。他挖好一个坑，又挖一个。旁人问他挖了干啥，他干脆笑而不语。旁人想搭把手，他说不用，这事得由他自己来。

第三天清晨，一辆挖机开进村来，朝着小山包开了上去。父亲早已坐在那里等候。他开始指挥人挖树——连根挖起。我们并没有表现出过多的惊讶，站在远处看着挖机作业。

那两棵树被移栽到了院子里。就连在挖掘时掉落的叶子，也被我父亲拾了回来。

"这是他们的头发。"他说。

我觉得，那两棵树才是父亲的魂。它们被移栽到了院子，他的魂魄也就归位了。他干活时，目光注视着那两棵树，就像它们一直在注视着他。他不时抬起头看着它们，旁若无人地跟树讲话。"再过几天,我们的新家就好了。"

那天晚上,父亲迫不及待地搬到了新家的院子里。新土潮凉,我们只好连他的床一起搬过去。有人送来了旧物件,一张雕龙画凤的木床。它还没坏,但雕刻的工艺笨拙,那凤看起来像只母鸡。

"别嫌弃,"来人说,"这是我的婚床,老伴走后,我一直舍不得扔。现在的人都睡席梦思了,可我还是觉得这床好。"

父亲高兴极了。这床被摆在了他的新卧室里。而这一行为激起了他的另一想法:寻求老物件。这消息一出,很快有老人们找出了旧物,拿来问我父亲要不要,而我父亲照单全收了。不出三天,新房里堆满了旧物:床、桌子、椅子、凳子、坛子、甑子、石磨、木桶、扁担、铁三角、风箱、马鞍、马辔头、犁、鞭子、鸡笼、石猪槽、耕绳、耙子、马灯、火镰、锈镰刀……这些旧物落满灰尘、摇摇晃晃,杂乱堆放着,让新家成了一个旧物展览馆。

父亲打算在农历八月十八乔迁新居。日子是他托人选的。他现在越发积极主动,而我更加变得可有可无。我不时想起母亲,黯然神伤,遗憾她过世得早。我给巧慧和朱丽打电话,让她们无论如何也要在乔迁之日赶回来。虽然她们刚离开不久,但她们都答应了。

在阿尼卡，乔迁之喜是一定要大张旗鼓操办的。我们请了阿尼卡的厨子，但没请挂礼先生。这是父亲的意思。他不愿意接别人的礼金。

"从春墙到木工，已经够麻烦别人了，不能再收别人的钱。"

八月十八，大好晴天。虽然此时正是烘烤烤烟的季节，但这丝毫不影响人们前来相帮和祝贺。四面八方的山路上，人们开着面包车、骑着摩托车或步行而来。客情果然如我父亲预料，远亲近邻，老老小小，来了将近五百人。

一切有条不紊。一切如愿所期。大功告成。这事说来简单：父亲回乡修了一院不通电的用煤油灯和松明子照亮的土房子。而个中滋味，只有经历者知道。父亲的病情起伏不定，仍然令人担忧。他没有在宴席上说话，而是满怀心事地喝酒。我不得不委婉提醒他少喝点。他看我一眼，继续喝。那样子，像是他喝下的不是酒，而是火药，要把自己变成一个炸弹。

我们预感到有事要发生，好在他绷到了最后。送走了所有客人，伯伯一家和我们一家聚在新屋里。父亲以咳嗽声提示。我心里平静如水。

"现在，此处无外人，"他看了看大家，"我要宣布一个决定。"

我们低着头，听着。

"一心，"他叫我。我抬起头。

"巧慧，"他继续叫，"还有朱丽和帽帽。"

我们全都抬起头，看着他。

"我们，作为父子、父女、翁媳、爷孙，我们的关系，就到今天为止了。"他说，"别担心我。从明天开始，我就不再是你们的亲人，我会在这院房子里陪着那两棵树，直到老死。"

"爸！"我、朱丽和巧慧，一同叫出声来。而他看着我们，脸上挤出了一丝笑容。

"跟你们说完这些，我无比轻松了。"他说，"我们做了半世亲人，磕磕绊绊，不求你们谅解，也不求你们感激，只希望你们能够尊重我的决定。"

我垂下了头。我对他的决定有充分的心理准备，可还是没想到要面对一个活着却已经离去的父亲。

"你们就依了他吧，"伯伯说，"他住在这里，会很好的，就像从前一样。"

"如果你们念及我的养育之恩，现在就痛快答应我的请求。"父亲说，"你们不答应也没关系，这事我说了算。"

当然，我们之中并没有谁说出答应的话。但这一切已经不再重要。我们在阿尼卡度过了最后一个夜晚。第二天早晨离开的时候，在那院新落成的土房子门口，我带着巧慧、朱丽和帽帽，在门口跪下，叩了三个头。门开着，但我没有看见父亲。那两棵树站立着，在风中飒飒作响。

"爸爸，我们什么时候再来看爷爷？"帽帽问。没人回答她。

只有八哥在笼子里拍着翅膀，叫再见。我知道，我们再也不会见面。

二〇二一年六月六日　初稿
二〇二二年六月十二日　第二稿
二〇二二年六月二十六日　初校
二〇二二年九月十二日　第三稿
二〇二三年三月四日　定稿

图书在版编目(CIP)数据

青山隐 / 包倬著. -- 北京：北京十月文艺出版社，2025.3. -- ISBN 978-7-5302-2459-5

Ⅰ.I247.5

中国国家版本馆CIP数据核字第20256CH916号

青山隐
QINGSHAN YIN
包倬 著

出　　版	北京出版集团
	北京十月文艺出版社
地　　址	北京北三环中路6号
邮　　编	100120
网　　址	www.bph.com.cn
发　　行	新经典发行有限公司
	电话 010-68423599
经　　销	新华书店
印　　刷	北京盛通印刷股份有限公司
版　　次	2025年3月第1版
印　　次	2025年3月第1次印刷
开　　本	850毫米×1168毫米 1/32
印　　张	10.5
字　　数	183千字
书　　号	ISBN 978-7-5302-2459-5
定　　价	49.00元

如有印装质量问题，由本社负责调换
质量监督电话 010-58572393

版权所有，未经书面许可，不得转载、复制、翻印，违者必究。